Amie Knight

BAD BOY BILIONÁRIO

Traduzido por Carol Dias

1ª Edição

2023

Direção Editorial:	**Adaptação de Capa:**
Anastacia Cabo	Bianca Santana
Preparação de texto:	**Modelo de Capa:**
Carla Dantas	Andrew Biernat
Revisão Final:	**Fotógrafo:**
Equipe The Gift Box	Wander Aguiar
Arte de Capa:	**Tradução e diagramação:**
MG Book Covers	Carol Dias

Copyright © Amie Knight e Cocky Hero Club, Inc., 2020
Copyright © The Gift Box, 2023

Todos os direitos reservados.
Nenhuma parte do conteúdo desse livro poderá ser reproduzida em qualquer meio ou forma – impresso, digital, áudio ou visual – sem a expressa autorização da editora sob penas criminais e ações civis.
Esta é uma obra de ficção. Nomes, personagens, lugares e acontecimentos descritos são produtos da imaginação da autora. Qualquer semelhança com nomes, datas ou acontecimentos reais é mera coincidência.

Este livro segue as regras da Nova Ortografia da Língua Portuguesa.

CIP-BRASIL. CATALOGAÇÃO NA PUBLICAÇÃO

K71b

Knight, Amie
  Bad boy bilionário / Amie Knight ; tradução Carol Dias. - 1. ed. - Rio de Janeiro : The Gift Box, 2023.
  196 p.

Tradução de: Bad boy billionaire
ISBN 978-65-5636-282-3

1. Romance americano. I. Dias, Carol. II. Título.

CDD: 813
CDU: 82-31(73)

NOTA PARA O LEITOR

Bad Boy Bilionário é uma *história independente* inspirada em *Metido de terno e gravata*, de Vi Keeland e Penelope Ward.

É publicado como parte do mundo Cocky Hero Club, uma série de livros escritos por vários autores e inspirados na série *best-seller* do *New Iorque Times* de Keeland e Ward.

UM

GRACE

Eu era como uma observadora de pássaros, só que não. Porque eu realmente não observava pássaros. Na verdade, eu não gostava nada de pássaros. Eles me assustavam demais. Eu era mais uma observadora de pessoas. Mas não qualquer pessoa. Casais, para ser específica. Não, eu não era uma esquisitona. Não me escondia atrás de arbustos com binóculos nem nada. Bem, não exatamente de qualquer maneira. Para ser honesta, eu era mais uma observadora de romances do que de pessoas. E não havia lugar melhor para fazer isso em Nova Iorque do que no Central Park.

Claro, era possível ver casais sensuais se divertindo ou encontros aleatórios na infinidade de restaurantes e clubes da cidade, mas isso não era romance. Não o verdadeiro tipo, de qualquer maneira. Não do tipo real. Isso era luxúria e dava para encontrar em qualquer lugar. Mas eu estava em busca de algo incrivelmente diferente.

Romance de verdade. Isso era o que eu estava sempre procurando.

Não foi tão fácil de encontrar quanto você pensa, então tive que manter meus olhos abertos. Não eram os beijos quentes e apaixonados ou agarrar a bunda de alguém. Era um casal andando lado a lado, bochechas rosadas, sorrisos cafonas e o toque sutil de suas mãos, que faria com que aquelas bochechas rosadas se aprofundassem em um vermelho envergonhado. Era uma esposa e um marido correndo e ele percebendo que o tênis dela estava desamarrado e se abaixando para amarrá-lo, enquanto ela sorria como a mulher mais sortuda do planeta. Era uma mãe sentada em um balanço com o bebê no colo, o pai os empurrando juntos, todos rindo e com os olhos arregalados, como se não houvesse nenhum lugar no mundo que preferissem estar. E eles provavelmente não queriam estar em nenhum outro lugar e esse era o ponto.

Era amor, e essa foi uma das principais razões pelas quais me mudei do sul para uma cidade grande no norte do país. Para que eu pudesse encontrá-lo.

Não no sentido de encontrá-lo para mim mesma. Não, eu já tinha tentado isso e decidi que desistiria por um tempo. Uma mulher só poderia aguentar certa quantidade de desgosto antes de seguir em frente com sua vida. Eu queria encontrar o amor para poder escrever sobre ele. Era tudo parte do meu grande plano de me tornar uma grande escritora de romances.

De qualquer forma, eu estava sentada no parque, fazendo minha observação de romances de sempre do meu banco favorito quando avistei um casal. Três semanas e eu já tinha um lugar favorito em Nova Iorque. Fiquei tonta que esta cidade estava lentamente se tornando minha. Um dia pareceria minha mesmo e eu mal podia esperar.

Hoje era meu dia de sorte. Havia um casal sentado à minha frente e à direita em um dos bancos. Tentei não cobiçá-los, mas, meu Deus, eles eram perfeitos. Ai, quem eu queria enganar? Eu não conseguia tirar os olhos deles. Lá estavam em seu pequeno bosque de árvores, escondidos de quase todos, exceto de mim. Eles eram jovens, talvez com vinte e poucos anos. Estavam fazendo aquela dança. Aquela em que eles estavam encostados um no outro, mas sem se tocar. Cada um com as mãos no próprio colo, ansiosos para se aproximarem. O jovem, que tinha cabelos escuros e olhos claros pelo que pude ver, estava sorrindo para a mulher com o que só poderia ser considerado adoração completa. Sua boca se movia e eu podia imaginar que ele estava contando a ela sobre seu dia enquanto almoçavam juntos. Eu estava presa profundamente naquele olhar e na conversa imaginária que evoquei quando fui interrompida.

— Senhorita Gracie, quem você está assistindo hoje?

A voz suave e profunda do meu único amigo na cidade além de meu primo Tig e sua esposa Delia interrompeu meus pensamentos. Sorri para Clive, embora soubesse que ele não podia me ver. Embora, a maneira autoconfiante como ele valsou em minha direção contasse uma história diferente. De verdade, a bengala em sua mão era a única indicação de que ele era cego. Sua arrogância segura e andar fácil podiam facilmente fazer uma pessoa pensar que ele enxergava. Mas a verdade era que ele conhecia esta cidade e este enorme parque como a palma da sua mão.

— Bem, olá, Clive. Achei que você não viria almoçar comigo hoje. — Não pude evitar meu grande sorriso. Adorava nossos almoços no parque. Eram o ponto alto da minha semana, mas ele estava um pouco atrasado hoje, então presumi que não viria.

Ele negou com a cabeça e riu, seus dentes brancos brilhantes contra sua pele negra-clara.

BAD BOY BILIONÁRIO

— Sabe, ninguém mais nesta cidade faz salada de frango como você — disse ele, por trás de seus óculos escuros. — Só me atrapalhei um pouco esta manhã em uma consulta médica. — Sentou-se em seu lugar habitual no banco ao meu lado.

Eu ri e neguei com a cabeça, enfiando a mão no pequeno saco marrom ao meu lado para tirar a outra metade do meu sanduíche de salada de frango.

— Bem aqui. Não podemos deixar você definhando, podemos?

Ele estava longe de definhar com um metro e oitenta de altura e facilmente duzentos quilos. Mas a garota sulista em mim sempre gostou de alimentar um homem e parecia que Clive nunca perdia uma refeição. Era bastante vigoroso para um homem de setenta e cinco anos.

Ele riu e o profundo tom barítono de sua risada rolou sobre mim e me senti em casa. Minha casa, para ser exata. Acho que era por isso que gostava tanto de Clive, além de sua personalidade encantadora. Nós nos conhecemos no parque algumas semanas atrás, quando me mudei da Carolina do Norte. Ele se sentou no meu banco e conversou comigo imediatamente, sem um grama de timidez em seu corpo grande. E quando ele me disse que era do Tennessee, eu sabia que estava resolvido. Tinha feito um melhor amigo na cidade. Clive parecia um pouco do sul no caos da cidade grande. Seu sotaque e seus modos lentos pareciam um cobertor quente neste dia de outono. A metrópole não roubou nada do charme sulista de Clive, mesmo que ele estivesse aqui há quinze anos, como gostava de dizer.

Enquanto ele mastigava o sanduíche, fiz uma pergunta para a qual estava morrendo de vontade de saber a resposta:

— Como você sabe que sou eu sentada aqui e não uma mulher estranha esperando para roubar sua virtude? — Ele tinha um pouco de maionese no lábio, então coloquei um guardanapo em sua mão.

Clive sempre sabia que era eu desde a primeira vez que conversamos. Fiquei esperando que ele cometesse um deslize nas últimas três semanas, mas ele nunca deixara de saber que era eu sentada em nosso banco.

Limpando a boca, respondeu com um sorriso:

— Mulher, eu não tenho minha virtude desde os quinze anos.

Eu ri.

— Uau! Quinze?

Ele deu de ombros lentamente.

— O que posso dizer? Sempre tive jeito com as mulheres.

Não fiquei nem um pouco surpresa. Ele era muito bonito, mesmo na velhice. E sempre se vestia para impressionar com calças apertadas e paletó, uma camisa branca por baixo.

— Eu posso sentir seu cheiro.

— O quê? — perguntei, meu sorriso se desfazendo, completamente confusa.

Ele assentiu.

— Você perguntou como eu sei que é você. Minha resposta é que posso sentir seu cheiro.

— Ah. — Inclinei minha cabeça e dei uma cheirada na axila, e Clive caiu na gargalhada.

— Não se preocupe, doçura. Você não fede. Não tenho minha visão há mais de vinte anos. Desenvolvi um forte olfato. E você, minha querida, cheira ao sol da Carolina do Sul e algodão recém-lavado.

Eu sorri para ele e passei-lhe alguns biscoitos de chocolate caseiros.

—Bem, senhor, você acabou de ganhar um biscoito caseiro. Seu fala mansa. Inclinando-se, ele cheirou a sobremesa que passei para ele.

— Hmm, gotas de chocolate. Meu favorito.

— Você realmente tem um bom nariz. — Empurrei meu cabelo loiro atrás da orelha e dei uma mordida no meu sanduíche.

— Então, quem estamos vigiando hoje, Gracie?

Ninguém em minha vida jamais me chamou de Gracie e o fato de Clive ter me dado meu próprio apelido me fez sentir muito especial.

— Jovem casal à nossa frente e um pouco à direita em um banco. — Examinei o parque ao meu redor até que meus olhos encontrassem os dois fofos novamente.

— E eles estão fornecendo algum conteúdo decente para o seu romance de estreia? — perguntou, com a boca cheia de biscoito de chocolate.

Contei para ele por que gostava de observar as pessoas na primeira vez em que o conheci e ele parecia estar totalmente de acordo com a minha ideia absurda.

— Talvez — meio que sussurrei, em transe com o casal novamente.

Ele se recostou no banco, ficando confortável.

— Bem, diga-me.

— Eles parecem ter vinte e poucos anos. Provavelmente namorados da faculdade. Ele é alto com cabelo escuro e ela é pequena com cabelo castanho-claro. Estão sentados tão próximos que ela está praticamente no colo dele, mas a parte doce é que suas mãos estão bem próximas de se tocar. O dedo mindinho direito dele está tão perto do dedo mindinho esquerdo dela. Mas cada um deles está apenas deixando a mão no joelho, com muito medo de ir em frente. O que me diz que isso deve ser novo. E eu amo um novo amor. — Um suspiro sonhador me escapou.

Eu podia vê-lo acenando com a cabeça em minha visão periférica.

— Sim, o amor jovem é o melhor. Mas o amor maduro é o mais doce.

— Ah, é? — indaguei, sem saber nada sobre o amor maduro, porque meu último namorado tinha esmagado minha alma depois de dar a ele os melhores dois anos da minha vida. E pelo meu pobre histórico de namoro, eu duvidava que algum dia chegaria ao maduro e doce amor. Especialmente desde que xingava todos os homens. Exceto Clive. Eu não o xingava. Ele era a melhor coisa em Nova Iorque até agora.

— Uhumm. — Ele acenou com a cabeça, agarrando cada pedacinho da minha atenção. — Um amor maduro é mais doce, porque existe um conforto que você nunca encontra no amor jovem. Uma facilidade, um sentimento sem esforço, que leva anos e anos para construir e se torna mais doce por todas as memórias maravilhosas do amor jovem.

Argh. Aposto que o jovem Clive fez o coração de todas as garotas disparar.

— Isso faz sentido — suspirei, me agachando no banco e pensando que talvez ele fosse um romancista enrustido. Às vezes ele dizia algumas malditas coisas que me faziam suspirar.

— O que estão fazendo agora? — Ele me tirou dos meus pensamentos românticos e olhei novamente para o jovem casal.

Fui para a ponta do meu assento quando percebi que quase perdi.

— Ah, ah. Parece que eles vão se beijar. Ele está se inclinando para ela. — E quanto mais se inclinava, mais eu oscilava na ponta do banco, esperando. Parecia que íamos testemunhar um primeiro beijo e aqueles eram simplesmente mágicos. Senti Clive inclinar-se para a frente comigo, como se pudesse ver o lindo casal tão bem quanto eu e, por um momento, parecia que nossa respiração parou.

E eles se aproximaram cada vez mais, seus lábios separados por um mero fôlego. Suas mãos estavam quase no cabelo um do outro, o momento inexplicavelmente romântico. Meu coração parecia ter parado em antecipação.

Até que, de repente, sua cabeça se afastou do menino como se estivesse em câmera lenta. *Nãooooo*, minha mente gritou. O que estava acontecendo?

Mas ficou muito claro quando vi outro homem passar pelo casal, como se estivesse saindo de um filme em vez de apenas dar um passeio pelo Central Park.

Ele era alto, sombrio, bonito, usava uma jaqueta de couro preta e, por um momento, pensei que talvez a garota conhecesse o homem misterioso de alguma forma, mas não, ele continuou andando e ela continuou olhando. E eu sabia exatamente por quê. Eu mal conseguia tirar os olhos dele também. Ele era um bad boy. Estava muito claro, desde a jaqueta de couro até o andar arrogante.

Eventualmente, seus olhos encontraram os meus e a piscadela que ele jogou em minha direção, como se soubesse que eu estava olhando, selou todo o negócio de bad boy. Fiquei com vergonha de dizer que não conseguia desviar o olhar. Corei até a sola dos meus pés. Minha pele formigou e meu coração disparou no peito.

— O que está acontecendo? — Clive perguntou. — Eles se beijaram?

Ele ainda estava sentado na beirada de seu assento e lá estava eu salivando sobre o estranho cujo rosto podia ver ainda mais claramente, pois continuava a passar por mim. E, meu Deus, eu entendia que as garotas precisavam olhar para ele, mesmo que não quisessem. Ele era lindo. Rosto esculpido que rivalizava até mesmo com Adonis. Olhos escuros o suficiente para se perder. Cabelos grossos, brilhantes e cacheados. E não havia dúvida em minha mente de que ele ostentava músculos em cima de músculos por baixo daquela camiseta preta e jaqueta. Seu jeans era tão confortável que eu estava meio tentada a checar a virilha. Mas me segurei. Por muito pouco. Por Clive. E por mim.

Porque eu sabia que tipo de homem ele era. E ele não era para mim. Eu havia experimentado esse tipo. Até subi em um e dei a esse tipo uma boa cavalgada. Não. Eu não faria isso de novo. E se a jovem bonita no banco fosse esperta, ela se concentraria na coisa boa que tinha bem a sua frente. Porque aquela distração sexy não passava de um pesadelo.

— Bem, vamos lá, Gracie. Não me deixe no suspense aqui! — Clive cutucou meu ombro com o seu.

— Desculpe — suspirei. Acontece que a garota no banco não era a única pessoa distraída. — Não. Sem beijos. Alguém passou e a distraiu.

— Hmm. Parece que você também se distraiu um pouco. — Ele parou por um momento antes de perguntar: — Quem passou por aqui?

Bufei.

BAD BOY BILIONÁRIO

11

— Ah, sabe. É uma história tão antiga quanto o tempo, Clive. Toda história tem um vilão e este era um gostoso de jaqueta de couro que nossa jovem não conseguia tirar os olhos. Ele passou e ela estava toda gaga e estúpida.

Como eu. Ela era como eu e provavelmente todas as outras mulheres neste parque. Mas eu não cairia mais nessa.

Uma risada baixa atingiu meus ouvidos.

— O que te faz pensar que ele é o vilão?

— Porque eu conheço o tipo. Caramba, eu namorei o tipo dele muitas vezes. E finalmente aprendi minha lição. Ele é o tipo de cara com quem você se diverte. Não o que você se acomoda e casa, e definitivamente não é alguém por quem você ousa se apaixonar. Porque ele vai quebrar seu maldito coração e arruinar sua vida, e você vai se arrepender de ter olhado para ele em primeiro lugar.

— Uau. Isso é demais. Meio exagerado.

Assenti com a cabeça, tirei uma maçã da mochila e recostei-me no banco.

— É sim. — Dei uma mordida na maçã. — Basta olhar para ele. Caminhando sem se preocupar com nada no mundo. Como se simplesmente não tivesse estragado um beijo importante. Ele é um estragador de romances. Um destruidor de encontros. Um mutilador de beijos. Um demolidor de amor. O mofo sexy — terminei baixinho.

Uma risada baixa me interrompeu.

— Sabe o que eu acho, senhorita Gracie?

Eu sorri, porque ele me diria se eu quisesse ou não.

— O que, Clive?

— Acho que nem sempre se deve julgar um livro pela capa.

Ah, Clive estava ficando todo leitor comigo. Mas ele estava certo. Eu odiava quando as pessoas julgavam um livro pela capa, mas a maioria o fazia. Só que isso era diferente. Capas de livros e pessoas eram coisas completamente diferentes. O lado de fora das pessoas era fácil de ler. Era uma rara ocasião em que alguém me surpreendia hoje em dia. As pessoas eram fáceis de ler. Mas não importava. Não planejava ver o estragador de romances novamente.

Mas às vezes o destino tinha outros planos.

DOIS

GRACE

Eu precisava de um emprego. Tipo, o mais rápido possível. Mas encontrar um emprego não foi tão fácil quanto pensei que seria nesta cidade grande. Havia muito trabalho a ser feito. Talvez fosse o fato de que eu estava sendo particularmente específica sobre o trabalho que estava disposta a aceitar. Mas de jeito nenhum eu serviria mesas. Tentei isso em casa, na Carolina do Norte, e foi um grande erro. O tipo de erro que custara centenas de dólares em pratos quebrados e contas de lavagem a seco. Não queria mais aquela vida. Eu era uma garota que aceitava minhas limitações. E servir mesas era um limite difícil para mim.

Morar neste apartamento era relativamente barato para Nova Iorque, mas também era o buraco mais merda de provavelmente todo o Brooklyn. Compartilhava com duas outras mulheres que mal conhecia. E estava tudo bem, porque elas não estavam lá na maioria dos dias. O que era bom, já que era o menor apartamento de dois quartos que já vi na vida. Eu encontrei o lugar on-line antes de me mudar para cá há quase um mês. Eu realmente não tinha entendido a pequenez de um apartamento em Nova Iorque antes de realmente entrar em um.

Disse a mim mesma que não era o pior, porque pelo menos eu tinha meu próprio quarto, mesmo que fosse do tamanho de um closet. Uma das minhas outras colegas de casa dormia na sala de estar em um futon. A situação dela era pior.

Andei pelo meu minúsculo quarto tentando pensar em qualquer coisa que eu pudesse fazer na cidade para tentar ganhar algum dinheiro. Minhas economias estavam diminuindo rapidamente. O aluguel era uma loucura, mesmo para a pequena caixa de sapato que eu estava alugando. Pensei que com certeza teria conseguido algo agora. Pelo menos um trabalho de varejo de algum tipo, se não um cargo de assistente administrativo. Eu não queria fazer as malas e voltar para casa na Carolina do Norte. Minha mãe ficaria toda "eu avisei" e não poderia aceitar isso.

Mas eu sempre sonhei em morar aqui. Era aonde você vinha para fazer as coisas acontecerem na costa leste e, para tornar as coisas ainda melhores, eu tinha família aqui caso tudo desse errado. O que, convenhamos, poderia facilmente acontecer.

Distraí-me regando uma das oito plantas que havia enfiado comigo no armário. Eu tinha pelo menos trinta antes de sair de casa, mas dei a maioria para amigos, mantendo apenas minhas favoritas para a viagem até aqui. Tive que fazer o mesmo com meus romances, trazendo apenas os favoritos. Foi difícil, mas eu sabia que não teria espaço. Entre os livros, as plantas e a cama, não havia espaço para mais nada. Eu nem tinha espaço para uma escrivaninha. Em vez disso, estava escrevendo no meu laptop na minha cama. Não que estivesse escrevendo muito de qualquer maneira. Este apartamento também não era propício para isso. Eu estava, no entanto, grata pelo minúsculo armário que guardava minhas roupas no canto do quarto.

— Aqui está, Earl — murmurei para minha doce suculenta bebê em seu pequeno pote de sete centímetros, apoiada na borda da única janela do meu quarto. Eu mesma a cultivei, propagada a partir da folha de uma das plantas de minha mãe, então ela era superespecial. Minhas outras plantas também estavam amontoadas ao redor da janela, em uma pequena prateleira que peguei na IKEA. — Espero que a fumaça do cigarro não esteja te matando. — Malditas colegas de quarto e o fumo constante. Outra razão pela qual eu precisava dar o fora daqui. Mas eu não poderia fazer isso sem mais dinheiro e não conseguiria grana sem um maldito emprego.

Reguei o restante das minhas plantas e peguei um livro, enfiando-o na minha grande bolsa que passei sobre os ombros antes de sair.

Peguei o trem em direção à 8ª Avenida para o estúdio de tatuagem do meu primo Tig, o Tig's Tattoo and Piercing. Li meu livro a maior parte do caminho já que finalmente sabia como chegar lá. Foi um dos poucos lugares que consegui chegar de transporte público aqui. Eu estava constantemente perdida, mesmo depois de quase um mês. Mas esperava um dia ser uma verdadeira nova-iorquina e nem sempre pedir informações a todos.

Quando cheguei ao estúdio de tatuagem, era início da tarde e não havia feito exatamente nada. Exceto andar muito. Aprendi que os nova-iorquinos caminhavam muito e tive que admitir que minhas panturrilhas estavam parecendo muito boas ultimamente, mesmo que minhas pernas estivessem um pouco doloridas.

14   Amie Knight

Era fim de semana, então eu nem tinha ido ao parque para comer com Clive, como fazia na maioria dos dias. Eu sentiria falta daqueles dias quando finalmente conseguisse um emprego.

Um sino tocou quando abri a porta e respirei o agora familiar cheiro de tabaco e incenso.

— E aí, mocinha? — a esposa do meu primo, Delia, perguntou atrás do balcão da frente. Ela fazia os piercings na loja e Tig fazia as tatuagens. Eu não tinha nenhum dos dois, embora às vezes considerasse colocar um piercing no nariz. Talvez meu nariz fosse fofo o suficiente para ostentar um.

Sorri por Delia me chamar de "mocinha". Era exatamente como ela e Tig me chamavam e eu estava bem com isso. Com apenas 23 anos, acho que era uma espécie de criança para eles, já que eram alguns anos mais velhos.

— Nada — gemi, caindo no sofá de couro na área de espera.

Ela empurrou o lábio inferior para frente e perguntou:

— Ainda sem emprego?

Neguei com a cabeça.

— E eu preciso sair daquele apartamento e tentar encontrar algo melhor. Vou morrer de câncer de pulmão se ficar lá.

— Você sempre pode ficar conosco — ofereceu, tirando uma caixa de luvas de um armário próximo.

Esta não foi a primeira vez que eles ofereceram. Porém de jeito nenhum eu aceitaria. A casa deles era muito pequena para me adicionar à mistura e eu não vim até Nova Iorque para abusar do meu primo e sua esposa. Além disso, eles provavelmente me dariam câncer de pulmão também.

— Você é um amor, Del, mas preciso resolver isso sozinha.

Ela me deu um pequeno sorriso quando o sino tocou e a melhor amiga de Tig, Soraya, apareceu parecendo a nova-iorquina que era. Estava linda e confiante, com cabelos pretos com pontas rosas no momento. Anos atrás, ela me disse que a cor do cabelo mudava de acordo com seu humor e hoje ela parecia bem animada. Tinha curvas em todos os lugares certos e fiquei imediatamente com ciúmes. Eu não era magra nem de longe, mas minhas curvas não eram tão bem-posicionadas quanto as de Soraya. Ela tinha aquele corpo bombástico e eu tinha aquele corpo de mãe, sem o status de mãe. Era triste.

Encontrei Soraya muitas vezes em minhas visitas aqui. Ela e Tig sempre foram amigos, então, por sua vez, nós nos conhecíamos bem.

— Ei, pessoal! — gritou, lançando-me um sorriso.

BAD BOY BILIONÁRIO

— Ei, garota! O que está fazendo aqui? Como escapou de Graham e das crianças? —perguntou Delia.

Soraya juntou-se a mim no sofá.

— Bem, eles estão tendo um dia com o papai, porque a mamãe precisava de um dia com os amigos e Tig disse que vocês poderiam fugir para jantar.

Delia olhou para o horário no balcão.

— Caramba. Acho que podemos.

— Legal, eu preciso de todas as bebidas possíveis. Foi uma longa semana. E a amamentação está acabando comigo. Vou ter que jogar leite fora a noite toda, mas vai valer a pena.

Soraya era uma mãe incrível. Ela estava reclamando agora, mas, se você passasse cinco segundos perto dela e de seus pequerruchos, saberia que ela foi feita para ser mãe. Graham teve uma filha de um casamento anterior, mas você nem saberia que aquela filha não era de Soraya. Era natural para ela. E a mulher tratava as duas crianças como se fossem suas.

— Saio em um segundo! — Tig gritou lá de trás.

Soraya recostou-se no sofá e encostou a cabeça nele, olhando para o teto.

— Foda-se, estou cansada.

— Aposto que sim — Delia entrou na conversa. — Ter um bebê e uma criança de sete anos é um trabalho árduo, garota. Mas você está indo muito bem.

Ela cobriu os dois seios com as palmas das mãos.

— Deus, essas coisas já doem e faz apenas uma hora desde que amamentei. — Ela ainda estava olhando para o teto e me perguntei se estava falando conosco ou com Deus. O pensamento me fez rir.

Eu a cutuquei com o ombro.

— Mas eles parecem ótimos. — Soraya já tinha seios grandes, mas agora estavam inclinados a ponto de serem enormes.

Ela virou a cabeça para o lado, olhou para mim e deu de ombros.

— Graham parece gostar deles. Mas chega de falar de mim e do meu drama materno. Como a Big Apple está te tratando, mocinha?

Senti meus ombros caírem para a frente.

— Assim como a maternidade está te tratando. Está acabando comigo.

— Ahh — ela disse, antes de se sentar e bater com a mão no meu joelho. — Nova Iorque faz isso com os recém-chegados. Você só precisa ganhar coragem e, assim que o fizer, vai amar esta cidade e nunca mais vai querer sair. Confie em mim.

Eu certamente esperava que ela estivesse certa, mas, no momento, eu tinha um problema maior.

— Vou embora, querendo ou não, se não encontrar um emprego logo.

Ela franziu a testa para mim.

— Ainda nada?

Negando a cabeça, respondi:

— Nada.

Ela tocou o queixo e franziu os lábios.

— Ah. Plantas e livros são a sua praia. Que tal como florista ou em uma livraria? Há toneladas delas na cidade.

Ela estava certa. Eu me inscrevi em muitas livrarias, até mesmo em algumas das maiores redes. Mas não tinha pensado em uma floricultura.

Essa era uma ótima ideia. Eu não sabia por que não tinha pensado nisso. Levantei-me, certificando-me de que estava com minha bolsa.

— Essa é uma ideia fabulosa. A melhor até agora.

Eu estava realmente animada. Talvez conseguisse um emprego em uma floricultura perto da minha casa. Fiquei até com vontade de me aventurar no metrô e me perder algumas vezes para trabalhar com plantas. Valeria a pena.

— Vocês estão prontas? — Tig perguntou a todos, vindo da sala dos fundos.

— Na verdade, acho que vou faltar o jantar. — Deus sabia que eu não poderia pagar de qualquer maneira. — Vou começar a procurar algumas floriculturas por perto.

— Tem certeza? — Soraya perguntou e eu assenti.

— Sim. É uma ótima ideia e preciso arrumar emprego imediatamente.

— Divirta-se! — Delia gritou, quando saí antes deles.

— Boa sorte! — Soraya exclamou, e a porta se fechou atrás de mim.

Liguei o GPS no meu telefone, abri o Google Maps e busquei todas as floriculturas a uma curta distância. Havia algumas em um raio de oito quilômetros e, como agora era uma nova-iorquina, decidi botar a mão na massa e encontrar um emprego hoje. Nada me pararia.

BAD BOY BILIONÁRIO

TRÊS

GRACE

    Depois de bater em quatro floriculturas e caminhar cinco quilômetros, logo percebi que algo estava me impedindo. E foram minhas malditas pernas. Elas estavam me matando. E meus pés. Meu Deus, eles estavam ainda piores. Eu definitivamente não estava acostumada a ser uma nova-iorquina.

    Talvez não devesse ter feito aquele passeio pela Times Square, mas não consegui resistir. A magnitude de tudo isso surpreendeu essa menina sulista de cidade pequena. E o anúncio de equipamento de futebol que vi em uma tela enorme com aquele cara gostoso e musculoso e uma cabra malhada era excitante, mas também estranho pra caramba. Às vezes, não conseguia pensar que me acostumaria com este lugar.

    Estava até com saudades da minha cidade natal, Raleigh, na Carolina do Norte, o que eu achava que nunca diria. Não havia realmente muito lá para mim e para os meus sonhos. Mas sabe o que tinha lá? Menos trânsito e a capacidade de dirigir para qualquer lugar em questão de minutos. Em Nova Iorque, você fica parado no trânsito por mais tempo do que realmente leva para chegar a algum lugar.

    Aprendi isso rapidamente na minha primeira semana aqui, quando optei por simplesmente estacionar o carro na rua, caminhar e pegar o trem.

    Sentei no primeiro banco que vi e estiquei os pés dentro do tênis. Meu Deus, eu mal podia esperar para chegar em casa e tirá-los. E pensar que fiz toda aquela caminhada e só encontrei uma perspectiva de emprego em potencial.

    A maioria dos lugares estava contratando, mas queriam alguém com experiência. Aparentemente, amar e tratar suas próprias plantas como crianças não era suficiente para ser contratado. Embora uma senhora parecesse que me daria uma segunda entrevista por ter pena de mim. Ela ficou com meu número de telefone, então eu só podia rezar para que realmente o usasse.

Eu estava derrotada. Até a minha alma. Então, quando vi uma barraquinha de café a cerca de meio quarteirão de distância, sabia que seria minha próxima parada. Precisaria da cafeína para chegar até em casa. Levantei-me e fui me arrastando em direção à barraca, meus pés se movendo com dificuldade, imaginando algum tipo de Frappuccino muito grande. Eu queria todo o açúcar. Aproveitaria sem culpa, já que pulei o jantar e caminhei mais de cinco quilômetros.

Verifiquei meu e-mail e Facebook no telefone, esperando minha vez atrás de outras duas pessoas; quando finalmente cheguei à frente da fila, poderia ter chorado. Eu precisava daquele café como de ar.

— O que vai querer? — um homem de cabelos escuros perguntou.

— Vou querer um Frappuccino de caramelo com chantilly extra, por favor. — Dei a ele um sorriso radiante.

O homem apenas me olhou como se eu tivesse perdido minha bela cabecinha e meus olhos correram ao redor, tentando descobrir o que estava acontecendo, até que finalmente pousaram em seu crachá.

— Algum problema, Anil? — perguntei, cautelosamente. Sua única resposta foi um grande nada. Ele apenas continuou me encarando.

Um longo braço se estendeu por trás de mim e um grande corpo o seguiu, praticamente me cortando e parando bem na minha frente.

— Quer saber? — o grandalhão que havia parado na minha frente disse para Anil. — Ela só vai tomar um café grande com açúcar extra e creme e eu vou tomar um café preto pequeno.

Ele já estava com o cartão na mão, entregando para Anil e eu quis gritar que queria um maldito Frappuccino, mas só consegui ver sua nuca e queria que ele me olhasse na cara enquanto eu reclamava com aquele babaca sobre furar filas e pedir coisas para mulheres que elas não queriam.

Cruzei os braços sobre o peito, esperando e me preparando. Eu falaria um monte para este homem. Não precisava que ele me comprasse um café que eu nem queria. Por que diabos os homens tinham esse direito? Nós, mulheres, éramos capazes de fazer coisas, especialmente coisas como pedir nossas próprias bebidas.

Anil colocou os cafés no balcão e me olhou por uns bons três segundos antes de passar para o próximo cliente da fila.

O estranho de cabelos escuros pegou o café que pediu para mim e outro para ele antes de caminhar para o lado. Eu o segui para que pudesse lhe dizer poucas e boas.

BAD BOY BILIONÁRIO

Infelizmente para mim, ele se virou e me pegou de surpresa. Poderia muito bem ter me dado um soco duplo no rosto, porque fui nocauteada.

Era ele. O estragador de romance do Central Park. O próprio destruidor de beijos, e devo dizer que de perto ele era ainda melhor do que eu lembrava.

Eu poderia devorá-lo de colher, se eu tivesse uma. Mas eu nem tomei um café, então aqui estava eu, agora com sede e com fome. Ótimo. Ele começou a caminhar em direção a um banco próximo, então o segui em transe.

O jeans que ele usava poderia muito bem ter sido pintado em sua pele por causa daquela parte inferior. Droga. E a cada passo que eu dava atrás do cara, percebia o quão grande ele era e quão pequena eu era.

Eu tinha um metro e sessenta e cinco, mas o homem tinha facilmente trinta centímetros a mais. Ele me fazia sentir pequena e não havia nada de pequeno em mim.

Ele se virou para mim, bem na frente do banco, e sentou-se à direita com o tipo de graça e elegância que um dançarino poderia ter, e imediatamente fiquei nervosa. Todo o meu entusiasmo e conversa de merda interna sobre repreendê-lo voou pela janela. Porque ficar a um metro desse homem era como ficar a um metro de um fogo ardente. Ele usava um suéter preto que lhe caía como uma luva e, mesmo em seus jeans desbotados e botas pretas, ele parecia muito chique e organizado.

Eu saltitava sobre meus pés cobertos de tênis, sentindo-me de alguma forma mal-vestida para uma calçada de Nova Iorque, embora estivesse usando meu jeans skinny mais bonito e uma linda blusa verde com corações brancos por toda parte.

Ele colocou os dois cafés no braço do banco e eu fiquei lá, boquiaberta, antes de dar um tapinha no local ao lado dele. O que diabos estava acontecendo? Arrastei-me de um lado para o outro, nervosa.

— Sente-se — ele me disse, com uma voz que deveria ser ilegal em pelo menos 46 estados. Era um rosnado profundo, extremamente quente, e imediatamente pensei em me sentar no colo dele em vez do lugar ao seu lado.

Limpei a garganta desajeitadamente e rezei a Deus para que eu não parecesse tão suada quanto me sentia quando me acomodei ao lado dele, porque meu choque obviamente me deixou completamente burra.

Assim que me sentei, percebi que estava ao lado de um completo estranho em uma cidade da qual não sabia quase nada, exceto que poderia ser perigoso. Ou eu estava completamente fora de controle ou o homem devastadoramente bonito tinha colocado algum tipo de feitiço em mim com sua boa aparência. Eu era uma idiota, assim como a garota no parque. Pode me julgar.

Levantei-me do banco e fiquei na frente dele. Eu não seria enganada. Eu estava em greve de homens. Além disso, estranho perigoso!

Ele assentiu com a cabeça e sorriu estranhamente para mim.

— Ok, não se sente então.

Ele pegou meu café do braço do banco e tentou entregá-lo para mim. Eu disse a primeira coisa que me veio à mente:

— Você é um estranho.

Ele deu um sorriso enorme e, senhor tenha misericórdia, o homem tinha covinhas que apareciam em sua barba recém-feita. O que eu deveria fazer com isso? Covinhas profundas e lindos dentes brancos.

Ele esticou a mão à frente.

— Sou Whitaker Aldrich, mas meus amigos me chamam de Whit.

Engoli em seco, sem saber o que diabos fazer. Meus olhos dispararam para a esquerda e para a direita antes de finalmente pousar de volta em sua mão estendida. Por fim, coloquei a mão na dele, a minha parecendo estranhamente pequena contra a sua.

Ele deu um aperto firme na minha mão.

— E você é? — perguntou, seus olhos dançando de alegria.

Afastei minha mão úmida.

— Eu sou Grace. Grace Abernathy. — Tentei dizer isso com bom senso, mas minha voz estúpida falhou.

— Que bom então. Agora que não somos estranhos, aceita este café? — Ele o estendeu novamente e eu olhei para o cara.

— Mas eu não queria café. Queria um Frappuccino — atestei o óbvio. E, ai, meu Deus, eu parecia um maldito homem das cavernas. Café. Não. Quero. Eu. Grace. Meu Deus, este homem estava me fazendo agir de forma ridícula.

Ele me deu um sorriso torto e seus olhos ainda dançavam.

— Estou ciente. Mas, veja bem, o Anil só serve café puro. Nada chique. Você consegue creme e açúcar com ele e é isso.

Senti minha boca formar um O. Isso explicava a expressão no rosto de Anil. Mas esse cara não precisava ser tão presunçoso sobre isso. E eu estava me preparando para lhe dizer isso quando ele me interrompeu:

— E, como você estava atrapalhando a fila, pensei em salvá-la dele e do grupo de pessoas atrás de nós. Você estava prestes a causar um motim do café.

Caramba. Ele estava certo. Neguei com a cabeça, tudo fazendo sentido. Ele estendeu o copo de café mais na minha direção e eu peguei.

— Obrigada — afirmei, cedendo completamente e sentando-me ao seu lado.

O quê? Meus pés e pernas estavam me matando.

Ele cruzou um dos tornozelos sobre o joelho e se virou em minha direção. Recostou-se com indiferença, tomando um gole de café.

Enquanto isso, tentei não notar seus lábios perfeitamente carnudos ou a leve protuberância em seu nariz que apenas tornava seu rosto mais masculino. Sem falar daquelas maçãs do rosto salientes que foram feitas para uma passarela.

— Então, de onde você é, Grace Abernathy? — perguntou, uma de suas sobrancelhas escuras e grossas levantadas, e de repente meus pelos arrepiados estavam de volta.

Todos com quem conversei em Nova Iorque me perguntaram imediatamente de onde eu era. A maioria com uma pequena ruga no nariz, como se meu sotaque sulista de alguma forma cheirasse mal. Whitaker não estava com aquela cara de mau cheiro, mas ainda me irritou com sua pergunta.

— Por quê? Meu sotaque sulista te ofende? — acusei, antes de tomar um gole profundo do meu café e decidir que o Anil tinha um dos melhores cafés da cidade; Frappuccinos ou não, eu definitivamente voltaria para aquela barraquinha assim que descobrisse como.

Ele descruzou as pernas e as abriu antes de apoiar os cotovelos nos joelhos para ficar um pouco mais perto de mim.

— Nem um pouco. Na verdade, é muito adorável.

Uma estranha sensação de bajulação tomou conta de mim.

— Aposto que você diz isso para todas — murmurei, sem saber o que dizer. Minhas bochechas queimaram como se eu tivesse estado na praia o dia todo e, apesar de tudo, senti um sorriso surgindo no rosto. Não importava se ele dissesse isso para todas as mulheres do mundo. Essa daqui ficou bem lisonjeada. — Carolina do Norte — guinchei, respondendo a sua pergunta. Ele estava me atraindo. E eu parecia um peixe no anzol. Eu sabia disso, mas não conseguia parar.

— Hmm — resmungou, aparentemente imerso em pensamentos antes de perguntar: — Há quanto tempo você está aqui? — Ele tomou um longo gole de café, mas seus olhos nunca deixaram os meus.

Ele me comprou um café. Estava tentando ter uma conversa casual.

Era estranho e bom ao mesmo tempo.

Fiquei nervosa ao contar tantas informações pessoais a um estranho, mas ele parecia inofensivo e foi assim, afinal, que fiz amizade com Clive.

— Apenas há um mês. — Bebi outro grande gole de café, de repente agradecida pelo estragador de romances, ou talvez nunca teria experimentado a delícia do café de Anil.

— É bom, né? — indagou, sorrindo para mim como se fôssemos velhos amigos, em vez de desconhecidos. Era estranhamente reconfortante e eu me odiei por isso. Eu precisava fazer amigos aqui, em vez de ficar tão desesperada pela atenção de um homem.

Reconhecia que estava solitária na cidade. Tig e Delia estavam ocupados com seus negócios e eu não queria ficar atrás deles o tempo todo. Mas eu tinha Clive e ele era um amigo incrível. Senti-me tola, devorando tão facilmente esse pouco de atenção que Whitaker estava disposto a me dar. Além disso, já tinha decidido que ele era um bad boy e estava farta disso.

— E o que fez você se mudar para cá, Grace Abernathy? — Meu nome saiu de sua língua com muita doçura.

Eu me atrapalhei com minhas próximas palavras, tentando decidir se deveria dizer a ele que era apenas uma jovem boba tentando seguir seus sonhos de se tornar uma escritora de romances em uma cidade grande. Senti que pensaria que era a coisa mais estúpida que ele já tinha ouvido. Ele, tão adequado e organizado, e eu, ainda descobrindo as coisas de muitas maneiras.

Levantei-me, passando a bolsa sobre o ombro.

— Bem, eu preciso ir para casa. É uma longa jornada de volta ao Brooklyn.

Eu não sabia se era longa ou não, porque não tinha ideia de onde diabos eu estava de qualquer maneira. Levantei o copo na minha frente.

— Obrigado pelo café, Whitaker. — Seu nome soava doce na minha língua também, e eu sabia que precisava dar o fora dali. Ele ia jogar aquelas covinhas de volta em mim a qualquer minuto e uma garota não aguentaria tanto. Eu estaria sentada de novo antes que eu percebesse e contando toda a história da minha vida.

Ele também se levantou e se aproximou de mim.

— Posso te dar uma carona? Só estou estacionado no final do quarteirão. — Ele fez um gesto para trás, nervoso, e achei tão adorável que quase disse sim.

BAD BOY BILIONÁRIO

Até que me lembrei de que não o conhecia. E ele queria me dar uma carona. O homem estava louco?

— Hm, não, obrigada. Vou pegar o trem. — Comecei a andar para trás e ele abriu um sorriso, seguido por uma risada profunda que fez meu estômago revirar porque eu não deveria ter gostado nem um pouco, mas de alguma forma gostei muito.

— Se você está indo para o Brooklyn, provavelmente quer ir por lá. — Apontou para trás.

Bem, isso não foi nada embaraçoso.

— Ah, sim, eu sabia disso — murmurei, caminhando em direção a ele, e fingi estar calma, quando tinha certeza de que parecia uma bagunça perdida e suada.

Enquanto eu caminhava, ele manteve os olhos em mim, me estudando minuciosamente e tentei não olhar para ele. Se eu não olhasse, não ficaria tentada.

— Tem certeza de que não quer uma carona? — ele perguntou quando eu finalmente passei por ele, me surpreendendo.

Virei-me e o observei sob a luz do entardecer. Ele estava parado com um arranha-céu atrás de si, o brilho suave do sol em torno de sua linda cabeleira espessa. Luzes aleatórias de escritório da rua salpicavam o céu atrás dele e, nas duas vezes que o vi, ele nunca esteve tão bonito quanto naquele momento. Parecia um modelo pronto para desfilar na passarela e a bela cidade de Nova Iorque era apenas seu pano de fundo entediante. E não havia nada de entediante nesta cidade, mas com certeza parecia assim naquele momento.

Ele estava com um sorriso que dizia que sabia que eu estava muito perdida e eu tinha certeza de que estava com um olhar que dizia que ainda não pegaria carona.

Balancei a cabeça para ele e atirei-lhe um sorriso antes de me virar para tentar encontrar o trem certo para casa. E decidi, naquela longa caminhada e três filas diferentes para chegar lá, que se visse Whitaker Aldrich de novo, não ficaria por aqui. Ele era definitivamente sinal de problemas. Ele era bonito demais para o meu próprio bem.

Mas quais eram as chances de eu vê-lo novamente nesta cidade enorme? Poucas ou nenhuma. Sim, eu não tinha nada com que me preocupar.

E essas foram as minhas últimas palavras.

QUATRO

WHIT

Senti uma gota de suor escorrer pela minha têmpora, tentando espiar pela esquina. Uma grande mesa do corredor bloqueava minha visão e segurei minha arma com força, correndo do quarto para lá, agachado atrás da mesa. O longo corredor tinha móveis decorativos aqui e ali e mantive os olhos abertos para o meu agressor o melhor que pude com todos os obstáculos bloqueando minha visão.

O ar estava tão quieto ao meu redor que só ouvi o som suave da minha própria respiração até que uma porta rangeu em algum lugar no meio do corredor e concluí que devia ser a do banheiro. Foda-se, eu teria que, de alguma forma, atravessar todo o caminho sem que ele me ouvisse. Com o coração batendo forte, dei uma cambalhota pelo corredor, cambaleei sobre minhas mãos e joelhos, arma na mão, até mais adiante, e me escondi atrás de uma velha poltrona, meu coração batendo a um quilômetro por minuto, minha camiseta azul úmida do esforço.

Levantando-me, mas ainda agachado, olhei para o outro lado do corredor, para o banheiro escuro e silencioso, a porta mal aberta. Eu sabia que ele estava lá e não o deixaria escapar dessa vez. E eu com certeza não o deixaria me encontrar primeiro.

Com pés silenciosos, hábeis e lentos demais, rastejei em direção à porta do banheiro, com cuidado, para evitar todas as manchas no velho piso de madeira que eu sabia que estavam rangendo, praticamente prendendo a respiração com medo de que ele me ouvisse. Cheguei à parede ao lado da porta do banheiro e me escondi lá, respirando fundo antes de usar a mão esquerda para abri-la lentamente, usando minha direita para segurar a arma, pronta para atirar.

O banheiro ficou suspeitosamente quieto, apenas o pequeno rangido da porta abrindo fazendo barulho. Limpando minha testa com a manga da camiseta, arrastei-me ao longo da parede e, em seguida, pelo batente da porta, quando finalmente cheguei ao meu destino, apenas para encontrar o quarto completamente vazio.

Meus olhos dispararam ao redor freneticamente, sentindo como se tivesse sido enganado de alguma forma, até que pousaram na cortina do chuveiro. Sim, porra. Ele era todo meu. Lentamente, rastejei para frente, minha arma apontada para o chuveiro. Inclinei-me e abri a cortina do chuveiro, pronto para mirar.

— Ahá! — gritei. Só que balancei para trás em choque com o chuveiro vazio, percebendo que realmente havia sido superado.

Um grito de guerra soou do outro lado do banheiro atrás de mim e me virei rapidamente, minha arma levantada, quando um minúsculo terrorista saiu do armário sob a pia do banheiro, suas armas voando. Ele segurava uma em cada mão e de repente eu caí, uma das mãos no meu peito, balas Nerf me acertando no peito e na barriga.

Levei a mão ao coração, o azulejo frio contra minhas costas e minha cabeça.

— Fui abatido! — gritei dramaticamente.

Minha mini versão estava acima de mim, mirando no meu rosto.

— Você se rende? — Ele tinha um brilho nos olhos que não me importava muito. Geralmente significava coisas ruins para mim.

— Eu disse que fui abatido, cara. Tenha pena! — gritei, do meu lugar no chão do banheiro. Até deixei escapar um pequeno gemido para dar mais dramaticidade, segurando as duas mãos no peito e rolando para o lado.

— Hmmm — contemplou, como se não tivesse terminado comigo e eu soubesse exatamente o que ele estava pensando.

— É melhor você nem… — comecei, mas era tarde demais, a bala Nerf me atingiu bem no meio dos olhos.

Ah, não, que inferno.

— O que eu te disse sobre atirar na cara das pessoas, Andrew? — Agarrei-o pela cintura e arrastei-o para o chão do banheiro comigo até que estivesse ao meu lado.

— Não é justo! — gritou, enquanto eu arrancava a arma de sua mão e a jogava para fora do banheiro no corredor.

— Você sabe que não deveria atirar na cara de ninguém. São as regras — afirmei, fazendo cócegas em suas costelas e me sentando até que estivesse montado em todo o seu corpo e o tivesse à minha mercê.

— Diga que sente muito — exigi, indo para uma de suas coxas e apertando a carne dela entre o polegar e os dedos uma e outra vez.

Ele jogou o cabelo castanho para trás e reclamou para o teto.

— Ai, meu Deus! — ele gritou. — Pare, papai! Por favor, pare!

— Peça misericórdia. — Eu ri, adorando cada pequeno dentinho branco em seu sorriso doce. As mesmas covinhas que ficavam em ambos os lados do meu sorriso também marcavam o dele e me inclinei, dando uma mordida em uma delas.

Ele gritou embaixo de mim.

— Misericórdia, papai! Misericórdia, por favor!

Parei de fazer cócegas nele por tempo suficiente para me inclinar e enterrar o rosto em seu pescocinho, respirando seu cheiro antes de soprar bem ali, o que o fez gritar.

— Estou falando sério, cara. Chega de atirar na cara das pessoas. Os vizinhos ficaram chateados quando você fez isso da última vez.

— Tudo bem — meu adorável filho de seis anos gemeu, e o ajudei a se levantar do chão.

Despenteei seu cabelo castanho-escuro e peguei seu pijama de Bob Esponja.

— É hora de se vestir, amigo. Nós vamos ao Graham hoje para que você possa brincar com a Chloe.

Seu rosto desmoronou.

— Não quero me vestir. Quero ficar em casa e brincar de Nerf com você, papai.

Eu queria ficar em casa e brincar com ele também. Era uma das minhas coisas favoritas para fazer no mundo todo. Mas eu já havia cancelado com Graham uma vez e estava ansioso para conversar com meu amigo de infância. Eu não o tinha visto mais de duas vezes desde que nos mudamos de volta da Califórnia para Nova Iorque, seis meses atrás. Eu estava ansioso para encontrá-lo.

— Me desculpe, cara. Nós estamos indo para a casa de Graham. Você vai se divertir brincando com a Chloe.

Ele saiu do banheiro e se virou em direção ao seu quarto, mas não deixei de ouvi-lo murmurar baixinho:

— Garotas são um saco.

— Não diga isso, Andrew. Saco é uma palavra para adultos.

Ele se virou para mim, com as mãos nos quadris.

BAD BOY BILIONÁRIO

— Não seja tão chato, Whitaker.

Eu queria tanto abrir um sorriso. Era uma luta constante não rir do meu filho inteligente demais e adoravelmente travesso.

— Pare de citar a vovó. E você definitivamente não tem permissão para me chamar de Whitaker, mocinho. — Ergui os braços acima da cabeça e comecei a caminhar rapidamente na direção dele. — Para você eu sou papai. — Fiz minha melhor cara de monstro e abaixei as mãos na frente, com as palmas para baixo. — Ou papai zumbi! — falei, retorcendo a boca, e caminhei lentamente em direção a ele.

— Ahhh! — gritou, correndo para o quarto, deixando o eco de sua doce risada em seu rastro. Era o meu som favorito no mundo.

Passei por seu quarto a caminho do meu e coloquei a cabeça para dentro para ter certeza de que ele estava realmente se vestindo.

— Troque a cueca também. Vou tomar um banho e me vestir. Vejo você lá embaixo em quinze minutos.

Atravessei o corredor até meu quarto e peguei um par de jeans, camiseta branca e um suéter azul-marinho para vestir durante o dia. Depois de tomar banho, escovei os dentes antes de ir para o meu quarto. Estava tirando um par de meias, mas uma foto de Andrew quando bebê em minha cômoda chamou minha atenção. Ele estava sentado no colo de sua mãe e sorria. Tinha apenas seis meses de idade, praticamente sem dentes, exceto por aqueles preciosos dois dentes da frente no topo da boca. Tínhamos tirado em um parque em Londres enquanto estávamos lá em uma viagem meio a negócios, meio de férias. Aldrich Music me levou ao redor do mundo e trouxe Andrew junto. Ele já era um garoto muito viajado para uma criança de seis anos.

Ver aquela foto sempre fez a mesma coisa comigo e hoje não foi diferente. Uma mistura familiar de raiva e tristeza rastejava sob minha pele e desviei o olhar antes que isso me dominasse, como acontecia em alguns dias.

Depois de escovar o cabelo, desci as escadas, optando por não me barbear naquele dia.

Eu não tinha percebido o erro terrível que foi até que vi minha mãe parada na minha cozinha, servindo-se de uma xícara de café.

— Como você entrou aqui? — murmurei, inclinando-me ao redor dela para pegar uma xícara de café atrás de sua cabeça.

Eu sabia como ela entrou. Dei a ela a chave, afinal. Só não esperava que a usasse com tanta frequência.

Tentei esconder meu sorriso quando vi suas costas ficarem retas e ela finalmente se virou para mim, tão lentamente que eu sabia que estava na merda.

— E com quem, por favor, me diga, você pensa que está falando, meu querido filho? — E estudou meu rosto. — E o que diabos é essa bagunça em todo o seu rosto? — Seu sotaque era forte como o seu estado natal, Tennessee; e no momento, era ainda mais doce do que o normal.

E quanto mais doce era o sotaque sulista de minha mãe, mais maldosa ela geralmente ficava, mas ainda assim eu sorria. Eu amava minha mãe louca do interior.

Viajar por todo o mundo e ser casada com um nova-iorquino por quarenta anos de sua vida não mudou seu sotaque nem um pouco. Na verdade, descobri que só se tornou mais forte ao longo dos anos. Parecia que ela estava se agarrando a ele para salvar sua vida.

Olhei para ela e sorri.

— Você está bonita hoje, mãe. Para onde foi?

Com bochechas rosadas, ela alisou a frente do terninho branco bem ajustado, provavelmente feito sob medida. Seu cabelo castanho na altura dos ombros estava alisado e enrolado nas pontas. Suas pérolas estavam em seu pescoço, como sempre. Ela cheirava a seu perfume favorito, que meu pai comprava todo Natal até falecer há cinco anos de um ataque cardíaco.

— Tenho uma reunião no centro. Agora, onde está meu garoto favorito?

Quando ela disse que tinha uma reunião no centro da cidade, o que ela realmente quis dizer era que ela vai tomar um brunch com suas amigas.

Minha mãe não se envolvia muito mais com os negócios desde que meu pai faleceu. Era tudo comigo agora. Mas eu adorava. A música era algo que eu cresci fazendo. Meu pai era dono do maior varejista de instrumentos musicais do mundo. Tínhamos lojas em todo o mundo. E não vendíamos apenas instrumentos. Nós os tocávamos. Nós os conhecíamos. Amávamos a música em todas as suas formas. Era um negócio pelo qual eu era apaixonado desde que me lembrava.

Levantando uma sobrancelha para ela, respondi:

— Você está olhando para o seu garoto favorito e não se esqueça disso. — Abri a geladeira para pegar uma maçã na gaveta de baixo.

Ela tentou não sorrir, mas a verdade era que eu ainda era um filhinho da mamãe e ela adorava isso. Éramos próximos. Tínhamos um relacionamento fantástico e ela me ajudava o tempo todo com Andrew. Eu não sabia o que faria sem minha mãe. E ela sabia disso. Ela era tudo para nós.

BAD BOY BILIONÁRIO

Tomou um gole de café e sorriu por trás de sua caneca.

— Não, vamos lá, Whitaker. Você sabe que é meu homem favorito. Preciso do meu garoto favorito.

— Estou aqui, vovó! — Ouvi Andrew gritar atrás de mim.

Ele disparou ao meu redor e acertou a frente das pernas dela com tanta força que pensei que fosse derrubá-la.

Enquanto ele esfregava o rosto em seu terno branco em um abraço, eu estava rezando muito para que ele tivesse tirado toda a pasta de dentes de seus lábios.

— Espero que ele não esteja sujando seu terno com pasta de dente.

Minha mãe o puxou para mais perto.

— Ah. O que é uma baguncinha do meu bebê. Isso me dará uma desculpa para me gabar dele na hora do almoço, quando todas as minhas amigas me perguntarem sobre isso.

E essa era minha mãe em poucas palavras. Maravilhosa.

Eu ri e neguei com a cabeça, mas os dois continuaram se abraçando como se não se vissem há meses, em vez de apenas ontem à noite.

Vasculhei a geladeira, sabendo que esta maçã não iria bastar e rezando para que a caçarola de café da manhã que ela trouxera dois dias atrás ainda tivesse sobrado. Eu estava sempre orando por comida. Porque eu estava sempre morrendo de fome. Desde o nascimento, segundo minha mãe.

— Não sobrou nada, Whit. Você só vai ter que levar meu bebê em um restaurante esta manhã — minha mãe disse.

— Ahh, podemos ir comer panquecas! A vovó pode vir também! — Andrew pulou para cima e para baixo ao lado dela.

Ela bagunçou o topo do cabelo dele.

— Hoje não, querido. Eu tenho uma reunião de brunch.

— Diga às suas amigas que eu disse oi! — Andrew gritou ao sair da sala. Até ele sabia que reuniões significavam brunch com as amigas.

— Vá colocar meias e sapatos! — gritei, em nossa grande casa em Manhattan.

Minha mãe andava pela cozinha, colocando a cafeteira no canto da minha bancada de mármore branco. Ela então foi até a geladeira, olhando em volta para o freezer quase vazio.

E eu sabia o que estava por vir. Ela fazia isso pelo menos uma vez por semana. Mexer nas coisas. Era para provar um ponto. Era também a preparação para todas as discussões que já tivemos.

— Este lugar com certeza poderia usar o toque de uma mulher — disse suavemente, como se o comentário não fosse para mim, mas apenas ela dizendo isso de passagem.

Mas não era. Ela queria que eu ouvisse. E eu ouvia. Com muita frequência.

— Hoje não, mãe. Vou para casa do Graham para que o Andrew possa brincar. Não tenho tempo para isso.

Seus olhos esperançosos se voltaram para os meus.

— Bem, talvez Graham tenha alguém que possa te apresentar.

Peguei uma banana no balcão e descasquei, segurando a maçã para levar comigo como um Neandertal.

— Jesus, mãe. Eu não quero que me arrumem ninguém. Não sei quantas vezes preciso te dizer.

Saí da cozinha para a frente da casa, onde estavam minhas chaves, devorando minha banana em três mordidas. Eu precisava dar o fora daqui.

Ela seguiu logo atrás de mim.

— Você não acha que precisa de alguém? Não acha que Andrew precisa de uma figura materna?

Eu podia ouvir a angústia em sua voz. Matava-me que ela se preocupasse conosco, mas estávamos indo muito bem sozinhos.

— Você não acha que estou fazendo um bom trabalho? — perguntei, já me arrependendo de minhas palavras. Eu não gostava de fazer minha mãe se sentir mal e sabia que era exatamente isso que eu estava fazendo.

— Você sabe que te acho um pai incrível, Whit. Só quero o que é melhor para os meus dois meninos. Você precisa de alguém. Está na hora. — Seus olhos preocupados tocaram meu coração. Já era tempo. Mas a verdade era que eu não estava interessado em trazer uma mulher para nossas vidas que eu não poderia garantir que ficaria por perto. Andrew era a coisa mais importante do mundo para mim. Eu nunca deixaria uma mulher brincar com seu coração. Não com tão pouca idade. Nunca, na verdade.

Falando no diabo, ele voou para dentro da sala, segurando um bando de homens do exército em ambas as mãos.

— Tenho alguns brinquedos para levar para a casa da Chloe.

— Você vai se divertir tanto com ela — minha mãe entrou na conversa.

O rosto de Andrew desmontou.

— Eu não sei, vovó. Ela é uma menina e pode não querer brincar com meus soldados.

Minha mãe se inclinou para ficar na altura dele.

— Do que você está falando? As meninas são superlegais, amigo, e brincam com todos os tipos de brinquedos.

Andrew lhe lançou um olhar cético.

— Acho que as garotas são um saco.

A mão da minha mãe voou para suas pérolas enquanto ela prendia a respiração de forma dramática.

— Doce menino. Você está claramente enganado. Eu sou uma garota e sou a mais legal de todas.

Andrew abriu um largo sorriso e uma risadinha escapou.

— Você não é uma garota! Você é minha vovó!

Minha mãe apenas balançou a cabeça e sorriu, se levantando.

— Bem, acho que não posso argumentar contra isso.

— Pronto, papai? — Andrew perguntou, obviamente tão ansioso para tomar café quanto eu.

— Sim! Vamos lá, cara — eu disse a ele, calçando um par de botas que mantinha perto da porta da garagem, enquanto ele se dirigia para o carro.

Quando terminei, olhei para cima para encontrar minha mãe ainda parada lá com aquele olhar preocupado no rosto, só que agora estava combinado com um lado de culpa que eu havia colocado. Imediatamente me senti mal.

Aproximei-me e me inclinei, dando um abraço na minha pequenina mãe com uma enorme personalidade.

— Estamos bem, mamãe. Não se preocupe tanto. Além disso — comecei, mas me afastei para que eu pudesse olhar em seus grandes olhos verdes, que tinham as mais doces linhas de sorriso ao redor deles. — Ele tem uma figura materna incrível. Sabe como eu sei? — Levantei uma sobrancelha mais alto para completar o efeito. — Porque ela foi minha figura materna também, e eu me saí muito bem.

Ela apertou os lábios para esconder seu leve sorriso, mas eu vi o jeito que suas bochechas ficaram rosadas por trás da maquiagem e sabia que a tinha conquistado.

Ela levou a mão até minha cintura e me beliscou ali.

— Pare de tentar me convencer a não querer o que é melhor para meus filhos. Bajulação não vai te levar a lugar nenhum comigo, Whitaker Jameson Aldrich. Agora dê um pouco de carinho para sua mãe.

Ela esticou a bochecha e eu dei um pequeno beijo lá, sentindo-me agradecido por ela.

Eu não estava mentindo. Andrew tinha uma figura materna incrível, assim como eu. Não estava nem um pouco preocupado com o fato de ele não ter uma mãe de verdade. Também tinha certeza de que a bajulação levava você a todos os lugares com minha mãe.

CINCO

WHIT

Depois que meu filho e eu nos alimentamos com pilhas de panquecas sem fim em uma lanchonete local, fomos até a casa de Graham para que pudéssemos colocar o papo em dia e as crianças brincarem.

— Posso tocar a campainha, papai? — Andrew perguntou, pulando para cima e para baixo, claramente tendo superado seu acesso de raiva por ter que brincar com uma garota hoje.

— Vá em frente! — afirmei, dando uma olhada rápida no meu telefone para ter certeza de que não tinha perdido nenhum e-mail importante do trabalho. Era fim de semana, mas, quando você tinha seu próprio negócio, nunca tirava um dia de folga.

Eu estava no meio da leitura de um e-mail de trabalho quando ouvi a porta se abrir, então imediatamente travei meu telefone e o enfiei no bolso de trás bem a tempo de ver Chloe abrir a porta apenas uma fresta, seu olho pressionado ali, nos observando.

— Quem é? — ela perguntou docemente, sua voz cheia de riso.

— Você sabe quem é, Chloe. Está nos encarando com seu olhar assustador — Andrew respondeu. Fiz o meu melhor para segurar o meu riso.

— Deixe-os entrar, Chloe. — Eu ouvi Soraya, a esposa de Graham, dizer atrás da porta.

A porta foi aberta para revelar Soraya e Chloe ali. A mãe estava linda como sempre com seu cabelo rosa que combinava com a legging. Sua beleza era de uma forma que eu nunca esperei que meu amigo de infância Graham admirasse. Graham era tão tradicional e sua ex-noiva não era nada como a beldade que estava na minha frente. Sim, Soraya era completamente diferente em todos os aspectos que eu poderia imaginar. Mas foi bom. Fiquei muito feliz por Graham.

Chloe estava na frente dela com o que eu só poderia supor ser algum tipo de vestido de princesa da Disney. Eu era pai de menino, então não tinha certeza. Era amarelo e fofo e, quando ela viu que eu estava analisando, esticou um dos pés para me mostrar um sapato de salto alto de plástico amarelo que cobria seu pé.

— Bem, você está linda, senhorita Chloe — eu disse a ela.

— Obrigada, senhor Whit — respondeu facilmente, acariciando um pouco o cabelo. Ela olhou para Andrew, que a encarava como se ela tivesse enlouquecido.

Os dois podiam ter a mesma idade, mas não tinham absolutamente nada em comum. Nós soubemos que, da última vez que eles ficaram juntos e Andrew queria brincar de monster trucks, Chloe o convenceu a brincar de Barbie. Eu esperava que quanto mais eles brincassem juntos, mais eles se comprometeriam um com o outro.

Andrew precisava de amigos além dos da escola e eu precisava de uma boa cerveja com Graham de vez em quando.

— O que é isso? — Chloe perguntou, torcendo o nariz para todos os homens verdes nas mãos de Andrew.

— Vamos sair do caminho para que eles possam entrar, querida — Soraya interrompeu, fazendo sinal para que entrássemos e puxando Chloe gentilmente para fora da porta. Chloe não era dela de sangue, mas você nunca teria essa impressão.

Na verdade, quando ela começou a namorar Graham, ela pensou que ele não tinha filhos. Graham também pensava. Acontece que, quatro anos depois, quando o marido de sua ex faleceu, ele descobriu que a criança que pensava ser do marido de sua ex-noiva era na verdade sua. A mulher estava fazendo sexo com dois melhores amigos ao mesmo tempo. Ela mentiu e manipulou e eu ouvi alguns rumores de que ela ainda não era boa pessoa.

Mas parecia que Soraya tinha levado tudo na esportiva. Ela aguentou a ex-noiva de merda e aceitou Chloe de braços abertos. Ela era melhor do que a maioria das mulheres que eu conhecia. Graham era um cara de sorte.

— Eles são soldados. Podemos brincar com eles — disse Andrew, enquanto caminhávamos por um corredor que levava à sala de estar onde Graham estava, segurando o que parecia ser seu filho Lorenzo de um ano de idade.

— Eu não quero brincar de soldado. Quero brincar de princesa e príncipe — Chloe lamentou, cutucando o lábio.

— Que tal fazermos um acordo? — Soraya disse, inclinando-se para

BAD BOY BILIONÁRIO

pegar o bebê adormecido de Graham, que estava esparramado no sofá, uma pilha de papéis ao seu redor no chão e no sofá como se ele estivesse tentando trabalhar e segurar o bebê. — Vamos nos revezar e brincar com os dois — sugeriu, olhando séria para as crianças. — Venham, vamos para a brinquedoteca e deixar os caras se divertirem.

Assim que ela disse isso, eu poderia tê-la beijado, mas não achei que Graham fosse gostar, então, em vez disso, apenas murmurei um "obrigado" enquanto ela passava.

— Como vão as coisas, Whit? — Graham perguntou casualmente, se sentando como se suas costas estivessem rígidas.

— O mesmo de sempre, sempre e sempre. — Eu ri.

Esfregando a parte inferior das costas e tentando pegar os papéis espalhados pela sala, ele disse:

— Não me venha com merda. Você sabe como é. Está nascendo um dentinho do Lorenzo e ele não quer sair do colo de ninguém.

Eu me senti mal por ele. Lembrei-me daquelas noites sem dormir. Passei por tudo sozinho. Eu sabia que era uma droga. Mas também sabia com que rapidez elas passavam. Como, eventualmente, você sente falta de bochechas rechonchudas, noites sem dormir e um bebê quentinho em seu peito.

Queria revirar os olhos para mim mesmo, mas eu era um desses pais. E, honestamente, não dava a mínima para o que alguém pensasse sobre isso. Eu amava meu filho mais do que os bilhões que minha família valia. Mais do que todas as nuvens no maldito céu, e diria a qualquer um que perguntasse. Mesmo às vezes quando não o perguntavam. Não dava a mínima para o que alguém pensava sobre isso.

— Entre. Sente-se. Soraya montou algumas coisas para comermos — convidou, empilhando os últimos papéis cuidadosamente na mesa de centro.

Eu tinha acabado de comer panquecas suficientes para dez homens, mas meu apetite saudável nunca falhou.

— Você sabe que estou sempre disposto a comer — garanti, recostando-me no sofá.

Graham voltou para a sala e colocou alguns pratos na mesa de café que pareciam deliciosos.

— Soraya se superou — afirmei, pegando um pouco de carne e biscoitos que estavam dispostos com frutas e queijo em uma tábua gigante.

Graham riu baixo, se acomodando na outra ponta do sofá.

— Vejo que a comida ainda está no topo da sua lista de prioridades.

— Ei! Obviamente, Andrew está no topo, mas a comida vem em segundo lugar. — Enfiei o biscoito e a carne na boca, com Graham balançando a cabeça e sorrindo. — O quê? Sou um menino em fase de crescimento.

— Odeio ter que dizer isso a você, Whit. Mas você não é mais um menino em fase de crescimento. Você tem é sorte de não ter o tamanho da porra de uma casa. — Ele se levantou do sofá e foi para a cozinha novamente. — Vou pegar uma cerveja. Quer uma?

Eram apenas onze da manhã e eu não costumava beber muito, mas estava com um velho amigo.

— Claro, vou querer uma. — Peguei outro biscoito, desta vez cobrindo-o com um pouco de queijo cremoso e enfiando-o na boca antes que Graham voltasse. Eu não precisava de seu maldito julgamento.

Não era como se eu fosse gordo. Eu malhava todos os dias às cinco da manhã em minha academia pessoal antes de Andrew acordar. Atribuía àquele treino o motivo de eu estar, de fato, sempre com tanta fome. Mas eu sabia que era mentira. Algumas pessoas comiam para viver, mas eu? Eu vivia para comer. Eu simplesmente adorava comida.

Graham entrou na sala e eu ainda estava mastigando meu último pedaço de queijo e biscoitos e estava gostando muito disso.

— Droga, a Soraya comprou esse queijo de cabra no mercado de frescos? Eles têm o melhor.

Ele riu.

— Eu sei lá, cara. Ela faz as compras e eu simplesmente aproveito. Falando nisso, quando você vai finalmente se estabelecer?

Engoli em seco, esses queijos e biscoitos não tinham mais um gosto tão bom. Então tomei um longo gole de cerveja, engolindo o que agora parecia serragem em minha boca.

— Do que você está falando? Estou estabelecido. Andrew e eu estamos ótimos.

Recostei-me no sofá e larguei os biscoitos. Eu não queria parecer muito comilão.

— Você sabe exatamente o que quero dizer. Está namorando alguém? O que está acontecendo? Atualize-me. — E colocou um pepperoni na boca.

Revirei os olhos.

— Minha mãe mandou você fazer isso?

Graham riu.

— Não, cara. Não falo com Helen há anos. — Negou com a cabeça.

BAD BOY BILIONÁRIO

37

— Mas parece que nada mudou. — Ele me deu um olhar compreensivo.

— Não. Ela ainda está pegando no meu pé quase todos os dias para encontrar uma mãe para Andrew. Mesma merda, novo dia.

— Cara, ela tem boas intenções. Sempre tem. Sua mãe sempre foi a mais legal.

Ela realmente era. Minha casa era onde todos se reuniam e não só porque minha mãe nos alimentava; ela também nos deixava ser bagunceiros. Minha mãe não tinha dinheiro antigamente. Ela se casou com o dinheiro. Não tínhamos empregadas domésticas, mordomos e motoristas. Nós a tínhamos, e ela sabia o nome de cada um dos meus amigos e os tratava como se fossem seus. Ela realmente era a mais legal.

— Sim. Ela ainda é legal. Nos traz comida e me ajuda muito com o Andrew. Não sei o que faria sem ela.

Ele colocou sua garrafa de cerveja em um descanso na mesa de café e pegou mais alguns petiscos da mesa.

— Tenho certeza de que ela só quer o melhor para você, cara. O que há de tão errado em se estabelecer com alguém? Quero dizer, estou coberto de cocô e cuspe cerca de noventa e nove por cento do tempo e estou mais feliz do que nunca. Talvez seja finalmente hora de seguir em frente e começar algo novo.

Refleti sobre suas palavras, tomando outro gole de cerveja. Eu segui em frente. Há muito tempo. Só não sabia se estava pronto para começar de novo. Para arriscar o meu coração e o de Andrew. Ele não pediu nada disso e estava tão feliz, só ele e eu. Nós realmente precisávamos de uma mulher?

— Aposto que você poderia encontrar uma que seja uma cozinheira incrível — Graham comentou, com um sorriso malicioso, como se soubesse que eu estava pensando sobre o que ele acabou de dizer.

Inclinei a cerveja para ele e sorri.

— Com isso eu não me importaria. Você sabe que o caminho para o meu coração é pelo estômago — comentei, quando Soraya entrou na sala.

— Estou interrompendo? — perguntou, pegando os lanches na mesa.

Neguei minha cabeça.

— Absolutamente não. Graham só estava me enchendo o saco sobre mulheres.

Suas sobrancelhas se ergueram.

— Ah, não me diga.

— Nada a dizer. Eu sou apenas um velho pai chato.

Ela riu e terminou de mastigar antes de perguntar:

— Não há ninguém em quem você esteja interessado?

Não havia nenhuma mulher que se destacasse para mim, exceto talvez a que eu conheci na barraquinha de café outro dia. Bem, isso não era totalmente verdade, porque não era a primeira vez que eu via Grace, da Carolina do Norte.

Não, eu a tinha visto alguns dias antes no parque, conversando e almoçando com um senhor negro. Eu a notei imediatamente e não apenas porque ela era bonita.

Ela era uma daquelas garotas que você notava pela facilidade de sua beleza. Era sua risada tilintante e sua voz doce, mas sensual, que ecoava pelo parque e que me fez olhar em sua direção.

Eu estava em uma das minhas lojas perto do Central Park e decidi apenas dar um passeio; na metade do meu intervalo, eu a notei. Apenas sua risada e voz no começo, depois a vi. Ela era de parar o trânsito, com certeza, com seu cabelo loiro soprando em volta do rosto. Seu sorriso sem batom era largo e branco. Genuíno. Nem sempre você encontra esse tipo de garota na cidade. Principalmente em boates ou bares.

E, quando me aproximei, seu sotaque sulista deslizou sobre mim ao falar com o homem ao seu lado; não pude deixar de sorrir e piscar. Eu queria parar e falar com ela, mas a garota parecia muito jovem e aqui estava eu, provavelmente dez anos mais velho com um filho. Então, continuei andando, porque estava determinado a fazer com que Andrew e eu nunca fôssemos um fardo para alguém. Não, éramos bons demais para isso.

Parecia o destino quando entrei na fila atrás dela na barraquinha de café de Anil e ouvi sua doce voz quase rouca novamente. Eu não conseguia ver o rosto dela, mas assim que ela falou, eu sabia quem era. E, quando ela tentou pedir um Frappuccino, quase chorei de tanto rir ao ver a cara do Anil. Mas não pensei que isso fosse tão bom e eu realmente queria falar com ela naquele dia. Então, ao invés disso, pedi um café para ela.

Eu poderia dizer a princípio que isso a aborreceu, o que de alguma forma eu achei apenas mais cativante. Eu não deveria, mas ela era muito adorável. Seus lábios carnudos. Ela estava claramente se esforçando ao máximo para não se interessar por mim. O que foi bom.

Mas eu era o pior de todos em fingir. E percebi que, ao oferecer uma carona a ela, saí como um homem mais velho e assustador. Ela estava tão ansiosa para ficar longe de mim que quase pegou o trem errado.

BAD BOY BILIONÁRIO

Quem poderia culpá-la? Puta que pariu, eu fui bruto demais e era aí que estava o problema. Eu não tinha ideia de como namorar e não sabia se queria fazer isso de novo de qualquer maneira.

Mas, com ela, droga, eu estava tentado.

— Não. Ninguém mesmo — eu menti um pouco.

Mas como diabos eu contaria a eles que vi uma garota duas vezes na cidade e tive uma pequena conversa com ela e decidi que talvez ela pudesse ter sido a certa?

Mas ela poderia ter sido. Eu não me interessava por ninguém há anos e lá estava ela parecendo um bolinho de mirtilo caseiro recém-saído do forno em meio a um monte de pão dormido.

Meu Deus, eu realmente tinha um problema com comida.

— Que tal pelo menos alguém para ajudar você e Andrew em casa? Com comida e como babá? Você não precisa fazer tudo sozinho, sabe? — Graham entrou na conversa.

— Não preciso da ajuda de uma babá. — Imediatamente me senti ofendido. Eu nunca deixei ninguém sozinho com Andrew além de minha mãe. Essa foi a vantagem de possuir seu próprio negócio de bilhões de dólares. Levei meu filho comigo para todos os lugares. E desafiei alguém a dizer algo sobre isso. Se por acaso eu não pudesse levar Andrew junto, minha mãe ficava com ele.

Não precisávamos de uma mulher. Às vezes, eu queria uma, mas não *precisávamos* de uma. E eu estava cansado de todos nos dizendo que sim.

— Ele é meu filho e eu cuido bem dele.

Soraya sentou no braço do sofá ao meu lado e passou o braço em volta do meu ombro. Eu não a conhecia bem, mas ela era tão amigável e fácil de lidar que sua proximidade não me surpreendeu.

— Claro que sim, Whit. Ninguém aqui pensa o contrário. Você é um pai maravilhoso, Andrew é um garoto incrível e isso é tudo por sua causa. Mas não há vergonha em ter uma ajudinha. Não seria bom ter uma refeição caseira ou até mesmo alguém para brincar com Andrew quando você tiver que trabalhar em casa?

Deixei escapar um profundo suspiro sabendo que ela e Graham não achavam que eu não era um bom pai. Eu sabia que eles não queriam nada além de coisas boas para nós, mas aprendi da maneira mais difícil quando você abre seu coração para alguém, só então eles têm a capacidade de quebrá-lo.

E essa era a última coisa que meu filho e eu precisávamos de novo.

Mas ela tinha razão. Seria bom ter alguém que pudesse brincar com Andrew e cozinhar boas refeições para nós. Minha boca se encheu de água com o pensamento.

— Pode ser bom ter alguém cozinhando para nós e talvez brincar com Andrew — concordei.

Soraya me deu um aperto antes de se levantar e se afastar. Ela deu a Graham um sorriso radiante, que era quase travesso, antes de se virar para mim.

— Talvez eu conheça alguém que possa ajudar — comentou, com muita indiferença antes de sair da sala como se estivesse tramando algo.

Eu gostaria de ter dito que estava surpreso, mas, em minha experiência, a maioria das mulheres sempre está tramando alguma coisa. Então eu apenas segui o fluxo. Era imprescindível para a minha sanidade.

BAD BOY BILIONÁRIO

SEIS

GRACE

— Vamos, Grace. Saia comigo. Não quero ir sozinha, mas quero muito ouvir essa banda tocar.

Eu estava deitada na minha cama ao lado do meu laptop, tentando lembrar o nome da minha colega de quarto para poder dizer não com firmeza. Eu já disse a ela que estava ocupada três vezes. E eu estava ocupada. Deitada na minha cama olhando para a tela do meu computador. Estava começando a perceber que ser escritora era realmente apenas gastar cada segundo livre que você pretendia escrever procrastinando.

E estava ficando muito boa em ser uma escritora procrastinadora, mas queria procrastinar de pijama em casa, não em algum bar.

— Grace! — ela chamou novamente do outro lado da porta.

Oh. Meu. Deus. Qual era o maldito nome dela? Eu era literalmente a pior de todas, mas, em minha defesa, nós nunca saíamos e ela quase nunca estava em casa. Em minha mente, eu me referia a ela como a garota que dormia no futon da sala.

Começava com um K, eu acho. Kayce. O nome dela era Kayce.

— Sinto muito, Kayce, mas tenho muito trabalho. Não posso sair hoje à noite.

— Kylie. Meu maldito nome é Kylie. E, por favor, venha comigo. Te pago uma bebida. Por favor.

Caramba. Eu tinha errado o nome dela e agora tudo saiu pela culatra. Dei um grande suspiro, levantei minha bunda da cama e caminhei até a porta, me sentindo um verdadeiro pedaço de merda.

Abri a porta e espiei Kayce Kylie, que estava muito bem arrumada com um vestido curto azul-cobalto sem alças e botas pretas. Sua maquiagem estava impecável e seu cabelo castanho estava encaracolado com perfeição. Eu estava de pijama.

— Sinto muito, Kylie. — Engoli nervosamente. — Sobre o deslize do nome. — Eu me senti muito mal. Precisava me esforçar, porém, com toda a honestidade, eu sairia deste inferno assim que conseguisse um emprego e dinheiro suficiente e, até esta noite, ela nunca tinha falado duas palavras comigo.

Ela franziu os lábios.

— Se você sente muito, então vista-se e venha comigo.

Uau. Que maneira de colocar uma garota contra a parede. Olhei para o meu short de dormir rosa e blusa branca.

— Levarei anos para me preparar. Você já está pronta para ir. Deveria continuar sem mim — afirmei, com sorriso falso e tudo.

Ela olhou.

— Você deveria apenas colocar um vestido bonito, já que é uma idiota que nem consegue lembrar meu nome.

Ela tinha um ponto.

— Mas eu nem tenho nada legal para vestir — argumentei.

Era verdade. Eu não era o tipo de garota de balada. Não mantinha uma infinidade de vestidos curtos de elastano no meu guarda-roupa. A coisa mais chique que eu tinha era um par de jeans skinny de cem dólares.

Ela olhou para mim por aproximadamente dois segundos antes de se afastar. Soltei um suspiro aliviado e voltei para a cama, preparada para continuar meu nível profissional de procrastinação quando levei um tapa na cara com algo vermelho.

— Use isso e um par de sapatos bege — disse Kayce Kylie e então se foi novamente.

Caramba. Eu não tinha escapado, afinal.

Fiz um trabalho rápido em colocar o vestido curto que amarrava em volta do meu pescoço e deixava meus braços e ombros nus. Depois de me olhar no espelho quinhentas vezes, decidi que era o tipo de vestido com o qual você simplesmente não poderia usar roupas íntimas, nem mesmo fio dental. Então, tirei minha calcinha, rezando para que ninguém visse minha bunda esta noite.

Tirei meu cabelo de seu rabo de cavalo e o afofei um pouco até cair sobre meus ombros antes de aplicar uma quantidade mínima de rímel e brilho labial.

Eu não era o tipo de garota que se maquiava de jeito nenhum e não fingiria ser uma para ir a um bar que eu nem queria ir em primeiro lugar.

Enquanto colocava meus brincos de argola, notei como meu rosto parecia miserável e fiquei imediatamente desapontada comigo mesmo.

BAD BOY BILIONÁRIO

Eu deveria fazer um esforço por Kylie. Foi rude pra caramba eu não ter lembrado o nome dela. E ela me chamou para sair. Queria ser minha amiga. E, vamos encarar, eu tenho sido horrível em fazer amigos desde que me mudei para cá. O único amigo que realmente fiz foi Clive. Eu era horrível. Se fosse fazer deste lugar minha casa, precisava sair. E Kylie estava me dando a oportunidade perfeita.

Colocando um par de sandálias bege, prometi a mim mesma que sairia hoje à noite para dar uma chance a uma nova amizade e realmente aproveitar a vida noturna da cidade, o que eu ainda não havia feito. Eu ia me divertir, caramba.

Peguei uma bolsa pequena e enfiei meu documento, cartões de crédito e dinheiro dentro com meu telefone, e gritei para Kylie:

— Estou pronta!

Ela imediatamente agarrou minha mão e me arrastou até a porta da frente do nosso apartamento. Duas viagens de trem depois, chegamos a um bar que tinha uma fila do lado de fora. Mas Kylie nos apressou, passando por todas as pessoas que esperavam e direto para o segurança na porta da frente, que apenas sorriu para ela e abriu para entrarmos.

Dois segundos no bar, que eu só poderia supor que se chamava Leo's pelo letreiro de néon sobre ele, imediatamente me senti deslocada. Esse tipo de coisa nunca foi minha praia. Era barulhento e cheirava a álcool misturado com perfume. Quase esqueci minha promessa a mim mesma de tentar me divertir esta noite e me virei para a porta, mas Kylie me agarrou pelo braço e me arrastou ainda mais para dentro da sala escura, passando por um longo bar à direita e em direção a um palco nos fundos.

— Depressa, estamos atrasadas! — ela gritou de volta para mim. Eu mal conseguia ouvi-la por causa do barulho da sala lotada.

Por fim, chegamos a uma multidão ao redor do palco, mas Kylie não parou por aí. Ela me agarrou pelo pulso e me puxou, passando por pessoas, principalmente mulheres, e bem no meio do grupo, esbarrando em corpos seminus a torto e a direito.

Não perdi os olhares desagradáveis que recebemos enquanto ela continuava me puxando até que estávamos bem na frente da multidão com a ponta do palco bem na nossa frente.

Olhei ao redor o melhor que pude e me aproximei da frente do palco, com Kylie saltitando ao meu lado.

— Ah, estou tão animada! Isso não é incrível? Estou morrendo de vontade de ver essa banda desde a última vez que os vi, há um ano.

Eu não sabia se chamaria isso de incrível. Passei a bolsa sobre o ombro com uma pequena corrente de ouro que estava presa a ela. Senti-me quase claustrofóbica, como se a mão de alguém estivesse na minha bunda, então me virei e lancei um olhar para o cara atrás de mim e sua mão imediatamente caiu.

— Idiota — resmunguei, quando um homem entrou no palco e a multidão rugiu. Ele estava na frente, bem no centro, e tinha um enorme holofote sobre ele que quase parecia grande demais para o pequeno palco em que estava.

Eu podia ver as sombras da banda se instalando nos fundos conforme o homem dos holofotes anunciava.

— Vamos aplaudir The Quiet.

A multidão rugiu e o palco se iluminou com um arco-íris de luzes e a banda começou uma música que todos ao meu redor obviamente conheciam, até mesmo Kayce Kylie.

Olhei para a multidão e não consegui evitar o sorriso que se espalhou pelo meu rosto. Eles estavam amando essa banda e eu não podia culpá-los. A partir dos dois segundos que eu estava ouvindo, já podia dizer que soavam muito como Dave Matthews Band.

Meus olhos se arrastaram pelo palco, observando os membros da banda, um de cada vez. Meu olhar se fixou no vocalista primeiro. Era um homem de cabelos loiros de boa aparência em seus trinta e tantos anos, ou mesmo no início dos quarenta. Ele tinha o tipo de voz rouca que as mulheres adoravam e você definitivamente poderia dizer pelos gritos femininos. Eu não conseguia distinguir os rostos dos outros membros da banda, que ficavam mais para trás no palco, seus rostos mascarados pelas sombras da escuridão.

Quem quer que fossem os homens sem rosto, eles eram talentosos como o inferno. Eu não podia acreditar o quão incrível a banda era. Não podia acreditar que não tocavam em todas as malditas rádios. Era difícil de acreditar que nunca tinha ouvido falar deles antes. Eles eram tão bons. E eu estava me divertindo. Muito mesmo.

Eu podia sentir a energia eletrônica da multidão tomando conta de mim até que eu também estivesse dançando e gritando como louca.

— Eles são incríveis, né? — Kylie gritou para mim no meio da multidão e concordei com a cabeça, olhos arregalados. Porque ela estava certa. Eles. Eram. Incríveis.

BAD BOY BILIONÁRIO

The Quiet começou outra música, essa bem blues e pesada no baixo e foi quando o vi.

Minha respiração prendeu quando o baixista deu um passo à frente para um solo e estava olhando para mim.

Cabelos lindos, grossos e escuros caindo sobre um dos olhos.

Covinhas profundas e sedutoras em plena exibição.

Lábios carnudos e rosados e dentes brancos deslumbrando o público.

Mas seus olhos estavam em mim. Como se ele estivesse tocando só para mim.

Maldito seja.

Whitaker Aldrich, em carne e osso. Bem, ele usava principalmente uma camiseta preta justa que mostrava seus bíceps muito musculosos e um par de jeans que pareciam pintados nele que preenchiam um par de botas pretas que você podia ver claramente, que eram pelo menos tamanho 44.

E você sabe o que dizem sobre os pés de um homem.

Então, ele não estava realmente em carne e osso, mas, naquele momento, eu estava pensando que não me importaria de vê-lo vestindo apenas isso.

Eu tinha parado de dançar e gritar, e provavelmente parecia muito chocada, mas não Whit. Seu olhar nunca deixou o meu enquanto ele continuava a tocar o baixo como se tivesse nascido com ele na mão.

Na verdade, eu estava começando a me perguntar se ele ao menos me viu, sabia que era eu, ou se estava apenas olhando para uma plateia escura até que piscou para mim lentamente, como tinha feito naquele primeiro dia no parque. Meus olhos se arregalaram e suas covinhas se aprofundaram e eu sabia que ele me viu, porém mais do que isso, percebi que ele me reconheceu.

Meu coração batia a quilômetros por segundo em meu peito e meu rosto estava quente. Desviei os olhos, desesperada para escapar de seu olhar. Como diabos eu tinha me encontrado com ele de novo? Ele estava de alguma forma me seguindo? Parecia impossível, já que eu tinha aparecido com minha colega de quarto para ver sua banda.

Mas, sério, quais eram as chances de eu esbarrar nele? De novo? Eu estaria mentindo se dissesse que não pensei nele nos últimos dias desde nossa interação na barraquinha de café. Ele era, afinal, o tipo de cara em quem as mulheres pensavam muito. E, meu Deus, eu tinha pensado. Essas covinhas por si só me fizeram companhia vezes demais para contar ultimamente.

Olhei para Kylie para evitar o palco, apenas para encontrá-la recuada e esfregando a bunda na virilha do mesmo cara que tinha agarrado meu traseiro no início da noite.

Desgostosa com a visão, virei para o palco novamente para encontrar Whit ainda me encarando. Sério desta vez. Quase como um leão observando sua presa; como se ele pudesse pular daquele palco e me comer inteira a qualquer minuto.

O calor do meu rosto viajou pelo meu peito e direto para o meu estômago, se acumulando lá. Puta merda, o homem era gostoso. E eu não era uma daquelas garotas que transavam aleatoriamente.

Por que ele tinha que ser a cara de todas as fantasias de bad boy que eu já tive? E eu tinha bastante.

Claro que ele estava em uma banda. Encaixou seu estereótipo como uma luva.

Eu estava meio tentada a rastejar até aquele palco e subir nele como uma árvore.

Em vez disso, decidi que simplesmente não olharia para ele pelo resto do show. Eu manteria meus olhos no cantor. Isso deveria ser fácil o suficiente.

O que não impediu meu corpo de perceber seus olhos em mim o tempo todo. Porque meus mamilos formigando e duros sabiam e meu núcleo quente e úmido sem calcinha também.

Meu Deus, que saudades da minha calcinha. Escolhi a noite errada para jogar a cautela ao vento.

Quando a apresentação finalmente acabou, eu estava mais do que aliviada e corri para o bar para tomar uma água gelada, porque senti como se estivesse queimando e não tinha nada a ver com o bar lotado. Eu consegui!

Pedi minha água e estava bebendo quando Kylie se sentou ao meu lado.

— Ei, garota! — gritou, muito perto do meu ouvido. — Vou sair com Roger.

— O quê? — perguntei, pensando que talvez tivesse ouvido errado. Para onde ela estava indo, por que eu não iria e quem diabos era Roger?

Ela esticou o lábio em algum tipo de tentativa falsa de se sentir mal e depois disse novamente:

— Vou sair com Roger. — Ela fez sinal para o agarrador de bunda atrás dela.

— Sério, Kylie? Eu nem sei onde diabos estou ou como vou chegar em casa.

Eu sabia que havia uma razão para eu não ter tido tempo para aprender

BAD BOY BILIONÁRIO

o nome dela. Tinha certeza de que ela estava quebrando algum tipo de código feminino aqui, mas a garota não parecia dar a mínima para isso quando passou o braço em torno de Roger.

— Pegue um Uber! Te vejo em casa! — ela gritou, fazendo seu caminho para a saída.

Caramba. Parecia que eu estava sozinha.

Enquanto eu bebia o resto da minha água e me preparava para me perder no trem, já que não podia pagar um maldito Uber, um cara aleatório ao meu lado falou.

— Eu posso te dar uma carona para casa, gata.

Baixei meu copo até o bar para poder ver quem estava falando comigo.

Virei-me para a direita para encontrar um cara da minha idade com uma camiseta branca e uma pesada corrente de ouro em volta do pescoço sorrindo para mim. Ele parecia bastante decente e tinha um belo sorriso largo, mas eu não tinha o hábito de pegar caronas estranhas com homens que não conhecia.

— Obrigado, mas estou bem. — Afastei-me do bar, mas fui parada pela mão de alguém em volta da minha cintura.

— Não seja assim, querida — disse, seus lábios perto da minha orelha, perto demais para o meu gosto.

Coloquei minha mão sobre a dele na minha barriga e tentei erguê-la.

— Por favor, tire suas mãos de mim — pedi, calma, embora não estivesse sentindo nada disso. O cheiro de álcool e cigarros em seu hálito só aumentou meu medo enquanto ele segurava mais forte a minha cintura. Cravei as unhas em sua mão, ficando mais desesperada a cada segundo.

— Grace! Estava te procurando em todo lugar — uma voz profunda que eu imediatamente reconheci disse por trás e, de repente, outro braço estava ao meu redor e fui girada em um conjunto de braços completamente diferente, mas ainda em grande perigo.

Porque Whitaker Aldrich tinha seus braços em volta de mim e suas mãos estavam perigosamente baixas em meus quadris, meu rosto praticamente enterrado em sua camisa preta muito apertada. E eu podia sentir o cheiro dele e, senhor, era bom.

Seu cheiro era caro e picante. Parecia que o céu e o inferno tiveram um bebê e seu nome era Whit. Bom Deus. Eu queria enterrar meu rosto ali mesmo em seu pescoço, mas, ao invés disso, olhei para ele, confusa.

Uma de suas mãos pousou delicadamente na minha bochecha, seu polegar cheio de calos a roçou, e fiz o meu melhor para não me inclinar para ela e ronronar como um gato.

— Sinto muito por te deixar esperando, amor. — Sua voz profunda reverberou contra o meu peito, fazendo-me tremer. — Obrigado por fazer companhia para minha garota, cara — comentou, para o sujeito de cujos braços ele me puxou, seu rosto sério e seus olhos quase assassinos.

Eu teria ficado assustada se não estivesse tão excitada com o cheiro dele. Ele se afastou de mim, passando um braço em volta dos meus ombros e me conduzindo para o outro lado do bar, longe do homem que felizmente tinha voltado a beber sua cerveja.

Quando nos aproximamos de um banquinho, eu me esquivei de seu braço e me sentei, sabendo que tinha que pensar agora e não poderia fazer nada com seu cheiro ao meu redor.

Ele se inclinou no bar ao meu lado e sorriu para mim.

— Como tá indo? — perguntou, como se não tivesse acabado de me salvar. De novo.

Arqueei uma sobrancelha para ele.

— Você está me perseguindo? — Eu estava apenas meio brincando.

Ele soltou uma risada baixa que senti na boca do estômago. Essa risada não deveria ter sido tão atraente. Não havia nada que não fosse atraente sobre este homem?

— Acha que estou te perseguindo e ainda assim você apareceu no meu show? — Deu-me um olhar de "me dê um tempo" que me fez sorrir também. — Talvez você esteja me perseguindo — terminou, balançando as sobrancelhas.

— Sem chance! Eu nem queria vir hoje à noite — vomitei as palavras por todo o lugar e instantaneamente me arrependi quando vi seu rosto desapontado.

— Talvez seja o destino, então? — Ele me deu um sorriso torto.

Neguei com a cabeça.

— Como pode ser o destino se não estou namorando agora? Estou em greve de homens.

Uma seriedade repentina passou por seu rosto.

— Por que você não está namorando?

Dei de ombros.

— Porque os homens são um saco.

Ele assentiu.

BAD BOY BILIONÁRIO

— Mas nem todos os homens.

— Concordo. Nem todos os homens. Mas cansei de beijar um bando de sapos tentando encontrar um príncipe. — Fiz sinal para pedir outro copo d'água ao barman antes de ter que caminhar pelo que pareceriam quilômetros até um trem para depois caminhar quilômetros até meu apartamento.

Depois que o barman me deu outro copo de água gelada e eu bebi tudo, olhei para um Whit sorridente.

— Do que você está rindo? — questionei, cheia de atrevimento. O sorriso do homem era demais. Essas covinhas iam acabar comigo. Não pude deixar de flertar com ele. Em greve de homem ou não.

— De você — respondeu sem rodeios.

Sentei-me ereta, de repente me sentindo muito exposta e isso me deixou muito constrangida.

— Você está rindo de mim? — perguntei, não querendo saber o que isso significava, mas totalmente querendo saber mais do que qualquer coisa no mundo.

— Sim, você é adorável, Grace Abernathy.

Senti meu corpo inteiro murchar. Eu era adorável. Era isso? Inferno, pelo menos ele se lembrava do meu nome. Mas, ainda assim, eu era fofa. Como uma irmãzinha. Como uma irmãzinha perdida que não poderia fazer nada nesta cidade sem que seu irmão mais velho viesse em seu socorro. Um irmão mais velho que ela nem conhecia.

Por que eu me importo tanto que seu adorável comentário me colocou firmemente na categoria de amiga? Eu não estava no mercado para homens de qualquer maneira. Além disso, não é de admirar que ele me considerasse adorável.

Whit era um homem. Não um garoto de 23 anos, mas um homem. Ele provavelmente estava procurando por uma mulher, de qualquer maneira. Alguém da idade dele, que tenha um emprego e um apartamento de verdade, sem companheiras de quarto que dormiam em futons na sala. Ele provavelmente namorava mulheres que trabalhavam em escritórios e tinham suas coisas sob controle e se vestiam bem.

Não jovens recém-saídas da faculdade que tinham a cabeça nas nuvens pensando que algum dia poderiam ter o emprego dos sonhos na cidade grande.

— Quantos anos você tem, afinal? — perguntei, sentindo-me ousada. Agora que eu sabia que ele só me via como uma adorável irmãzinha, descobri que não me importava tanto em apelar para ele.

Observei um pouco de preocupação passar por seu rosto antes que suas covinhas voltassem a aparecer.

— Trinta e um. E você?

— Vinte e três.

Ele assentiu lentamente, seu rosto pensativo.

Não perguntei o que ele estava pensando, embora eu quisesse saber. Em vez disso, levantei-me e puxei para baixo a barra do meu vestido vermelho minúsculo para que batesse nos meus joelhos novamente.

— Bem, eu deveria ir para casa. — Casa. Parecia errado chamar aquele apartamento, onde eu morava com praticamente estranhos de casa. Minha casa ficava a quilômetros e quilômetros de distância.

— Sinto que você está sempre fugindo de mim. — Ele olhou ao redor do bar, examinando o lugar. — Onde está sua amiga?

— Quem? — indaguei, confusa.

— A mulher com quem você estava durante o show?

Deixei escapar um longo suspiro.

— Ah. Sim. Ela me trocou por algum idiota, então estou indo para casa sozinha.

Ele se inclinou para mais perto de mim até que eu pudesse sentir seu hálito de menta.

— Ou você poderia apenas ficar aqui e sair comigo? — tentou, com uma voz melodiosa, que notei soar muito bem.

Eu poderia. E provavelmente me divertiria. Provavelmente me divertiria tanto que gostaria de fazer isso de novo e de novo e então ele provavelmente desapareceria e partiria meu coração.

— Eu poderia — respondi, com um sorriso. — Mas lembra? Eu não estou namorando.

Ele se recostou e colocou a mão no peito, fingindo estar afrontado.

— Não me lembro de tê-la convidado para um encontro, madame. Só estava sugerindo — seus olhos me examinaram do topo da cabeça até o fundo dos meus saltos bege — que já que você está toda arrumada, poderíamos pintar a cidade. Como amigos.

Eu ri.

— E de que cor pintaríamos a cidade, senhor Aldrich?

Ele olhou para a parte de cima do meu vestido vermelho novamente e lambeu os lábios como o gato que comeu o canário.

— Vermelho, claro.

BAD BOY BILIONÁRIO

Eu corei. Meu Deus, ele era mau. Esta era uma má ideia. Terrível, terrível, terrível. Eu deveria começar a jornada para casa agora e dar o fora daqui.

Whit deve ter lido os pensamentos em meu rosto, porque implorou:

— Vamos, Carolina. Saia comigo esta noite. — Ele fez uma pausa e acrescentou: — Apenas como amigos.

Carolina. Foi isso que ele fez. Ele se lembrar de onde eu era e tornar isso um apelido adorável para mim. Como eu deveria dizer não a toda aquela sensualidade que ele carregava consigo? Foi demais. Ele me quebrou.

— Tudo bem — concordei. — Eu vou ficar. Como amigos. — Estendi a mão como se estivéssemos em uma reunião de negócios, em vez de no meio de um bar.

Em vez de apertá-la, ele se moveu para ficar ao meu lado e cobriu minha mão com a sua, entrelaçando seus dedos nos meus.

Olhei para ele como se ele tivesse perdido sua adorável mente.

— O quê? — perguntou, como se realmente não soubesse por que eu estava chocada. — Amigos podem dar as mãos — defendeu-se. Ele então começou a me puxar pela sala antes de dizer por cima do ombro: — Agora dance comigo.

SETE

WHIT

Eu não ficava arrepiado, porra. Nunca. De jeito nenhum. Meu coração estava batendo no peito como a porra de uma debandada de cavalos enquanto eu puxava Grace pelo clube e para a pista de dança.

Quando parei no meio de um grupo, trouxe-a para perto de mim até que estivéssemos pressionados frente a frente e, meu Deus, era tão bom. Porque, aparentemente, eu adorava me torturar.

Eu não ganhava nada fazendo isso. Nem um pouco. Ela era muito jovem para mim. Muito ingênua. Muito doce. Eu era um homem adulto com a porra de uma criança e aqui estava ela com todo frescor e olhos brilhantes, mas, caramba, eu queria que todo aquele frescor e novidade fossem meus. Fazia muito tempo.

Eu tinha perdido da droga da cabeça, mas não me importava. Nunca senti uma atração tão instantânea por uma mulher. Eu a segurava contra mim, minhas mãos em seus quadris. Aquele vestido vermelho sexy como o inferno mal passava dos meus dedos.

Eu deveria ter ido para casa.

Eu deveria ter ouvido a razão.

Mas, pela primeira vez em muito tempo, eu não queria.

Eu a movia pela pista de dança, às vezes girando-a, e ela ria alto e eu me sentia como se tivesse três metros de altura em vez de apenas um e oitenta.

Ela concordou com sermos amigos, lembrei a mim mesmo enquanto tentava manter minhas mãos em lugares neutros, apenas agradecendo a Deus que, de alguma forma, ele arranjou para nos encontrarmos novamente esta noite.

Destino.

Isso foi o que eu disse a ela e era nisso que eu acreditava firmemente. De que outra forma nos encontraríamos três vezes nesta cidade grande em questão de semanas? Grace poderia ter estado disposta a ignorar os sinais, mas eu não.

Mesmo se eu tivesse apenas esta única noite com ela, apenas como amigos, eu aceitaria. Havia muitos sinais para não fazê-lo.

E, depois que passei o maior relacionamento da minha vida ignorando todos os sinais, há muito decidi que não faria mais essa merda.

Olhar para o público esta noite e ver o rosto dela bem na primeira fila parecia o maior sinal de todos. Eu não iria ignorá-lo.

Uma música lenta começou a tocar e a multidão ao nosso redor se dispersou em mesas próximas e no bar, mas puxei Grace Abernathy para mais perto de mim. Porque *carpe diem*, filhos da puta.

Corri a mão pela pele aveludada de seu braço até que finalmente estivesse na dela. Prontamente puxei aquela mão direto para o meu peito, segurando-a lá, e mantive a outra em seu quadril, nos movendo com a música.

Ela sorriu para mim.

— Meu Deus, você é sutil, Whit. — Neguei com a cabeça.

Eu quase ri. Eu. Sutil. Eu estava tão sem prática quanto possível.

— Gostou do show hoje à noite? — indaguei, perto de seu ouvido, respirando-a e o cheiro de lençóis limpos me deu vontade de levá-la direto para a cama.

Amigos.

— Por favor, vocês sabem como são incríveis. Há quanto tempo estão tocando juntos?

Eu nos balancei para frente e para trás ao som da música lenta, tentando não me apaixonar por ela simplesmente por causa do jeito que ela disse "vocês". Porque era fofo pra caralho.

— Eles tocam juntos há anos, mas acabei de voltar para Nova Iorque há cerca de sete meses. O baixista deles saiu, então o substituí.

— Uau — suspirou, sorrindo para mim. — Você poderia ter me enganado. Parecia como se vocês tocassem juntos desde sempre.

Nosso som era muito bom. Toquei em uma banda na Califórnia. Fiquei triste por deixá-los, mas queria estar mais perto da minha mãe, para ter mais tempo com Andrew. Ela voava muito para ficar conosco, mas não era o suficiente. Sentíamos falta dela.

Quando meu velho amigo, Rick, o vocalista do The Quiet, me procurou pedindo para ser seu novo baixista, não tive dúvidas.

Eu adorava tocar e acreditava firmemente que, se você não usasse, perderia o jeito. E eu toco baixo e outros instrumentos desde que me lembro.

Pensar em meus próprios hobbies me fez querer saber sobre Grace e no que ela se interessava. O que fazia para viver.

— O que fez você se mudar para Nova Iorque, Carolina?

Seus lindos olhos castanhos me olharam apreensivos.

— Trabalho.

Parecia que ela não queria falar sobre isso e eu não queria pressionar. Queria que nos divertíssemos esta noite. Parecia que nós dois precisávamos de uma noite assim.

Então deixei por isso mesmo e recuei, balançando-a para fora e trazendo-a de volta para mim. Inclinei-me para ela novamente com um sussurro e fiz possivelmente uma das perguntas mais importantes na história das perguntas.

— Está com fome?

Eu estava morrendo de fome, mas estava disposto a perder uma refeição para ficar aqui e continuar dançando com Grace. O que dizia muito sobre o quanto eu queria conhecê-la. A menos, é claro, que ela também estivesse com fome e eu pudesse levá-la ao meu food truck favorito.

Algumas rugas confusas surgiram em sua testa quando ela disse:

— Talvez?

Maravilha.

— Então vamos. — Agarrei sua mão novamente, entrelaçando nossos dedos.

Na minha opinião, só havia uma maneira de segurar a mão de uma mulher: com tudo, dedo com dedo, junta com junta. Eu não fazia nada pela metade e dar as mãos era uma dessas coisas. Envolvi os dedos nos dela e segurei firme, passando pelos bastidores e saindo pela porta dos fundos do bar.

Eu já tinha guardado meu baixo e amplificadores na parte de trás da van que os caras trouxeram, então não tinha nada para levar comigo.

O ar fresco do outono nos envolveu assim que saímos.

— Para onde estamos indo? — Grace perguntou, enquanto eu a puxava para um pequeno estacionamento atrás do Leo's.

— Conseguir um pouco de comida — respondi. Não queria estragar tudo dizendo que a levaria ao melhor food truck da cidade.

— Ah — disse, enquanto eu a puxava até que paramos na frente da minha Harley Davidson.

Tirei as chaves do bolso e peguei o capacete que havia deixado preso no guidão.

— Pode usar meu capacete — ofereci, virando-me para entregá-lo a Grace.

Mas ela não estava olhando para mim. Estava parada ali, fitando minha

BAD BOY BILIONÁRIO

moto como se estivesse em estado de choque. Como se ela tivesse visto um fantasma em vez de uma maldita moto foda. Não conseguia andar muito nela, porque tinha Andrew comigo a maior parte do tempo. Eu esperava que ela adorasse.

— Tudo bem por aí, Carolina? — perguntei.

Seus olhos voaram para os meus.

— Eu não posso subir nisso.

— Você nunca montou antes?

Ela balançou a cabeça lentamente de um lado para o outro e olhou para a minha moto um pouco mais.

— Não é grande coisa — afirmei. — Eu tenho um capacete para você e você pode apenas segurar em mim. Ando de moto há mais de dez anos. Você está completamente segura comigo e não vamos longe.

Ela se afastou de mim e da moto, com as bochechas rosadas, o rosto preocupado. "Não, não posso subir naquela moto esta noite, Whit".

— Tenho um capacete bem aqui e prometo que só vamos percorrer alguns quarteirões.

Negando com a cabeça rapidamente, ela disse:

— Não. Não posso fazer isso.

Andei em direção a ela.

— Eu juro que nunca deixaria nada acontecer com você, Grace. Sou muito responsável.

Ela mexeu com a corrente que estava enrolada em seu corpo onde sua bolsa estava pendurada.

— Não, você não entende. — Ela parecia exasperada comigo. E eu estava prestes a sugerir que poderíamos pegar um Uber se ela se sentisse mais confortável ou caminhar, mas aqueles saltos que ela usava não pareciam divertidos para caminhar alguns quilômetros.

— Tudo bem… — comecei.

— Estou sem calcinha! — ela deixou escapar, fazendo-me congelar.

Suas mãos voaram para a boca como se ela não pudesse acreditar no que acabou de dizer, seus olhos cheios de horror.

Engoli minha risada cerca de dez vezes antes de finalmente conseguir falar sem rir e mal consegui escapar, porque Grace parecia querer rastejar para o bueiro a apenas alguns metros de onde estava.

E, embora eu soubesse que ela estava terrivelmente envergonhada, não pude deixar de pensar em como ela estava hilária e fofa naquele momento.

Coloquei o capacete no assento da minha moto e caminhei em sua direção até ficar bem na frente dela. Puxei suas mãos de sua boca e entrelacei meus dedos nelas. Me processe. Eu adorava dar as mãos. Mesmo com meus amigos. Se meus amigos fossem Grace Abernathy.

— Não posso acreditar que eu disse isso — ela sussurrou. — O que diabos está errado comigo?

Dei um aperto nas mãos dela.

— Nada — eu disse suavemente. Eu mal conhecia a mulher, mas já podia dizer que ela era quase perfeita.

— Estou com tanta vergonha. Meu Deus, eu deveria ir para casa. — Ela inclinou a cabeça para o céu e fechou bem os olhos. — Não sei se poderei te olhar nos olhos de novo.

Eu tive que rir porque ela estava sendo muito fofa. Eu soltei uma de suas mãos e envolvi a minha em seu pescoço, meu polegar em seu queixo, inclinando sua cabeça para baixo até que estivéssemos cara a cara.

Seus olhos ainda estavam bem fechados.

— Com licença, madame — chamei, em uma voz melodiosa.

Observei metade de sua boca se erguer em um quase sorriso.

— Abra esses olhos cor de chocolate, por favor — implorei.

Lentamente, seus olhos se abriram e olhei para eles, me perguntando como eu sairia ileso disso. Eu duvidava que ela soubesse quão linda ela era. Provavelmente não tinha ideia de como apenas olhar para ela me deixava sem fôlego.

— Só para você saber — eu disse, ainda esfregando meu polegar na parte inferior de seu queixo. — Ao contrário do que está pensando, você não é minha primeira mulher sem calcinha.

Com isso, seu sorriso brilhante veio à tona e algumas risadinhas passaram por seus lábios.

— Ah, aposto que não — afirmou, o sotaque em sua voz grossa.

Olhei entre nós para o vestido vermelho elástico que ela usava, que descia até os joelhos.

— Acho que você vai ficar bem para subir na moto. Você vai se sentar atrás de mim, então ninguém vai ver. Não é grande coisa.

Seus olhos se arregalaram muito novamente.

— Ai, meu Deus, você é louco. E se todos virem a minha "você sabe o quê"?

Eu ri.

BAD BOY BILIONÁRIO

— Ninguém vai ver a sua "você sabe o quê". — Pisquei. — Vou protegê-la sentando na frente dela.

Ela levantou uma sobrancelha diabólica.

— Você vai proteger minha vagina nua?

Eu comecei a rir. Como passamos do constrangimento total para o uso de "você sabe o quê" e, em seguida, apenas dizer vagina? Essa garota era cheia de surpresas.

— Sim — afirmei, afastando-me e voltando para a minha moto. — Pode me chamar de Homem-Vagina. Estou aqui para todas as necessidades da sua vagina nua. — Joguei uma piscadela por cima do ombro.

Ela seguiu atrás de mim, revirando os olhos e sorrindo.

— Não acredito que você acabou de dizer Homem-Vagina.

Peguei meu capacete e parei na frente dela novamente.

— Eu não posso acreditar que você disse vagina, para ser honesto.

— Olhe para nós dois. Cheios de surpresas esta noite — comentou, com uma risada suave.

Apoiei o capacete sobre sua cabeça e levantei as sobrancelhas para ela, pedindo permissão para colocá-lo.

Ela assentiu e o ajustei gentilmente, então passei a mão pelas mechas inferiores de seu cabelo sob o pretexto de me certificar de que não estavam presas no capacete quando na verdade eu só queria tocar a porra do cabelo dela. Meu Deus, eu era patético.

Amigos.

— Deixe-me ajudá-la a subir primeiro e depois eu vou.

Meu capacete balançou para frente e para trás.

— Sem chance. Você verá minhas partes preciosas.

Abri um sorriso.

— Prometo que não vou olhar.

Ela olhou para mim por baixo do capacete.

— O quê? — Levantei três dedos. — Promessa de escoteiro.

Ela ainda olhou para mim.

— Beleza. — Subi na moto, liguei e levantei o suporte antes de estender minha mão para ela.

Precisou de algumas manobras de sua parte e mais de uma tentativa, mas ela finalmente conseguiu subir na parte de trás com os saltos altos sem me mostrar suas "partes", como ela as chamava.

Quando estava firmemente em seu assento, estendi as duas mãos para trás e agarrei as suas, que foram colocadas em suas coxas, e a puxei para frente até que sua virilha estivesse bem contra mim.

Peguei seus braços e os coloquei tão apertados em volta da minha cintura quanto pude.

— Você está bem? — perguntei, em voz alta sobre o rugido da Harley.

— Sim! — ela gritou de volta.

Lentamente comecei a sair do estacionamento e, eventualmente, para a estrada principal.

— Aposto que você nem era escoteiro! — berrou, bem no meu ouvido, enquanto passávamos pelo trânsito engarrafado.

Eu ri contra o vento. Porque ela não estava errada. Eu não tinha sido um escoteiro na época e definitivamente não era agora. Duvidava muito que um escoteiro estaria pensando na vagina nua de Grace colada em sua bunda.

OITO

GRACE

Puta merda. Eu estava na garupa de uma moto no meio da noite com o próprio bad boy, Whit Aldrich. E não estava usando calcinha. Que vida era esta?

Meu Deus, eu ainda queria rastejar para debaixo da mesa e morrer só de pensar em gritar para ele que não estava usando calcinha. Mas eu entrei em pânico.

E a noite estava indo tão bem. Nós dançamos e rimos e percebi que não me divertia tanto desde que me mudei para Nova Iorque. A personalidade de Whitaker era revigorante e encantadora. Quem teria pensado? O bad boy tinha boas qualidades. Eu não conseguia entendê-lo.

Ele parecia tão cheio de contradições, no bom sentido, que me vi querendo conhecê-lo cada vez mais à medida que a noite avançava. Quero dizer, que tipo de bad boy dava as mãos a uma mulher como se ele estivesse falando sério? Nada batia.

E de alguma forma ele conseguiu me convencer disso.

Eu nunca na minha vida sentei em uma moto, muito menos andado em uma. Não sabia o que diabos estava fazendo. Não sabia por que estava fazendo isso. Só que, por algum motivo, eu queria ficar mais perto de Whit. Mesmo que apenas como amigos.

Eu estava atraída por ele como uma mariposa fica atraída por uma chama e agora aqui estava eu na parte de trás do que parecia ser uma Harley cara pra caramba.

No começo, eu subi o mais longe que pude e me segurei com força, enquanto Whit serpenteava no meio do trânsito. Mas o ar frio atingiu minha pele e o calor de seu corpo pressionado em mim fazia algo comigo. Isso me fez sentir diferente. Foi libertador e antes que eu percebesse, estava sorrindo sob seu capacete e me inclinando para fazer curvas com ele, como se tivesse andado de moto a vida toda.

Quando finalmente estacionamos perto de um food truck que cheirava a paraíso mexicano, apertei Whit com força em volta da cintura.

— Muito obrigada! Isso foi tão divertido!

Ele virou a cabeça para mim e me encarou com seus olhos verdes.

— A qualquer momento.

Seu olhar era tão genuíno que eu imediatamente soube que ele estava falando sério. E me perguntei se teria encontrado outro Clive nesta cidade. Só que esse tinha um metro e oitenta e dois, sexy como o inferno, em quem eu pensava sem roupas mais do que gostaria de admitir. Principalmente, porque parecia algo bem desesperado.

Whit desceu da moto primeiro e estendeu a mão para me ajudar a saltar. Observei seus olhos, que nunca ficaram abaixo do meu queixo. Eu esperava que ele tentasse dar uma espiada nas minhas mercadorias enquanto eu manobrava desajeitadamente para me levantar, mas não. Ele tinha sido um cavalheiro completo. Talvez ele fosse mesmo o Homem-Vagina.

Uma vez que eu estava no chão e puxei meu vestido para baixo, ele deu um passo à frente e gentilmente tirou o capacete até minha cabeça ficar livre. Sacudi meu cabelo e sorri para ele, sentindo-me melhor do que nunca.

Com o capacete pendurado em uma das mãos, ele trouxe a outra até minha bochecha e esfregou o polegar na maçã dela.

— Suas bochechas estão todas vermelhas. — Lentamente, seus olhos examinaram meu rosto. — Você é linda — suspirou, e então piscou forte, como se sua confissão tivesse surpreendido até a si mesmo.

— Obrigada — murmurei para o chão, me sentindo tão desajeitada e além de lisonjeada. Ele pendurou o capacete no guidão, antes de passar o braço por cima do meu ombro e me guiar em direção ao food truck estacionado na rua próxima.

Sua grande mão envolveu meu ombro nu.

— Puta merda, você está com frio! — exclamou.

Dei a ele um sorriso de lábios fechados.

— Estou bem. Apenas frio do trajeto — argumentei, ansiosa para chegar ao food truck de taco com cheiro delicioso.

— Só um segundo — pediu, voltando-se para a moto e abrindo um pequeno compartimento na parte de trás que parecia um baú minúsculo. Ele puxou a mesma jaqueta de couro preta que o vi usando antes.

Depois de fechar o compartimento novamente, ele caminhou até mim e estendeu a jaqueta nas minhas costas. Deslizei os braços para dentro e ele veio ficar na minha frente.

BAD BOY BILIONÁRIO

Ele arregaçou as mangas até poder ver minhas mãos e então fechou o zíper na frente como se eu fosse uma criança e não pude deixar de rir.

— O que é tão engraçado? — ele perguntou com um sorriso, puxando a gola de sua jaqueta de couro em volta do meu pescoço.

— Você está me vestindo como se eu não pudesse fazer isso sozinha.

— Ah, eu sei que você pode fazer isso. — Ele agarrou minha mão, entrelaçando seus dedos nos meus de uma forma que estava se tornando estranhamente familiar, considerando que só tínhamos saído esta noite. Puxou-me para frente e caminhamos lado a lado até a caminhonete. — Eu só queria.

Argh, ele estava sendo adorável de novo e eu mal conseguia aguentar.

Vestir a jaqueta de Whit parecia que eu poderia muito bem estar vestindo ele próprio. Ao meu redor, o cheiro de couro caro e o cheiro inato de Whit atacaram meus sentidos. Enterrei-me ainda mais nela e enfiei a cabeça no colarinho, cheirando onde teria ficado em seu pescoço como uma louca. Graças a Deus, Whit pareceu momentaneamente distraído em chegar ao caminhão de taco. Então aproveitei ao máximo e molestei prontamente sua jaqueta.

Entramos na fila atrás de uma grande multidão turbulenta de pessoas que haviam bebido a noite toda e respirei o cheiro de salsa fresca e tortilhas de milho.

— Isso tem um cheiro divino — murmurei baixinho, fechando os olhos.

— O melhor taco da cidade — respondeu Whit.

— O melhor da cidade, né? Você é um conhecedor de tacos? — indaguei, cheia de atrevimento.

Ele apenas balançou a cabeça e bufou:

— Você não tem ideia.

Senti-me corar, imaginando de qual taco ele estava falando.

Para minha sorte, fomos os próximos e toda a conversa sobre tacos parou, exceto para encomendá-los.

Whit pediu para mim e eu deixei. Eu era muito aventureira com comida e confiei em seu julgamento, já que ele amava este lugar.

Enquanto caminhávamos para uma mesa de piquenique próxima, perguntei:

— Alguém vai nos encontrar?

Ele parecia confuso.

— Não. Por quê?

Sentei-me de um lado da mesa e Whit do outro.

— Porque você acabou de pedir dez tacos.

Ele largou o enorme saco de tacos entre nós e colocou duas garrafas de água sobre a mesa.

— Sim, dois para você e oito para mim.

Olhei para ele como se ele fosse louco.

— Você não vai comer oito tacos. De jeito nenhum.

O homem tinha um corpo bonito pelo que pude ver. Nem um pingo de gordura, então não acreditei nessa bobagem de oito tacos.

— Fica olhando — brincou, descarregando dois tacos de tamanho decente na minha frente e colocando oito na frente dele.

Desembrulhei a folha brilhante de um dos tacos e fiquei com água na boca ao ver e cheirar.

Esperei que Whit abrisse o dele antes de dar uma grande mordida. Minha boca explodiu com o gosto de tomate fresco, tempero mexicano e carne bovina. Gemi em torno do taco, dando outra mordida antes mesmo de terminar de mastigar o meu primeiro.

— Você estava certo — murmurei de boca cheia, engolindo. — Estes são os melhores tacos que já comi.

— Eu te disse. Eu conheço meus tacos. — Whit havia literalmente terminado o seu em duas mordidas e estava desembrulhando o segundo, enquanto eu estava apenas na metade do meu primeiro.

— Eu nunca vou duvidar de você de novo — retruquei, tomando um grande gole de água.

Ele limpou o canto da boca com um guardanapo da bolsa.

— E aí, vai me contar com o que você trabalha, Carolina? Ou vou ter que adivinhar?

Eu podia me sentir encolhendo um pouco sob seu olhar avaliador. Não sabia se estava pronta para divulgar essa informação. Eu não queria que ele pensasse que era estúpido... pensasse que eu era estúpida.

— Por que você não dá um palpite?

— Hum. Você é professora? — perguntou, com a boca cheia de taco.

Desembrulhei meu segundo taco, enquanto Whit desembrulhava o quarto.

— Se eu fosse professora, o que ensinaria? — prossegui, curiosa para saber o que ele pensava de mim.

— Definitivamente inglês — ele respondeu facilmente.

BAD BOY BILIONÁRIO

Eu sorri e assenti com a cabeça, impressionada.

— Quase. Eu fiz especialização em inglês, no entanto.

— Ah. Então, o que alguém faz com especialização em inglês além de ensinar? — Ele parecia satisfeito consigo mesmo por estar perto de acertar.

Enquanto isso, senti uma pontada de pavor no estômago. Eu não queria contar a ele. Estava com vergonha e não deveria. Eu entrei na faculdade e trabalhei pra caramba pelos meus sonhos. Mas até minha própria mãe me disse para ser professora. Que não havia garantia de que escrever me renderia algum dinheiro. E eu sabia que ela poderia estar certa. Mas também tinha que tentar. Se não o fizesse, me arrependeria pelo resto da vida. Porque, enquanto minha mãe era realista, ela também me ensinou a seguir meus sonhos.

— Escreve — murmurei, com um taco na boca, esperando que ele não me ouvisse.

— Desculpe? — ele perguntou.

Engoli em seco e os deliciosos tacos ficaram presos bem no meio da minha garganta, então bebi metade da garrafa de água.

— Eu disse que escreve. As pessoas que estudam inglês e não lecionam, geralmente escrevem.

Seus olhos se iluminaram, aparentemente impressionados. Geralmente era assim. Até que você dissesse a eles que queria escrever romances — histórias de amor. Então geralmente eles te tratavam como uma idiota burra. Ou diziam "ah, você escreve obscenidades?" com uma postura condescendente.

— Você é escritora?

Dei de ombros.

— Quero dizer, talvez. Ainda não publiquei um livro, mas quero e estou sempre escrevendo e trabalhando em algo.

— Isso é muito legal, Carolina. O que você gosta de escrever? — Ele estava abrindo outro taco e eu perdi a conta neste momento, mas a pilha na sua frente estava diminuindo rapidamente.

Eu respirei fundo. E lá vamos nós.

— Romance. Histórias de amor. É o que sempre adorei ler também.

Suas covinhas saíram para brincar e seus olhos verdes brilharam no escuro.

— Eu sabia que você era uma romântica.

Eu ri, não esperando essa resposta.

— Sabia?

— Uhumm — cantarolou, com a boca cheia.

Eu me perguntei por que ele suspeitava que eu fosse uma romântica, mas eu já tinha passado por vergonha o suficiente esta noite entre estar sem calcinha e admitir que queria publicar romances. E ele não zombou de mim ou me fez sentir inferior. Foi doce e me pegou desprevenida. Isso me fez querer contar mais a ele e, ao mesmo tempo, esconder todos os meus segredos. Tive a sensação de que uma vez que ele começasse a me desvendar, nunca pararia. Chega de divulgar as coisas esta noite, então virei a conversa para ele e terminei meu taco.

— E você? O que você faz?

— Estou no ramo da música.

— Que tipo de negócio musical? Além de tocar baixo, quero dizer — perguntei, tentando não me intrometer. Mas senti que ele estava sendo vago. E eu deveria saber, já que era rainha em ser evasiva.

Ele pensou nisso por um momento.

— Aluguel e venda de música.

— Ah, então você trabalha em uma loja de música! Tão legal!

Ele assentiu.

— Sim, algo assim.

— O que te trouxe a Nova Iorque? — perguntei, mastigando a última mordida do meu taco e decidindo que queria mais um.

— Já era hora — declarou, de forma muito simples, muito prática.

Ele tinha um taco sobrando na frente dele e estava quase terminando de comer o que tinha na mão e eu decidi que queria outro. Então, inclinei-me e peguei o último, desembrulhando-o. Ele poderia compartilhar. Ele comeu sete tacos, pelo amor de Deus.

— Por que estava na hora?

Ele me encarou enquanto eu dava uma mordida em seu oitavo taco.

— Você roubou meu taco.

— Sim — afirmei, com a mesma indiferença que ele havia me dito "já era hora". Dois poderiam jogar este jogo. — Por que estava na hora? — insisti.

Depois de terminar seu taco e tomar um longo gole de água, ele disse:

— Eu morei aqui antes. Cresci aqui. Fui fazer negócios na Califórnia, mas estava pronto para voltar para casa e ficar mais perto da minha família.

Assenti, minha boca cheia.

— Como está o taco? — perguntou, parecendo um pouco ciumento.

BAD BOY BILIONÁRIO

Eu não podia acreditar que ele ainda estava com fome depois de comer sete tacos grandes.

Lambi meus lábios e gemi antes de dizer:

— É tão bom!

Ele revirou os olhos antes de morder o lábio inferior.

— Você é má.

— Não acredito que ainda está com fome depois de comer sete tacos, moço. É muita comida.

Ele deu um tapinha na barriga.

— Eu sou um menino grande. E gosto de ver você comendo. Tantas mulheres não comem nos encontros e é estranho.

Eu não podia negar isso. Ele era um cara grande. Mas eu também não era magrelinha. Eu gostava de comer e ninguém me faria sentir muito constrangida para isso.

Ele me observou comer o resto do meu taco.

— Conheço um lugar que tem um ótimo sorvete, podemos ir a seguir...

Levantei a mão, parando-o.

— Sem chance. Estou cheia. Além disso, preciso voltar para casa. — Puxei meu celular da bolsa. — São três da manhã. — Levantei-me e comecei a colocar todo o nosso lixo no saco.

— Vou levá-la para casa.

— Não seja louco. Posso andar de trem ou pegar um Uber. Você não precisa me levar até em casa.

Ele pegou o lixo de mim e jogou em uma lata próxima.

— Não posso deixar você pegar o trem ou um Uber para casa a esta hora da noite.

— Muito doce da sua parte, Whit. — E realmente foi. Eu não sabia se toda essa coisa de cara legal era uma manobra para entrar na minha calcinha inexistente, mas, se fosse, ele era muito bom.

— Além disso, quem protegeria sua vagina se você pegasse o trem sozinha?

Joguei minha cabeça para trás e soltei uma risada que ecoou ao nosso redor. Estávamos quase sozinhos, exceto por algumas pessoas circulando em torno da caminhonete de comida a cerca de meio quarteirão de distância e ele se aproximou e sorriu para mim.

— Quero que saiba que venho protegendo minha "você sabe o quê" há anos sem a ajuda de um homem.

Mas ele não respondeu. Apenas olhou meus lábios como se viesse beijá-los e prendi a respiração, sem saber o que diabos fazer ou dizer.

Ele levou a mão ao meu rosto e embalou meu queixo delicadamente. Senti um arrepio me percorrer por todo o corpo.

— Você tem algo bem aqui — sussurrou, hiperfocado na minha boca. Então usou o polegar para limpar o canto dos meus lábios tão suavemente que me engasguei um pouco com o leve contato. — Um pouco de molho picante — disse ele, mostrando-me o polegar antes de fazer algo que eu pensaria pelo resto da minha vida e provavelmente até quando estivesse morta.

Ele pegou aquele dedo com o molho picante, que estava no canto dos meus lábios, e o enfiou na boca, chupando-o, o que enviou aquele arrepio direto para o meu núcleo. Apertei os joelhos e tentei não gemer.

Engoli em seco, observando-o. Sem saber o que dizer. Sem ter ideia do que fazer. Porque Whit tinha muito mais prática do que eu. Eu era apenas uma jovem na melhor das hipóteses e ele era todo homem. E ele simplesmente ter chupado um pouco de comida de seu dedo literalmente me deixou sem palavras. Nada era mais evidente para mim naquele momento, que não importava o quanto eu tentasse acompanhar esse homem, sempre ficaria para trás. Ele tinha todas as manhas e eu, nenhuma.

— Qual o seu endereço?

Sua pergunta me tirou dos meus pensamentos. Falei meu endereço e ele parecia saber onde era. Eu estava grata por isso, porque eu não saberia diferenciar a minha bunda de um buraco na parede neste momento.

— Vamos lá — chamou, sentando-se na Harley e dando a partida nela. Ele me entregou o capacete e eu o enfiei na cabeça e subi na moto o mais cuidadosamente que pude, o que deu algum trabalho.

Envolvi Whit com os braços e inspirei seu cheiro, um sentimento quase melancólico tomando conta de mim só de pensar que seriam nossos últimos minutos juntos.

BAD BOY BILIONÁRIO

NOVE

WHIT

Eu não queria que a noite acabasse. Estava morrendo de medo de nunca mais vê-la depois disso. Porque, realmente, quais eram as chances de eu encontrá-la novamente depois de três vezes?

A ideia de nunca mais vê-la fez com que os tacos não se acomodassem tão bem no meu estômago.

Tirei uma das mãos do guidão da moto e a coloquei sobre a dela que estava em volta da minha cintura, sabendo que esta poderia ser a última vez que ela estaria na minha moto e eu poderia tocá-la.

Esta noite parecia um sonho. E eu sabia que logo seria apenas uma memória fugaz.

Nós paramos no prédio dela e me encolhi, sabendo que não estávamos realmente em uma boa parte da cidade e o prédio dela estava tão degradado quanto possível. Eu queria levá-la para casa comigo, mas sabia que seria uma péssima ideia para Andrew e para mim. E para ela também. Mal nos conhecíamos.

Encontrei uma pequena vaga na frente e estacionei antes de desligar a Harley.

A noite estava estranhamente quieta depois do barulho da moto e pulei antes de ficar ao seu lado e tirar o capacete da sua cabeça.

— Suas bochechas estão rosadas de novo — afirmei, sorrindo para ela como um tolo.

Amigos.

Eu queria tocá-las, mas não o fiz. Em vez disso, estendi a mão e a ajudei a descer da moto.

— Eu acho que é boa noite — ela disse, quase em um sussurro, e percebi que estava se sentindo como eu: triste porque a noite acabou.

E como eu não tinha absolutamente nenhum pudor, disse:

— Ou você pode me convidar para subir.

Ela ergueu as sobrancelhas tão alto que atingiram a linha do cabelo.

Levantei as mãos na minha frente, capacete e tudo.

— Como amigos! — Respirei fundo, desajeitado, e engoli em seco, tentando pensar no que dizer. Eu sabia o que ela estava pensando, mas eu realmente não estava tentando entrar em sua calcinha inexistente. Só queria ficar com ela um pouco mais antes que a noite terminasse.

Passando a mão pelo meu cabelo, eu disse:

— Não me divirto assim há muito tempo. Juro que não estou tentando te deixar nua nem nada. Só quero passar mais tempo com você.

Meu Deus, espero não ter soado tão desesperado quanto me senti.

Ela levantou uma sobrancelha loira para mim.

— Se eu te deixar subir, você tem que ficar quieto.

— Juro. — Dei a ela um sorriso torto.

— E não tenha nenhuma ideia. Porque não tem um pedaço de comida naquele lugar.

— Ok. — Eu ri e tentei manter a calma quando na verdade estava em êxtase por ela me deixar ver sua casa. Ainda bem que Andrew estava com minha mãe esta noite. Eu pagaria caro amanhã, quando ele não me deixasse descansar, mas esta noite eu viveria isso.

Depois de trancar meu capacete, fiz uma pequena oração para que minha Harley ainda estivesse intacta quando eu voltasse.

Subimos quatro lances de escada antes de finalmente pararmos no andar dela e a falta de comida no local meio que fazia sentido para mim. Como diabos ela conseguiria mantimentos lá de qualquer maneira?

Depois que ela abriu a porta de seu apartamento, ela se virou e colocou o dedo sobre a boca e me deu um "shhh".

A porta se abriu com um rangido e o cheiro de cigarro velho quase me derrubou. Eca. Claramente, suas colegas de quarto eram fumantes. E embora eu tenha feito muita merda na vida, nunca fumei. Achava absolutamente repulsivo.

Andamos na ponta dos pés por um pequeno corredor até uma sala de estar com um futon em uma parede e uma TV na outra. Ao longo de uma das outras paredes estava a menor cozinha que eu já tinha visto na vida. E eu tinha visto alguns pequenos apartamentos em Nova Iorque. Eu tinha muitos amigos músicos que não estavam nadando em dinheiro. Mas esta cozinha consistia apenas em uma pequena pia, uma mini geladeira e um balcão grande o suficiente para conter apenas um fogão.

BAD BOY BILIONÁRIO

Olhei em volta pensando que todo esse espaço não era tão grande quanto minha ilha de cozinha. Eu sabia que era assim que muitas pessoas viviam em Nova Iorque. Mas uma parte de mim queria agarrar Grace e correr; tirá-la daqui.

— Kylie deve ter ficado com aquele idiota com quem ela saiu do clube. Ela costuma dormir naquele futon. — Grace passou por uma porta que levava a duas portas de quartos, uma à direita e outra à esquerda, com um banheiro entre elas. Virou para a direita e abriu a porta, deixando-nos entrar em seu quarto escuro como breu.

Ela acendeu um pequeno abajur na menor mesa de cabeceira circular que eu já tinha visto. Olhei em volta, impressionado por ela ter, de alguma forma, feito um pequeno oásis neste minúsculo quarto.

Ela tinha toneladas de plantas e livros por toda parte. Nas paredes, algumas citações inspiradoras e pinturas de plantas. Em uma, ela tinha sua cama grande coberta com um edredom verde-escuro aveludado.

— Pinturas legais — eu disse, enfiando as mãos nos bolsos, me sentindo muito deslocado. Sentia-me como um gigante neste quarto que era menor do que meu closet. Mas ela deu a sua cara. Este quarto de alguma forma parecia Grace. Com todos os seus livros, bugigangas e plantas.

— Obrigada. Eu mesma pintei — afirmou, corando, obviamente tão desconfortável quanto eu.

— Sério? — perguntei, avançando para examiná-los melhor. Ela era realmente talentosa. Eu adorava que ela fosse escritora, pintora, que amasse plantas e terra. Falava comigo em níveis que eu não poderia explicar. Eu mesmo era um músico. Amava as artes e tinha muito respeito pelas pessoas que as realizavam.

Fiz um lento giro, tentando não cobiçá-la enquanto ela estava lá em minha grande jaqueta de couro, parecendo tão perdida quanto eu me sentia até que meus olhos pousaram em seu laptop no meio do edredom verde.

— É aí que a mágica acontece? — perguntei, apontando para a cama e imediatamente me arrependi de minhas palavras. Lentamente balancei a cabeça e fechei os olhos. — Foda-se, não foi isso que eu quis dizer. Eu não quis dizer sua cama. Bem, eu quis dizer sua cama, só quis dizer que a mágica aconteceu em cima dela. — Fiz uma pausa novamente, me xingando internamente. — Foda-se, mas não consigo dizer nada direito.

— Tudo bem. — Ela riu. — Eu sabia o que você queria dizer. E sim, é onde tento escrever. Mas sem espaço de trabalho, na verdade, não tenho me concentrado muito. Em casa, eu tinha uma mesa e, desde que cheguei aqui, estou muito sobrecarregada. Não tive energia ou tempo, realmente.

Droga. Olhei em volta e ela estava certa. Não havia realmente nenhum lugar para ela escrever, exceto aquela cama. E isso não poderia ser confortável. Não havia nem lugar para colocar uma escrivaninha, se ela tivesse uma. Mal havia espaço para andar.

— Quer assistir a um filme... — ela perguntou baixinho e olhei em volta, procurando uma TV. — No meu laptop? — ela terminou. — Podemos nos sentar na cama e assistir.

— Claro — respondi, tirando minhas botas e me sentando na cama, enquanto ela tirava minha jaqueta de couro e a deixava de lado. Ela se juntou a mim perto de onde estavam os travesseiros e se recostou com o laptop apoiado nas coxas.

— Você tem muitas plantas — puxei assunto, enquanto ela abria a Netflix.

— Sim, eu amo plantas. Deixei toneladas em casa quando me mudei para cá. Dei muitas delas para amigos antes de me mudar.

— Por que você não as guardou?

Ela olhou para mim.

— Eu sabia que não teria espaço. Mas, se o fizesse, viveria numa selva. Eu amo. Elas me fazem sentir bem.

— Ah, é? — indaguei, sorrindo porque ela estava fazendo aquela coisa fofa de novo que eu não conseguia me cansar.

— Sim, está comprovado, sabe? Na verdade, as plantas domésticas têm muitos benefícios para a saúde, como reduzir o estresse, melhorar o humor e aumentar a produtividade e a criatividade. Elas também aumentam os níveis de oxigênio e removem as impurezas do ar. E eu posso dizer. Apenas sinto que posso respirar com elas por perto.

Eu não conhecia ninguém no mundo que pudesse ser poética sobre plantas como Grace. Eu amei.

— O que quer assistir? — ela perguntou, bocejando, e eu sabia que ela estava ficando com sono. Inferno, eu também. Eu iria embora em breve, mas não agora. Não neste minuto. Ela rolou a Netflix e eu observei, até que ela parou em um programa chamado Schitt's Creek. — Você já viu isso?

Neguei. Eu não assistia muita TV, a menos que fosse Disney ou Marvel.

— Ah, você tem que assistir. É hilário. A primeira temporada é boa, mas fica melhor e melhor a cada temporada. Tem tudo. Humor, romance, sentimentos. Aff, eu adoro.

BAD BOY BILIONÁRIO

— Ok, vamos fazer isso. — Encostei-me nos travesseiros e cruzei os tornozelos, ficando confortável.

Eu sabia que provavelmente eram quatro da manhã a essa altura, mas não me importava.

Ela se acomodou como eu e apertou o play. Assistimos a dois episódios de Schitt's Creek e percebi que Grace não era uma daquelas pessoas que podiam assistir à TV em silêncio. Ela fez comentários o tempo todo. Ofegava em choque em partes apropriadas, embora eu soubesse que ela já tinha visto o programa. Ela riu muito, o que me fez sorrir pra caramba. E disse coisas como "desmaiei" e foi muito doce nas partes emocionantes.

Foi na metade do terceiro episódio que percebi que ela devia estar dormindo, porque finalmente ficou quieta por mais de dez segundos.

Olhei para ela, que ainda estava de salto alto e vestido chique. Eu não poderia fazer muito sobre o vestido, mas poderia ajudar com os sapatos. Fechei o laptop e movi-o de suas coxas para a mesa de cabeceira antes de caminhar até a ponta da cama e desfazer as tiras de suas sandálias com cuidado para não acordá-la.

Uma vez que seus pés estavam descalços, peguei um cobertor de cor creme na ponta da cama e puxei-o sobre ela, aconchegando-a até o pescoço para que ela ficasse quente naquele vestido que mal cobria seu corpo.

Pairei sobre ela sendo um esquisito total. Olhei para baixo, para a sutil ascensão e queda de seu peito sob o cobertor, a curva elegante de seu pescoço e seu queixo em forma de coração.

Olhei para mim, sabendo que esta poderia ser a última vez que a veria. Ela tinha um narizinho minúsculo e maçãs do rosto salientes que tornavam seu rosto incrivelmente feminino. E os olhos dela eram do tom mais lindo de castanho, tão escuros que quase não dava para ver a pupila no meio, mas agora com os olhos fechados eu pude admirar o jeito que seus cílios longos e grossos descansavam em suas bochechas. Ela era de parar o trânsito, mesmo praticamente roncando.

Gentilmente, sentei-me na beira da cama ao lado dela, calcei minhas botas e me inclinei, respirando seu perfume limpo no meio deste apartamento cheirando a cigarro e pensando que ela não se encaixava aqui.

Meus olhos foram inexplicavelmente atraídos para seus lábios, tão rosados e perfeitos, seu arco de cupido tão pronunciado que eu queria beijar os cantos dele. Em vez disso, respirei fundo mais uma vez e então me inclinei, dando um longo beijo em sua testa.

Afinal, era o que um amigo faria.

Ao sair pela porta, vi o laptop dela na mesinha ao lado da cama, tendo uma ideia maluca. Abri-o, fechei a Netflix e digitei algumas coisas antes de fechá-lo e colocá-lo onde estava antes.

Andei com os pés silenciosos, passando por uma garota dormindo em um futon e saindo pela porta da frente, certificando-me de que a trava inferior estava aberta antes de descer os quatro lances de escadas para minha moto, que felizmente ainda estava em perfeitas condições.

Coloquei meu capacete, levantei-a e parti, percebendo quando o vento frio me açoitou que havia deixado minha jaqueta de couro em sua cama.

Eu sorri, pensando que ela parecia muito melhor do que eu nela de qualquer maneira. Então ela provavelmente deveria apenas ficar com a peça.

Foda-se, mas eu esperava poder vê-la novamente. Isso dependia dela. A bola estava firmemente do seu lado agora, já que eu tinha a sensação de que o destino provavelmente havia acabado conosco. Eu tinha certeza de que ele pararia de nos colocar juntos.

Mas o que diabos eu sabia? Eu estive errado antes. Apenas uma ou duas vezes, mas ainda assim, aconteceu.

DEZ

GRACE

— Puta merda, mocinha. Você se superou — Delia elogiou, enquanto eu mexia uma grande panela de fettucine Alfredo. Era uma especialidade minha. Assei frango para finalizar com um pão de alho caseiro que faria você querer agredir a sua mãe. Também cortei uma salada e fiz um vinagrete balsâmico caseiro que sempre dava certo.

Tig e Delia estavam dando um jantar em casa e convidaram Graham e Soraya também. Era para ser uma noite sem filhos para o casal, o que eu não acho que eles tenham muitas, então eu estava realmente fazendo o jantar para eles. Tig e Delia não eram os melhores cozinheiros, mas eu era, então, quando perguntaram se eu me importaria de cozinhar, aproveitei a oportunidade. Especialmente porque eu não tinha uma cozinha no meu apartamento e sentia muita falta de fazer grandes refeições para minha família.

— Meu Deus, mocinha. Isso tem um cheiro fantástico! — Tig exclamou, entrando na pequena cozinha e olhando em volta. — Você herdou essa merda da sua mãe. Ela sempre fazia a melhor comida de todas.

Assenti.

— Ela ainda faz. E me ensinou tudo o que eu sei.

Houve uma batida na porta, então Tig e Delia me deixaram na cozinha para terminar a comida e foram atender a porta.

Dei uma última provada no molho Alfredo para ter certeza de que tinha sal e pimenta suficientes, achando que tinha um gosto muito bom.

Não tão bons quanto os tacos que comi com Whit há mais de uma semana e meia, mas quase.

Whit.

Pensei nele mais do que gostaria de admitir. Acordei de manhã triste depois da nossa noite juntos. O cara tirou meus sapatos e me cobriu, pelo amor de Deus. Nenhum homem em minha vida havia feito isso por mim, exceto meu pai, e ele não contava, porque tinha que me amar.

Meio que esperava que ele deixasse seu número ou algo assim, mas talvez eu estivesse certa. Talvez para ele eu fosse apenas uma criança adorável. Mais ou menos como Tig e Delia pensavam de mim. Porque não deixou nada para trás, exceto sua jaqueta de couro. Que eu só usava de vez em quando e quase nunca cheirava.

Desde a última vez que o vi, passei a maior parte do tempo batendo nas portas da cidade novamente à procura de emprego. E, para minha sorte, terei uma segunda entrevista amanhã em uma estufa local. Eu estava tão animada e eles pareciam realmente gostar de mim por telefone. Tive um bom pressentimento sobre isso e realmente senti que as coisas em Nova Iorque estavam melhorando.

Comecei a colocar tudo em tigelas e levar toda a comida para uma mesa dobrável que colocamos no meio do pequeno apartamento de Tig e Delia para caber todo mundo. Tinha uma linda toalha de mesa floral que minha mãe fez quando eu era criança e deu à mãe de Tig. Era um pouco de casa aqui no norte.

Eu estava ocupada fazendo tudo parecer bonito quando Graham e Soraya entraram.

— Ei, pessoal — saudei, colocando os talheres ao lado dos pratos.

— Nossa, isso tem um cheiro delicioso — disse Soraya, aproximando-se para me abraçar. — Você arrasou. — Ela estava observando ao redor da mesa com olhos arregalados.

— Olá, Grace. Como vai? — Graham me cumprimentou.

— Vou bem. E você?

— Nunca estive melhor — afirmou, desviando o rosto para Soraya e dando a ela um olhar que estava em algum lugar entre profunda emoção e luxúria. Eu provavelmente chamaria isso de amor. O homem parecia que estava profundamente apaixonado. E pelos olhares que Soraya lhe lançava, era mútuo. Foi incrivelmente doce.

Analisei os arredores, notando como todos estavam bem-vestidos e, embora eu também estivesse, com um par de jeans skinny escuro e um top preto que combinava com minhas botas pretas baixas, eu sabia que agora tinha farinha na frente da minha camisa e meu cabelo estava uma bagunça.

— O vinho está na cozinha! — Tig avisou e todos entraram em fila para encher os copos, menos eu. Eu não bebia muito e já estava um pouco cansada de cozinhar o dia todo, então fui ao banheiro me refrescar. Peguei minha bolsa no caminho e me tranquei no pequeno cômodo.

BAD BOY BILIONÁRIO

Dando uma olhada no espelho, percebi que estava pior do que pensava. Eu até tinha um pouco de farinha no rosto e no cabelo.

Comecei a trabalhar limpando a bagunça de farinha antes de finalmente arrumar meu cabelo em um lindo coque no topo da cabeça. Puxei algumas mechas loiras ao redor do rosto para torná-lo mais parecido com um penteado intencional, em vez de uma enorme bagunça no topo da cabeça.

Enfiei a mão na bolsa e peguei um tubo de rímel e um pouco de brilho labial, refrescando meu rosto um pouco.

Deixei escapar um longo suspiro. Bem, foi o melhor que deu. Era pegar ou largar.

Eu estava saindo do banheiro quando ouvi outra batida na porta. Quando entrei na sala de estar, Soraya e Delia não estavam, então fiquei sozinha com Tig e Graham.

— Estamos esperando outra pessoa? — perguntei.

Graham assentiu.

— Sim, convidei um velho amigo de escola que voltou para a cidade recentemente, tudo bem?

Dei de ombros. Não era meu apartamento. Não fez nenhuma diferença para mim. Além disso, eu tinha feito muita comida. As mulheres do sul não sabiam absolutamente nada sobre controle de porções ao preparar refeições.

— Vou pegar uma cadeira extra — avisei, indo para um armário de casacos onde eu sabia que Tig mantinha um par de cadeiras dobráveis extras.

Voltei com muitos cumprimentos e risadas. Depressa, coloquei a cadeira em uma ponta da longa mesa, apenas para olhar para cima e encontrar um par de olhos verdes familiares me encarando.

Encarei, minha boca ligeiramente aberta. O que diabos Whitaker Aldrich estava fazendo parado na sala de estar da casa do meu primo? Parecia impossível, mas aqui estávamos nós, cara a cara, um de cada lado da longa mesa.

— Grace! — Soraya chamou, quase alto demais, ao lado de Whit. — Este é o amigo de infância de Graham, Whit. Ele vai se juntar a nós para jantar esta noite.

Ela parecia positivamente atordoada.

Enquanto isso, eu me sentia mal.

Estreitei os olhos, tentando descobrir se eu tinha sido enganada o tempo todo. Se talvez Whit, Graham e Soraya estivessem brincando comigo. Meus olhos estreitados circularam a sala, observando os rostos ali presentes. Todos pareciam não saber que Whit e eu poderíamos nos conhecer.

Whit caminhou em minha direção e meu cenho fechado logo se tornou uma expressão assustada, porque eu não tinha ideia do que estava prestes a acontecer.

Estendendo a mão, ele disse:

— Oi, Grace. Prazer em conhecê-la.

Legal.

Casual.

Era assim que eu o descreveria.

Ah. Era assim que estávamos jogando. Fingiríamos que não nos conhecíamos. Só que, como eu sabia que ele não estava realmente me perseguindo? Quero dizer, sério? Quais eram as malditas chances de isso acontecer?

Ainda assim, estendi a mão e a dele a engoliu inteira.

— Oi. Prazer em conhecê-lo — sussurrei, ainda tão chocada que mal conseguia formar palavras.

— Ótimo! Vamos comer! — Tig bateu palmas e todos se dispersaram para seus lugares. Decidi que me sentaria exatamente onde estava, no final da mesa, onde não havia chance de acabar sendo colocada ao lado de Whit. Porque eu não sabia o que diabos estava acontecendo e, até que soubesse, decidi que não podia confiar nele de jeito nenhum.

Sentei-me, lentamente repassando as coisas na cabeça. Graham estava completamente bem resolvido e tinha estado a maior parte de sua vida. Ele se cercou de pessoas realmente ricas. Whit era rico? Quero dizer, ele tinha uma Harley muito boa e uma jaqueta de couro muito cara. Eu ficaria com aquela merda. Porque eu merecia depois do estresse de hoje.

Soraya acabou sentando do outro lado da mesa e Graham e Whit sentaram do meu lado esquerdo, com Tig e Delia do lado direito.

Respirei fundo algumas vezes, tentando me recompor. Por que ele fingiu que não me conhecia? Talvez ele não fosse o Homem-Vagina, afinal. Talvez ele fosse o Homem-Stalker.

Foda-se. Senti como se fosse vomitar.

Tomei um gole profundo da água à minha frente e olhei ao redor da mesa para as pessoas joviais, e claramente sem noção das coisas, sentadas ao redor. Eles não tinham ideia. A única pessoa que parecia remotamente alterada pelo meu humor era o próprio Whit, que estava conversando com Graham. Ocasionalmente, ele me dava um olhar rápido como se pensasse que eu fosse enlouquecer na mesa a qualquer minuto e gritar com ele ser um mentiroso.

BAD BOY BILIONÁRIO

Mas não o fiz. Em vez disso, fiquei quieta e peguei um pedaço de pão de alho no meio da mesa, enquanto todos distribuíam tigelas de macarrão, molho e salada e conversavam.

Na maior parte do tempo, fiquei sentada ali, atordoada, as pessoas me entregando comida que eu empilhava no meu prato sem nem perceber o que estava fazendo.

Foi uma pequena frase que Soraya perguntou que me tirou do meu estupor.

Ela estava colocando um pouco do meu molho caseiro na salada e olhando para Whit.

— Quem está cuidando de Andrew esta noite, Whit?

Andrew? Quem diabos era Andrew? Minha mente racional dizia que uma pessoa só faria uma pergunta dessas a outra pessoa se ela tivesse um filho. Mas Whit nunca havia mencionado uma criança. Nunca. Quero dizer, isso nunca surgiu em uma conversa, mas as pessoas não andavam por aí escondendo seus filhos, não é? E se o fizessem, que tipo de pessoas elas seriam?

Pessoas más. Do tipo que mentem e perseguem.

Minha ansiedade disparou ainda mais.

Rapidamente, os olhos de Whit dispararam para mim antes de olhar para Soraya com a mesma rapidez.

— Minha mãe — respondeu, como se não tivesse nenhuma preocupação no mundo.

Ele provavelmente era muito bom ator, mas eu não. Senti como se meu peito fosse explodir. O que mais o homem não me disse ou escondeu de mim?

— Com licença — pedi, levantando-me rapidamente e correndo para o banheiro. Fechei a porta atrás de mim e sentei na tampa do vaso sanitário. Enterrei o rosto nas mãos e contei até cinquenta. Puta merda. Eu estava tendo um ataque de pânico no maldito banheiro. Sabia que ele era um bad boy. Sabia que não deveria ter me envolvido. E embora eu dissesse a mim mesma que não, minha reação por si só provou o contrário. Eu gostava dele. Quão burra eu fui?

Lá estava eu rezando para que talvez nos encontrássemos e nos encontramos. Não foi nada bom. Nem um pouco.

Depois de dizer a mim mesma que eu tinha que passar por essa refeição e então nunca mais o veria novamente, joguei um pouco de água fria no rosto e abri a porta do banheiro, apenas para ser empurrada de volta para dentro por um enorme e intimidante Whit.

Ele fechou a porta atrás de nós e encostou-se nela. Meus olhos pareciam que saltariam para fora da minha cabeça e senti um grito se formar na ponta da minha língua.

Ele estendeu a mão.

— Por favor, não grite — sussurrou.

— Que diabos você está fazendo aqui? — devolvi, meio sussurrando, meio gritando.

— Eu só quero explicar. — Seus olhos verdes estavam implorando por uma chance, mas eu desviei os meus, para qualquer coisa no banheiro que eu pudesse, para não cair nas merdas dele novamente.

— O que você quer explicar primeiro, Whit? Por que está me perseguindo há semanas? Ou o fato de você nunca ter mencionado que tem um filho? — Meu Deus, eu estava chateada.

Com os ombros caídos, ele passou a mão pelo cabelo, nervoso.

— Meu Deus, Carolina. Não faça isso. Eu não te enganei. Não tenho te perseguido. Foi o destino, como eu disse...

— Não! — disparei. — Não me chame assim. Você não pode mais ter apelidos fofos para mim. Não me faça sentir que somos amigos quando claramente não somos!

Ele deu um passo à frente e eu recuei até que fui pressionada contra a pia atrás de mim e ele estava bem ali, quase em cima de mim.

— Nós somos amigos. Eu nunca menti para você. Não fazia ideia de que Graham e Soraya te conheciam. Fiquei tão surpreso em vê-la esta noite quanto você em me ver. — Seu peito subia e descia rapidamente enquanto ele usava os dedos para esfregar os olhos fechados. — Por favor, acredite em mim, Grace. Eu não menti. Vamos. Você sabe. Sei que só saímos algumas vezes, mas você sabe que eu não mentiria para você. — Ele tinha esse olhar torturado horrível no rosto, que mandava e desmandava meu coração.

Ele parecia deplorável e surpreso ao me ver também. Talvez eu estivesse exagerando. Talvez ele não estivesse me perseguindo. E talvez não tenha mentido para mim, mas o que fez foi omitir um monte de informações.

Fechei os olhos, desejando que meu coração acelerado se acalmasse. Eu estava tão nervosa.

— Por que você não mencionou que tem um filho?

Ele passou outra mão pelo cabelo.

— Foda-se. Não sei. Nunca realmente surgiu a oportunidade. — Ele parou por um momento, mordendo o lábio inferior, com o rosto demonstrando dor, antes de finalmente dizer: — Essa é uma desculpa de merda,

BAD BOY BILIONÁRIO

eu sei. Eu poderia ter dito a você. Mas não o fiz e acho que é porque o melhor trabalho que tenho é ser pai. É o meu trabalho favorito. Melhor do que todo o dinheiro do mundo. Mais especial do que qualquer posição ou promoção que recebi. E ser pai define a mim e a minha vida todos os dias porque eu amo muito isso. Mas, pela primeira vez em muito tempo, quando estávamos juntos, eu não era Whitaker Aldrich, pai. Eu era apenas Whitaker Aldrich, e tinha esquecido como era isso. A sensação era boa.

Encarei as profundezas de seus genuínos olhos verdes, sabendo que ele não poderia ter sido mais verdadeiro naquele momento e não pude deixar de suavizar.

Uma batida forte na porta do banheiro me assustou e eu pulei para frente e para cima, efetivamente acertando a cabeça bem na boca de Whit.

— O que diabos está acontecendo aí dentro? — Tig gritou do lado de fora da porta e eu me movi ao redor de Whit, com medo de que meu primo fosse matá-lo quando decidi perdoá-lo.

Abri a porta só uma fresta e lá estava meu primo com o olho bem nela.

— Que porra é essa, mocinha? — indagou e eu sorri, forçando meu cérebro para encontrar uma explicação razoável de por que um homem que eu acabei de conhecer hoje à noite, de acordo com meu primo, estaria no banheiro comigo em um jantar.

— Eu entupi o banheiro — afirmei, rapidamente.

Os olhinhos de Tig se estreitaram.

— O quê?

— Eu entupi o banheiro e Whit estava aqui esperando e eu perguntei se ele poderia me ajudar.

Eu não sabia como era possível, mas o olhar estreito de Tig se fechou ainda mais.

— Uhum — murmurou, como se não acreditasse em uma palavra do que eu estava dizendo.

— Tenho que ir — sussurrei para Tig, fechando a porta rapidamente e girando a fechadura antes de me virar para encontrar Whit na pia, um pedaço de papel higiênico amassado na boca.

— Ai, merda, eu machuquei você? — perguntei, parando ao lado dele e pegando o lenço em sua boca.

Whit puxou o lenço para revelar um enorme sorriso cheio de dentes sangrando.

— Você acabou de dizer a ele que entupiu o banheiro? — E riu.

Revirei os olhos.

— Sim, e isso é tudo culpa sua, porque você estava no banheiro comigo e meu primo ia te matar. Você deveria estar me agradecendo por salvar sua bunda em vez de rir de mim.

E, meu Deus, eu teria que voltar para aquela mesa e me sentar com todas aquelas pessoas sabendo que elas pensavam que eu tinha entupido o vaso sanitário e um estranho veio me ajudar a desobstruir.

Eu deveria matá-lo. Mas, pela sua boca, parecia que eu já tinha tentado.

— Lave a boca — ordenei, pegando mais alguns lenços. — Por que, em nome de Deus, você simplesmente não disse a eles que me conhecia? Por que você apenas agiu como se nunca tivéssemos nos conhecido antes?

Eu estava totalmente o culpando por isso. A coisa toda. O falso banheiro entupido. A boca sangrenta. Tudo. Isso era tudo culpa dele.

Ainda assim, não pude deixar de me sentir mal quando ele cuspiu a água ensanguentada na pia e depois ergueu a cabeça para a minha.

— Não sei por que simplesmente não contei a eles que nos encontramos na cidade. Fiquei chocado. Foi burrice. Desculpe.

Percebi que seus dentes inferiores estavam sangrando de novo, então me inclinei na ponta dos pés e puxei seu lábio inferior sem pensar. Avistei o pequeno corte na parte interna do lábio e pressionei o papel higiênico ali.

— Isto é tudo culpa sua. Agora temos que voltar lá e fingir que não nos conhecemos. Como se eu entupisse um maldito banheiro e você desentupiu. E como se eu não tivesse machucado seu maldito lábio. Isso tudo é embaraçoso pra caramba e eu deveria te matar.

Ele de alguma forma conseguiu sorrir em volta dos meus dedos e do papel higiênico.

— Sinto muito — gaguejou, mas de alguma forma eu entendi.

Revirei os olhos mesmo quando disse:

— Está tudo bem.

E eu quis dizer isso. Não guardei rancor ou mesmo fiquei brava por mais do que alguns minutos. Eu era o tipo de garota que explodia e seguia em frente. Mas isso em que estávamos metidos agora era uma bagunça total.

Limpei o sangue do lábio de Whit, quase tendo superado meu chilique. Tentei não notar o quão bonito ele estava hoje. Tão de perto na luz brilhante do banheiro, eu podia ver os pequenos cabelos grisalhos salpicando suas têmporas, que só aumentavam seu charme. Ele cheirava como sempre; picante, viril e caro. Quase me deixou tonta tão de perto. Seus sapatos

BAD BOY BILIONÁRIO

pretos brilhantes, calças cinza justas e camisa vinho com os primeiros botões abertos me faziam sentir coisas. Principalmente coisas boas. Ele tinha toda essa tentativa de barba que dizia "eu não me barbeei em uma semana", que literalmente fazia meus ovários gritarem.

Dois segundos atrás, eu queria matá-lo e agora queria pular em cima dele. O que o homem estava fazendo comigo?

— Desculpe pelo seu lábio — disse, um pouco ofegante, percebendo que meus dedos estavam de fato em sua boca. Tirei-os rapidamente e joguei o papel higiênico no vaso sanitário. Não podíamos ter nenhuma evidência do que realmente aconteceu aqui.

— Sinto muito por tudo, Grace — pediu, parecendo um pouco derrotado. — Você vai me perdoar?

Eu sabia que ele estava falando sério, então desisti de tudo. Além disso, nunca pensei que um homem se desculparia tão genuinamente comigo na vida.

— Tudo bem — garanti, ajeitando meu cabelo no espelho e minha camisa, ficando um pouco apresentável antes de olhar para ele e me inclinar na ponta dos pés novamente para alisar seu cabelo um pouco. Mal resisti ao impulso de esfregar minhas mãos naquela barba escura e espetada que ele usava.

— Vamos. — Respirei fundo, colocando a mão na maçaneta e girando a fechadura. — Esse show de merda tem que continuar.

ONZE

WHIT

Puta merda. Santa Mãe de Deus. O que diabos tinha acabado de acontecer? Quero dizer, eu sabia o que tinha acontecido. Menti para uma sala cheia de pessoas. E então Grace surtou e eu a segui até o banheiro como um idiota louco quando disse a toda a mesa que tinha que ir ao banheiro e Delia me indicou o que estava no quarto deles. Aquele que eu obviamente não tinha ido.

Grace estava certa. Posso não tê-la perseguido por toda a cidade, mas com certeza a persegui até o banheiro hoje. Eu era o pior de todos. Porque agora estávamos na merda.

Sentei-me ao lado de Graham e comi em silêncio. Grace deslizou em seu assento da mesma maneira. Mas todo mundo apenas olhou entre nós.

— Tudo saiu bem? — Tig perguntou e, pelos olhares que estava me dando, não parecia muito satisfeito por eu estar trancado em um banheiro com sua priminha. Na verdade, parecia que ele queria pular sobre a mesa e me bater.

— Sim — respondeu Grace, girando uma quantidade excessiva de macarrão em torno do garfo.

Mas eu? Eu estava engolindo meus sentimentos. Eu era muito bom nisso. E considerando que esta foi uma das melhores refeições italianas que já comi, não tive nenhum problema em empurrá-la para dentro. A massa estava incrível, o frango perfeitamente temperado e macio. E o pão? Meu Deus, mas eu estava fazendo o possível para não comer o pão inteiro que estava na mesa.

— Então, Whit, sabia que Grace fez toda a comida para o jantar esta noite? Não está deliciosa? — Soraya perguntou.

Olhei para cima, atordoado. Ela fez? Eu apenas presumi que Delia e Tig haviam preparado a comida, já que estávamos na casa deles. Ergui o rosto, sorrindo para Grace.

— Esta é uma das melhores refeições italianas que já comi, Grace.

— Obrigada. — Sua resposta foi rápida e suave, mas notei o leve tom de rosa em suas bochechas, que me disse que ela estava lisonjeada com meu elogio.

Soraya voltou a falar.

— Sim, ela é uma cozinheira fabulosa. Ela também faz a melhor salada de frango que já comi. Nunca provei nada que ela fez e não adorei.

Soraya falava muito exuberantemente — quase de forma exagerada — sobre Grace. Achei estranho, mas estava ocupado demais engolindo meus sentimentos para realmente registrar o que estava acontecendo.

— Ela também está procurando emprego agora. Já está procurando há mais de um mês sem sorte. O que é uma loucura, porque ela é muito qualificada. Tem um diploma universitário e tudo mais e aprende muito rápido — Delia interveio, elogiando Grace também.

Fitei a mulher, que parecia estar registrando que algo estava realmente errado também. Ela olhava de Soraya para Delia como se tivessem enlouquecido.

— E ela cuida tão bem das coisas! — disse Soraya em voz alta. — Adora plantas e cuida muito bem delas. Seria ótima em qualquer vaga, na verdade. — Ela fez uma pausa para olhar para Grace, que estava apenas encarando-a. — Quer saber? Você poderia se candidatar a um cargo de babá em algum lugar. Ou empregada doméstica. Ou talvez cozinheira. — Soraya finalmente se virou em minha direção, lançando-me um olhar que dizia: "aqui está sua chance".

Quase me engasguei com o pão delicioso quando percebi o que estava acontecendo. De repente, a conversa que tive com Graham e Soraya semanas atrás voltou para mim. Ela dizendo que talvez conhecesse alguém para eu contratar para ajudar com Andrew e ocasionalmente cozinhar para nós.

Puta merda, eles estavam tentando entregar Grace para mim como um peru premiado em uma travessa e essas pessoas não tinham ideia de que eu estava com fome. Por um momento, minha mente girou com as possibilidades. Grace era incrível. Aposto que Andrew a amaria. E se ela cuidasse dele metade do que cuidava daquelas plantas, ele estaria mais do que bem. Além disso, era uma cozinheira fantástica, se é que ela preparou esta refeição e não foi apenas uma armação. Olhei ao redor da mesa, não confiando em ninguém neste momento.

— Eu só gostaria de saber como você desobstruiu aquele banheiro sem um maldito desentupidor? — Tig interrompeu, claramente ainda chateado e desconfiado sobre todo o desastre do banheiro.

— Alguém gostaria de mais salada? — Grace disse, rapidamente segurando a tigela de salada que estava ao lado de seu prato.

E, claro, eu queria.

— Eu. Por favor. — Levantei a mão como se estivéssemos na escola primária e a tigela foi passada para mim.

— De qualquer forma, se Grace não encontrar um emprego logo, ela terá que voltar para a Carolina do Norte e seus sonhos de finalmente ser uma autora publicada provavelmente cairão no esquecimento.

Uau, Delia estava realmente exagerando.

Mas era verdade. Se ela não encontrasse um emprego, provavelmente teria que mudar de casa e eu não poderia aguentar essa merda. Nem um pouco. Pensar em sair daqui e dirigir pela cidade era como estar longe demais dela. Eu não suportaria se ela estivesse a oitocentos quilômetros de distância.

Se ela tivesse o trabalho de me ajudar, teria muito tempo para escrever. Eu não seria exigente com ela. Só precisaria de ajuda de vez em quando e uma refeição caseira por dia seria bom.

Eu poderia até fornecer a ela um espaço para escrever. Talvez seu próprio quarto. Ou poderia apenas oferecer-lhe alojamento e alimentação e, em seguida, um pequeno salário. Eu tinha espaço e dinheiro.

Foda-se. Como isso aconteceu? Eu tinha passado de pensar que possivelmente ofereceria um emprego a ela para fazê-la se mudar em questão de minutos. Talvez ela estivesse certa e eu definitivamente fosse um perseguidor.

— Acontece que tenho uma vaga aberta agora — eu disse, chocando-me. Claramente, eu não tinha nenhum problema em ser um perseguidor.

Grace me encarou, seus olhos do tamanho de um pires. Ficou claro neste ponto que ela sabia absolutamente que seus amigos e familiares haviam planejado tudo isso.

Olhei para Tig, que estava enfiando pão de alho na boca de forma agressiva. Fiquei surpreso por não estar saindo vapor de suas orelhas. Ele claramente não teve nada a ver com todo esse desastre.

— Você tem? — Grace perguntou, atrevida. Ela arqueou uma sobrancelha maldosa. — Que coincidência.

Afundei na minha cadeira, me sentindo um pouco mal por todo mundo ter armado isso sem Grace saber, e lá estava eu concordando com isso.

Mas ela precisava de um emprego. Um lugar tranquilo para escrever. Dinheiro. Um lugar para ficar. Eu tinha todas essas coisas e precisava de ajuda com Andrew e alguém para me fazer uma comida deliciosa como esta. Todo mundo sai ganhando.

BAD BOY BILIONÁRIO

Coloquei um pouco mais da incrível massa no meu prato.

— Faço a maior parte do meu trabalho em casa e meu filho, Andrew, passa boa parte do dia na escola. Muitas vezes preciso de ajuda à noite e depois da escola, para entretê-lo ou talvez tomar conta dele se tiver uma reunião. — Peguei outro pedaço de pão de alho antes que esses ignorantes comessem tudo. — Minha mãe me ajuda bastante agora, mas me sinto mal por chamá-la o tempo todo.

As mulheres e Graham estavam estranhamente quietos, observando essa interação com Grace como se assistissem a uma partida de tênis. Para frente e para trás, suas cabeças intercalavam entre nós dois.

— Hmm — Grace cantarolou com indiferença, mas, na verdade, parecia uma daquelas garotas de *Real Housewives*: como se ela fosse virar a mesa a qualquer minuto. Anotei onde estava toda a comida para o caso de ter que guardá-la.

— E que tipo de trabalho você faz, Whit?

Por que essa pergunta parecia uma ameaça? O pavor se instalou na boca do meu estômago. Eu sabia que não tinha sido totalmente sincero sobre o que meu trabalho implicava quando ela perguntou antes. Mas nem sempre gostava de divulgar meus negócios para mulheres nas quais estava interessado. Queria ter momentos reais e legítimos com elas, sem todos os bilhões que eu valia se colocar no caminho. O dinheiro mudava as pessoas. Aprendi isso da maneira mais difícil.

— Tenho uma cadeia de lojas de música. É uma empresa familiar e dá muito trabalho. — Limpei a boca e Graham imediatamente continuou de onde parei:

— Não seja modesto, Whit. Você possui a maior rede de lojas de música do mundo. Tenho certeza de que você já ouviu falar, Grace.

Assisti sua ficha cair. A percepção se derramou sobre seu rosto como um balde de água fria e observei sua pele empalidecer e seus olhos se arregalarem.

— Aldrich Music — sussurrou, juntando todas as peças.

— Isso aí. — Sorri sem jeito. Não gostava de falar sobre dinheiro ou coisas, porque não importavam muito para mim. Eu amava o negócio da família por causa do que significava para nós. Meu pai, que o construiu do zero. Tive a sorte de fazer algo que amava por tanto dinheiro. Sabia que a maioria das pessoas não vivia esse tipo de vida.

— De qualquer forma, eu estava pensando em contratar alguém para ajudar com Andrew para que eu não me sentisse mal com os horários que tenho que trabalhar à noite. Às vezes, sinto que ele está passando muito tempo em alguma tela quando estou ocupado. E adoraria que alguém fizesse algumas refeições caseiras de vez em quando também, nas quais você obviamente é muito boa. — Fiz um gesto para toda a comida maravilhosa na mesa com as duas mãos.

Grace engoliu em seco, ainda tão pálida quanto momentos atrás. Ela juntou as mãos à frente quase como se estivesse rezando e não pude deixar de pensar que talvez estivesse pedindo a Deus para impedi-la de me matar.

— É triste, mas eu realmente não tenho muita experiência com crianças, então provavelmente não sou qualificada e, além disso, tenho uma segunda entrevista em uma estufa a alguns quarteirões daqui que estou muito animada. Parece promissor.

— Puta merda, tem mesmo — Tig intrometeu-se.

Estava ficando claro que seu primo não estava do meu lado.

Eu teria que fazer uma oferta que ela não poderia recusar como as de *O Poderoso Chefão*, exceto que eu era apenas um simples pai.

— Bem, veja só, eu tenho muito espaço extra em casa. Então, estava pensando que, quem quer que decidisse aceitar o cargo que estou oferecendo, se mudaria para um dos quartos e teria hospedagem e alimentação gratuitas, além de um salário semanal. Também receberia dias de férias pagos e licença médica.

— Ai, Grace, isso parece incrível. Você está morrendo de vontade de sair daquele apartamento. E, durante o dia, enquanto Andrew estiver na escola, você pode escrever. Essa situação parece um sonho — Delia entrou na conversa.

— A porra de um pesadelo, se você me perguntar — Tig murmurou baixinho para Delia, mas todos nós ainda ouvimos muito bem. Não que ele se importasse.

O rosto de Grace era de pedra quando ela finalmente disse:

— Parece que é bom demais para ser verdade.

— Não mesmo — começou Soraya. — Whit é uma ótima pessoa e um pai ainda melhor. Quem conseguir este emprego vai adorar. Eu simplesmente sei disso.

Achei que talvez Soraya estivesse cruzando os dedos embaixo da mesa. Ela estava realmente torcendo por mim aqui e eu meio que me perguntei se talvez isso não fosse apenas ela criando uma oportunidade de trabalho.

Talvez ela pensasse que Grace e eu poderíamos ser mais um para o outro. E ela não estava errada. Tínhamos uma ótima química, Carolina e eu. Mas eu sabia que, se a contratasse, teria que manter o profissionalismo.

BAD BOY BILIONÁRIO 87

Amigos.

Os olhos de Grace estavam direcionados para mim quando ela perguntou:

— Não acha que deveria deixar Andrew ajudar a escolher quem será a babá dele? Quero dizer, você mal me conhece e eu mal te conheço. — Ela me deu um sorriso presunçoso, passando o dedo pela borda do copo de água.

Meu Deus, ela estava realmente chateada. E estava trabalhando em todos os ângulos que podia para poder dizer não sem realmente dizer.

Sorri para sua frieza. Eu daria a outra face. E um bom lugar para morar. Um bom salário. E meu filho encantador, caramba. Olhei ao redor da mesa.

— Acho que todos nesta mesa concordam que você se sairia muito bem. Tenho certeza de que Andrew vai amar você e sua doce natureza. — Dramaticamente, balancei meus cílios para ela. — Além disso, eu sou o pai e sei o que é melhor para ele. E acho que você seria um ótimo complemento para a casa.

— Eu concordo — afirmou Graham. — Você vai adorar lá, Grace. Tem muito espaço e vai te tirar daquele apartamento que tanto odeia.

Grace olhou ao redor da mesa como se estivesse presa antes de me olhar pelo que pareceu uma eternidade, mas provavelmente foi apenas um minuto.

— O que você diz, Grace? — perguntei, fingindo que não estava sentado na ponta do meu assento de tanta ansiedade. Era isso. Este era um momento decisivo. Se ela não aceitasse o emprego, poderia voltar para a Carolina do Norte em um piscar de olhos.

— Vou pensar sobre isso e te aviso — respondeu, calma.

— Filho da puta — Tig murmurou, revirando os olhos. — Idiotas ricos.

Tentei não parecer presunçoso sorrindo. Porque eu era um empresário e sabia que "vou pensar sobre isso" era, na maioria das vezes, um sim. E se não era um sim definitivo, então definitivamente era algo que poderia ser negociado.

Então comemorei enchendo meu prato com outra porção de macarrão. Eu faria Grace se mudar, faça chuva ou faça sol.

DOZE

GRACE

— E se eu estiver cometendo o maior erro da minha vida? — perguntei a Delia, observando as caixas e empacotadores se movimentando em meu pequeno quarto naquele apartamento de merda. Minha cama já estava do lado de fora, dentro de um caminhão. Fiquei parada no mesmo lugar, uma onda de pânico vindo com tanta força que senti como se não conseguisse respirar.

Delia cutucou meu ombro com o dela.

— Ah, mocinha. Você vai ficar bem. Pense em todo o espaço que terá na casa de Whit e, além disso, você odiava esse lugar. Lembre-se disso.

Assenti freneticamente. Eu odiava isso aqui. Mal podia esperar para tirar o cheiro de cigarro de cada peça de roupa que eu possuía. Ainda estava apavorada e perdendo a cabeça. Não era o tipo de garota que fazia as coisas na cara e na coragem. Eu era mais do tipo que pensava demais em tudo e depois reavaliava.

A coisa mais corajosa que já fiz foi subir naquela maldita moto sem calcinha naquela noite com Whit. Antes de me mudar da Carolina do Norte para cá, passei a maior parte dos meus anos de faculdade planejando isso. E agora estava me preparando para morar com alguém que conhecia há pouquíssimo tempo e cuidar de uma criança que nunca nem vi. Devo ter perdido a cabeça.

Se não fosse por Soraya e Graham se responsabilizando por Whit, eu estaria louca de preocupação neste momento, mas eles aliviaram meus medos.

Eu estava em um quarto que foi ficando vazio rápido demais para o meu gosto. Levou apenas cerca de uma hora para a empresa de mudança que Whit insistiu em contratar liberar meu espaço. O que não deveria ter me surpreendido, porque eu não tinha muito aqui e ainda assim tinha.

— Estou animada por você. É tipo uma nova aventura — Delia disse, varrendo um canto da sala, enquanto eu me certificava de que os empacotadores pegassem tudo.

Assenti com a cabeça. Era emocionante, mas também assustador pra caramba. Não sei quem ficou mais surpreso quando liguei para Whit e lhe disse que aceitaria o emprego, eu ou ele. Depois do jantar infernal, Whit me deu seu cartão de visita para ligar quando eu decidisse ficar com o cargo.

Quatro dias depois, eu finalmente desabei e liguei para ele com um tímido sim. Eu tinha conseguido o emprego na estufa também. Então, tive que decidir entre os dois, mas Whit me fez uma oferta que não pude recusar. Era bom demais. Escrever durante o dia e ajudar à noite parecia perfeito. Especialmente porque toda a minha comida e hospedagem estariam inclusas. Eu poderia aumentar minhas economias enquanto escrevia.

Ele não ficou presunçoso quando liguei, apenas um pouco surpreso e muito profissional. Informou que traria uma empresa de mudança naquele fim de semana, o que obviamente aconteceu. Também me disse que me pagaria mil dólares por semana e mais duas semanas de férias para começar, que concordamos que eu usaria alguns dias para ir para casa no Natal em alguns meses. Parecia um sonho para mim. Sem contas e mil dólares por semana. Apenas reafirmou minha decisão.

Mas lá estava eu questionando tudo de novo e acho que era porque eu não sabia o que esperar. Como seria Andrew? A casa seria enorme com empregadas domésticas? Será que eu me sentiria um peixe fora d'água o tempo todo em que estivesse lá? E se Andrew me odiasse? Meu estômago doeu com o pensamento.

Eu não tinha muita experiência com crianças. Fui babá algumas vezes para crianças da família, mas foi isso.

— Ok, senhora, é isso. Encontraremos você na casa — um dos responsáveis pela mudança avisou e olhei em volta para o apartamento em que eu não morava há muito tempo. Eu quebrei meu contrato, mas Whit se ofereceu para cobrir isso também. Não havia absolutamente nenhuma razão para recusar o trabalho, exceto o fato de que eu poderia ir morar com um homem louco.

Logicamente, eu sabia que não era esse o caso, então lá estávamos nós. O único outro problema era minha atração insana por ele. Não havia nada a ser feito sobre isso, no entanto. Não era como se eu pudesse de alguma forma torná-lo feio ou menos charmoso.

— Quer que eu vá até a casa de Whit com você? — indagou Delia.

Ela era doce.

— Não, não precisa. Eu preciso ser uma mulher adulta. Deixa comigo. Se este lugar vai ser meu lar em um futuro que eu não esperava, então preciso me acostumar com isso. Por conta própria.

Peguei a vassoura de Delia e alguns panos e materiais de limpeza espalhados pelo quarto e deixei o apartamento de merda pela última vez.

Coloquei as coisas de limpeza de Delia em seu carro e ela me deu um abraço de despedida com um "boa sorte".

E fui embora.

A viagem foi longa até a casa de Whit, mas ele me garantiu que havia conseguido uma vaga para eu deixar o carro quando chegasse lá, o que parecia ser um grande negócio, já que estacionar em Nova Iorque era complicado.

Meu estômago estava em nós depois de ficar parada no trânsito por uma hora, quando finalmente parei em frente a uma casa geminada que devia valer uma tonelada de dinheiro. Era enorme, antiga e tinha até uma pequena garagem que era praticamente inédita.

Whit estava do lado de fora esperando por mim e orientando os carregadores que obviamente haviam chegado antes. Ele me deu um aceno casual e um grande sorriso, covinhas e tudo, antes de me apontar para uma vaga próxima, a cerca de meio quarteirão. Estacionei paralelamente, bastante orgulhosa de mim mesma, já que essa era uma habilidade que adquiri desde que me mudei para Nova Iorque.

Deslizei para fora do veículo e caminhei para pegar algumas caixas na parte de trás.

— Oi, Carolina. — Ouvi atrás de mim e me virei para encontrar Whit parado ali com uma camiseta verde de manga comprida que combinava com seus olhos enigmáticos, um par de calças de moletom cinza e tênis. Seu cabelo estava muito cacheado e eu queria passar as mãos por ele.

Meu coração deu um pulo no peito e me perguntei como minha libido lidaria ao ver Whit em suas roupas casuais. Mal conseguia lidar com ele em seu traje de passeio. Inclinei-me para dentro do carro para não ter que olhar para ele, combinando tanto na frente de sua mansão.

— Ei — suspirei, me virando e levantando uma grande caixa do banco de trás.

— Ah, vou pegar isso para você. — Ele a tirou das minhas mãos, então me recostei no banco de trás e peguei outra, me sentindo envergonhada com minha aparência e provavelmente com meu cheiro. Eu estava nojenta depois de limpar o apartamento e vestia um par de leggings pretas e um moletom, meu cabelo preso em um coque.

— Siga-me — disse Whit, indo para casa.

Fechei a porta do carro com o pé e segui atrás dele. Passamos pelo caminhão de mudanças e pelas caixas na frente, e segui Whit por um lance de escadas, entrando na casa mais magnífica em que já estive.

O hall de entrada era grandioso, mas o que realmente chamou a atenção foi a escada em espiral que Whit subiu com minha caixa. Eu queria ter tempo para realmente olhar em volta, mas decidi que haveria oportunidade para isso mais tarde.

— Espero que goste do quarto que escolhi para você. Foi o quarto de hóspedes durante toda a minha vida, mas tem grandes janelas e achei que você iria gostar.

Pelo pouco que pude reunir do meu rápido tour, pensei que provavelmente gostaria se ele me enfiasse em um armário embaixo da escada como em Harry Potter. Não parecia haver um quarto ruim em toda a casa.

Caminhamos um pouco por um longo corredor e então segui Whit até um cômodo à direita.

— Tem um banheiro, então você não precisa compartilhar e acho que vai ter muito espaço, mas se não estiver feliz aqui, pode me avisar e faremos outros arranjos — afirmou, como se este quarto fosse algo menos do que magnífico.

Respirei fundo ao ver a enorme cama de dossel king-size que ficava na parede oposta. Era uma das camas mais românticas que eu já tinha visto. Colocamos as caixas sobre ela e girei lentamente no quarto tentando absorver tudo de uma vez, mas era demais para ver de uma só vez.

A primeira coisa que chamou minha atenção foi um conjunto de janelas do chão ao teto, que ficava ao longo de um lado do quarto. Caminhei em direção a ela, sentindo como se estivesse em um sonho.

Porque as prateleiras foram construídas ao longo da metade da parede das janelas e essas prateleiras estavam cobertas com todas as plantas de casa imagináveis. Rosas, verdes, amarelas. Algumas que eu sabia que eram muito caras porque eu conhecia minhas plantas.

Engasguei ao vê-las.

Silenciosamente, Whit veio por trás de mim. Devia haver pelo menos vinte e cinco plantas decorando lindamente as prateleiras. Fiz um círculo lento, localizando alguma variedade espalhada nas mesinhas de cabeceira e no chão. Algumas na longa cômoda. Meu palpite era que havia pelo menos cinquenta plantas neste quarto.

— Uau — suspirei. — São muitas plantas.

Olhei para Whit, me sentindo mais do que sobrecarregada. Era como se eu estivesse no meio do quarto dos meus sonhos e ele tivesse feito isso acontecer.

Girando ao redor do lugar antes que seus olhos intensos pousassem nos meus, Whit disse:

— Uma vez conheci uma garota que me disse que queria viver em uma selva. Eu não estava convencido até ver com meus próprios olhos, mas tenho que concordar que é lindo.

Eu não poderia dizer se ele estava falando sobre o quarto ou sobre mim e senti um calor correr pelo meu interior que eu não deveria sentir.

— Vou dizer ao pessoal da mudança para tirar o resto das coisas do seu carro também. E vou te deixar se instalar.

Ele estava caminhando em direção à porta quando saí correndo:

— Obrigada, Whit. Isso é muito legal.

Ele se virou para mim, seus olhos suaves.

— De nada, Grace.

E então ele se foi e caminhei até a cama e me joguei de costas, me sentindo como se estivesse em algum tipo de filme da Disney.

Por fim, levantei e comecei a tirar as coisas das caixinhas que havia colocado no carro. Eram principalmente livros. Eu tinha muitos autografados de meus autores favoritos que visitaram as livrarias perto da minha casa.

Desembalei com cuidado e os coloquei na cama, como os bens inestimáveis que eram, até encontrar um lugar para guardá-los. Olhei ao redor do quarto, notando que embaixo da TV, que ficava em frente à cama, havia uma longa estante embutida na metade inferior da parede. Estava completamente vazia, então comecei a empilhar meus livros lá.

Alguns carregadores deixaram coisas no quarto e outros estavam deixando minhas roupas no armário quando terminei de codificar com cores meus livros na prateleira. Levantei-me e olhei em volta de novo, tentando entender o grande cômodo. Provavelmente era maior do que todo o apartamento do qual eu tinha acabado de me mudar.

Enquanto eu olhava ao redor, vi uma mesa que estava escondida na parede oposta das janelas que eu não tinha reparado antes. Claramente, a parede da janela com todas as plantas roubou o show. Mas esta pequena escrivaninha no canto despertou algo em mim que eu não poderia descrever completamente.

Meu nariz queimou de emoção enquanto eu caminhava até lá e passava a mão ao longo da bela escrivaninha de carvalho.

BAD BOY BILIONÁRIO

Uma cadeira verde muito confortável estava atrás dela. Tinha alguns blocos de notas em branco em cima e um porta-treco recheado com canetas.

Whit tinha pensado em tudo. Mordi o lábio, as lágrimas ardendo no fundo dos meus olhos. Ele me deu uma selva para dormir e um lugar para exibir meus livros. E uma escrivaninha linda para escrever minhas histórias.

Ele me fez mudar e estava me deixando cuidar de seu filho porque confiava em mim, e eu pensei que ele estava me perseguindo e fui péssima com ele no mesmo jantar em que me ofereceu um emprego.

Senti-me saltar com o que parecia ser um soluço que tentei segurar. E agora eu estava morando em uma maldita mansão no quarto mais bonito que foi criado especificamente para mim. Era como se eu estivesse vivendo em um conto de fadas. Foi demais e eu senti como se meu coração fosse explodir.

Mas eu não ia me apaixonar por ele. Ainda estava proibida de ficar com o sexo masculino. Por mais que amasse este lindo quarto, eu estava rezando para que não fosse minha ruína.

— Olá? — Ouvi uma pequena voz chamando do lado de fora da porta do meu quarto.

Caminhei até ali, respirando fundo algumas vezes e esfregando as lágrimas persistentes em meus olhos.

— Sim? — chamei.

Cheguei à porta e lá estava uma versão em miniatura de Whit; imediatamente soube que devia ser Andrew.

— Oi. — Ele estendeu a mãozinha. — Eu sou o Andrew.

Sorri para ele e peguei sua mão na minha, dando-lhe um aperto firme.

— Olá, Andrew, sou Grace.

— É um prazer conhecê-la — respondeu, segurando as mãos atrás das costas e pulando na ponta dos pés. — Papai disse que você vai brincar comigo.

— Vou — afirmei, voltando para o outro lado do quarto para colocar meu laptop e material de escrita na mesa. — Você gostaria de entrar e me ajudar a desfazer as malas? — indaguei.

— Sim! — ele exclamou, correu direto para dentro e mergulhou de cabeça na minha cama.

Eu ri, descarregando as coisas da minha mochila na mesa.

— Você está animado para brincarmos juntos?

Ele estava de bruços com a cabeça apoiada na mão, parecendo contemplativo.

— Hmm. Não sei. Você é uma garota.

— O que você tem contra garotas?

— Nada. Só que às vezes as garotas são chatas. — Ele se levantou.

Eu queria me sentir insultada, mas ele não estava errado. Quero dizer, ele provavelmente estava certo sobre garotas. Mas não essa daqui.

— Eu nunca sou chata, Andrew. — Mas estava mentindo. Eu era muito chata. Gostava de ler e plantar coisas. Com certeza essa era a definição de chata.

— Você vai brincar comigo agora? — questionou, pulando para cima e para baixo na minha cama com covinhas enormes que me lembravam muito de Whit. Vestia uma camisa dos Vingadores e uma calça de moletom cinza muito parecida com a do pai. Estava descalço e precioso e fiquei instantaneamente apaixonada.

— Do que vamos brincar? — perguntei, deixando a mesa e tirando meus sapatos no caminho. Porque eu estava determinada a ser tudo menos chata.

Olhei para a porta para ter certeza de que Whit não estava por perto, me arrastei para a cama linda e me levantei ao lado de Andrew, apenas cambaleando um pouco.

Seus olhos se arregalaram.

— O que você está fazendo? — questionou, em estado de choque.

— Achei que estávamos brincando — respondi, pulando ao lado dele, deixando-o completamente chocado.

Eu ri ao ver o olhar em seu rosto enquanto eu pulava para cima e para baixo na cama. Eventualmente, o choque inicial de tudo isso passou e ele se juntou a mim também.

— Não consigo acreditar. Você é a adulta mais legal que eu conheço! — falou, quase cantando, enquanto pulávamos, e eu ri alto, pensando em como meu plano maligno para conquistá-lo funcionou.

Agarrei suas mãos e o girei enquanto pulávamos, no estilo de *Ciranda Cirandinha*, e seu cabelo castanho, grosso e quase encaracolado balançava tanto que eu ri histericamente. Ele riu também, e eu só podia supor que era porque eu estava rindo muito.

— Bem, é bom ver que vocês dois se conheceram.

Ao som da voz de Whit, nós dois imediatamente paramos de pular e Andrew caiu de bunda no colchão com os olhos arregalados.

Fiz o mesmo logo depois dele e nós dois encaramos o rosto sério de Whit.

— Andrew, vá lavar as mãos para o jantar e acho que você conhece as regras sobre pular na cama, então não vou dizer de novo.

BAD BOY BILIONÁRIO

— Desculpa, papai — ele murmurou, descendo do meu lado da cama e sussurrando ao passar: — Você ainda é a adulta mais legal que conheço.

Mordi os dois lábios para não cair na gargalhada.

Quando ele passou pelo pai na porta, Whit bagunçou o cabelo no topo de sua cabeça.

— Vejo que está se sentindo em casa — afirmou, como um leão agora rondando o quarto.

Sentei-me, meio envergonhada e meio feliz por Andrew não me odiar.

Ele ficou ao pé da cama, analisando ao redor do quarto, seus olhos passando pela escrivaninha no canto.

— Parece que você está pronta para escrever.

Dei a ele um sorriso tímido.

— Sim. É uma linda escrivaninha. Obrigada por tornar este quarto tão perfeito para mim.

Esferas verdes sérias penetraram nas minhas.

— Quero que você seja feliz aqui, Grace.

Suas palavras eram muito, muito doces. Suas ações ainda melhores. Meu bad boy era uma anomalia. Eu não conseguia entendê-lo.

— Obrigada, novamente.

— Vamos. Eu pedi um jantar esta noite. Vamos comer com Andrew na cozinha.

Levantei-me da cama e o segui para fora, só que ele parou antes de chegarmos à porta.

— Eu não deixo Andrew pular na cama. Então, se puder evitar encorajar esse comportamento, seria ótimo. — Seu rosto estava sério, mas seus olhos dançavam com humor.

Dei de ombros.

— Como eu deveria saber? Sou nova aqui e ninguém me mandou uma lista com as regras da casa — justifiquei, sabendo muito bem que não pular nas camas era regra em quase todas as casas dos Estados Unidos da América.

Ele balançou a cabeça quando saiu do meu quarto e eu o segui.

Lançou um sorriso por cima do ombro e disse:

— Bom jogo, Carolina, bom jogo.

TREZE

GRACE

Rolei na cama às cinco e meia da manhã, bem acordada. Eu tinha me deitado cedo depois de jantar com Whit e Andrew. Comemos pizza e não havia nada como a verdadeira pizza de Nova Iorque. Foi fantástico. Não tinha conhecido muito da casa antes de Whit ajudar Andrew a tomar banho e ir para a cama. Terminei de desfazer as malas enquanto ele fazia sua rotina noturna com o filho e, quando finalizei, ele veio me encontrar para me dar um tour pela residência urbana de quase dois mil metros quadrados.

Era linda e decorada com requinte, embora parecesse um apartamento de solteiro. O que fazia todo o sentido, já que Whit disse que esta era a casa de sua mãe e de seu pai e que ela se mudou quando ele faleceu e deu a Whit para usar quando viesse a Nova Iorque a negócios; já que agora ele estava morando aqui, era a casa de Whit e Andrew. E era uma bela casa. Com vários quartos grandes e largos corredores.

A cozinha era espaçosa e moderna o suficiente para se assimilar a de um restaurante e eu honestamente mal podia esperar para começar a trabalhar nela.

Disse a mim mesma que era por isso que tinha acordado tão cedo, mas tinha certeza de que tinha algo a ver com dormir em um lugar estranho.

Desmaiei bem rápido depois do tour, exausta do dia, e dormi como um bebê. Mas agora eu estava bem acordada e me perguntando se descer para a cozinha para fazer o café da manhã dos meninos incomodaria alguém.

Whit havia dito que Andrew não precisava estar na escola antes das oito e quinze, então acho que os dois ainda estavam desmaiados, dormindo.

Eu me levantei, o frio do ar no quarto me apressando até a cômoda para encontrar alguns moletons quentes para vestir sobre minha regata e calcinha que eu normalmente dormia.

Coloquei o moletom quente, escovei os dentes, lavei o rosto e penteei o cabelo antes de prendê-lo em um rabo de cavalo.

Por sorte, os quartos dos meninos ficavam mais adiante no corredor. Então, não precisei passar por eles para chegar às escadas. Lentamente, desci os degraus, que ainda rangiam sob meus pés.

Passei pelo saguão, sala de estar e sala de jantar até a parte de trás da casa, onde ficava a enorme área de estar que consistia em uma sala de jantar mais casual e uma sala mais voltada para a família relaxar, toda completa com a maior TV e sofá que já vi na vida. Havia uma cozinha de conceito aberto que abrigava uma ilha comparável a um pequeno apartamento inteiro aqui.

Espiei a geladeira e os armários e finalmente encontrei um enorme armário que abri apenas para perceber que era uma porta. Entrei e acendi a luz que ficava logo à direita da porta e engasguei.

Era a maior despensa que eu já tinha visto em toda a minha vida. Era tão grande que abrigava outra geladeira e um pequeno freezer. Um estoque cheio de frutas e vegetais frescos, carnes e qualquer outra coisa que eu precisasse para fazer um café da manhã incrível, e aqui eu estava preocupada em ficar limitada pelos ingredientes.

Decidi na minha primeira manhã aqui que ainda estava conquistando Andrew. Então, faria o que qualquer criança gostaria. Rolinhos de canela caseiros e bacon. Achei que não poderia dar errado com isso.

Peguei tudo o que precisava na geladeira e na despensa e corri de volta para a cozinha, acendendo a luz sobre a ilha para começar a trabalhar.

Eram cerca de seis e meia e meus pãezinhos de canela estavam no forno e o bacon fritando no fogão quando ouvi chaves tilintando e passos vindo da frente da casa.

Dei uma espiada na ilha bem a tempo de ver uma mulher vestida com um impecável terno azul-marinho e saltos vermelhos. Ela não tinha um cabelo castanho fora do lugar em seu corte meio *long bob* e sua maquiagem era de primeira. Lindas pérolas penduradas em seu pescoço e olhos verdes familiares me cumprimentaram.

A princípio, ela apenas fez uma pausa, aparentemente em estado de choque e assustada.

— Oi? — meio que me cumprimentou e meio que me questionou.

— Oi — respondi, com um pequeno aceno. — Eu sou Grace. — Esperava, ao me apresentar, que isso a fizesse se apresentar para mim.

— Você é amiga de Whit? — perguntou, dando-me um sorriso tenso e vindo se sentar na ilha, e continuei a cozinhar o bacon.

— Algo assim — falei, convencida de que ela devia ser a mãe de Whit. Tinha os lindos olhos verdes dele e de Andrew e parecia tão valiosa quanto a casa que possuía. — Quer um pouco de café?

— Claro — afirmou, dando a volta na ilha e indo para a grande despensa. — Deixe-me pegar meu adoçante favorito. — Ela estava na despensa dois segundos antes de eu ouvir: — Bem, caramba, ele abasteceu este lugar.

Ela saiu com o adoçante e sentou-se na ilha, enquanto eu colocava uma xícara na frente dela e servia o café.

— Então, o que "algo assim" significa? — Ela estava sendo intrometida, mas achei que tinha o direito de saber. Era sua mãe. Uma mãe que tinha um sotaque sulista muito forte e que eu gostava muito.

— Isso significa que somos amigos e que ele me contratou para ajudá-lo a cozinhar e ajudar a cuidar de Andrew.

Ela franziu os lábios antes de soltar um longo suspiro.

— Bem, que decepção. Você provavelmente é muito jovem para ele de qualquer maneira. Mas uma mãe pode sonhar. — Ela estendeu a mão para a frente. — Sou Helen Aldrich, mãe de Whitaker.

Assenti com um sorriso, apertando a mão dela.

— Eu deduzi isso pelo interrogatório.

— Ah, garota — disse, seu sotaque ainda mais forte. — Você ainda nem viu um interrogatório! De onde você é, afinal? Isso aí é um sotaque sulista que estou detectando?

— Sim, senhora. Nascida e criada em uma pequena cidade nos arredores de Raleigh, Carolina do Norte.

Ela sorriu maliciosamente.

— Bem, quer saber? Parece que meu Whit tem muito bom gosto para funcionários.

Eu me senti corar.

— De onde você é, senhora Aldrich?

— Ah, querida. Pode me chamar de Helen. Também sou de uma pequena cidade no Tennessee. Estou aqui há muito tempo, mas sempre serei uma garota do sul. — Ela parecia satisfeita com sua declaração e eu ri.

Ela era doidinha e gostei dela na mesma hora.

Conversamos um pouco enquanto eu tirava os rolinhos de canela do forno e colocava o bacon frito em um prato coberto de guardanapos.

— Algo cheira bem. — Ouvi a voz de Whit antes de vê-lo.

Ergui os olhos dos pãezinhos para encontrá-lo parado ali, parecendo magnífico em uma camisa preta de botão e um par de jeans escuros. Seu cabelo estava todo molhado e cacheado e seus pés estavam descalços.

Foi doloroso tirar os olhos dele, mas ainda assim eu fiz isso. Sabia que sua mãe estava observando cada movimento meu.

— Bom dia, mamãe — saudou, inclinando-se e dando um beijo na bochecha de sua mãe o que me fez sorrir. Whitaker era um filhinho da mamãe, o que percebi nos dois segundos que ele estava na cozinha.

— Bom dia, doçura. — Ela agarrou suas pérolas, olhando para ele do banco. — Quase tive um ataque cardíaco esta manhã. Imagine minha surpresa quando entro na cozinha e encontro uma bela jovem cozinhando.

Whit apenas sorriu e balançou a cabeça com as travessuras de sua mãe.

— Bom dia, Grace. Dormiu bem?

— Como uma pedra — respondi. — Fiz um café da manhã para todos, se estiver tudo bem. Acordei cedo.

— Sempre que você quiser cozinhar, ficarei feliz em comer.

— Não é mesmo? — sua mãe murmurou e eu ri novamente. — Vejo que você abasteceu a cozinha toda. Por que não disse à sua doce e querida mãe que estava contratando alguém para ajudar com Andrew e na cozinha? Não sou mais boa o suficiente para você? — Seu rosto era lamentador de um jeito positivo. Ela estava fazendo o papel de uma mãe desprezada perfeitamente e tive que morder meus lábios para não rir de novo.

Whit se serviu de uma xícara de café.

— Olha, mamãe. Não contei porque sabia que você diria que não precisávamos de ajuda e também sabia que agiria exatamente como está fazendo agora.

Ela pressionou a mão contra o peito em indignação.

— Agindo como? Não estou fazendo nada demais. Na verdade, antes de você interromper tão rudemente, eu estava tendo uma conversa maravilhosa e informativa com a adorável Grace.

Whit tomou um longo gole de café e veio ficar ao meu lado, enquanto eu colocava bacon ao lado dos rolinhos de canela nos pratos.

— Mamãe, você faz muito por nós e sei que gosta de ajudar e ainda pode ajudar o quanto quiser, mas achei que seria bom para Andrew ter alguém com quem brincar quando você não estiver disponível. — Ele pegou um dos pratos que estava pronto. — Isso é meu? — perguntou, saindo com a comida para ir se sentar ao lado da mãe.

— Agora é — murmurei com um sorriso. — Onde está Andrew? — perguntei a Whit.

— Vovóóóóó! — A criança entrou na sala como se eu o tivesse chamado apenas por mencionar seu nome.

— Andrew, meu amor. Como você está nesta manhã? — Helen perguntou, agarrando-o e dando-lhe o maior abraço de todos.

— Estou bem, vovó. Já conheceu Grace? Ela vai ajudar a cuidar de mim e cozinhar para nós às vezes.

— Conheci. Eu a acho muito adorável. — Ela então se aproximou dele e sussurrou em seu ouvido alto o suficiente para que todos ali ainda ouvissem: — Mas o que você acha dela?

Andrew olhou ao redor da sala para se certificar de que ninguém estava observando e eu rapidamente desviei para que ele não pensasse que eu estava espionando. Ocupei-me, fazendo uma segunda xícara de café.

— Deus do Céu, Carolina, esses são os melhores rolinhos de canela que já comi! — Whit se levantou e pegou outro da assadeira no fogão.

— Bem, você sabia que ela pula em cima da cama? — Ele parou por um segundo. — Como uma criança, vovó. E não diga o nome do senhor em vão, papai! — Andrew advertiu Whit.

— Ela pula? — Helen sussurrou de volta com admiração, ignorando completamente a explosão de Whit, e se virou para me dar uma sobrancelha levantada rapidamente antes de se voltar para Andrew.

— Uhuuummm — cantarolou baixinho. — Ela é a adulta mais legal de todas — sussurrou tão alto que tive que me virar e franzir o rosto inteiro para não rir.

Whit olhou para mim com um sorriso torto.

— Você é sorrateira, Grace — declarou, suavemente.

Arregalei meus olhos e dei uma olhada para ele atrás de mim.

— Quem? Eu? — perguntei, apontando para mim mesma, fingindo choque.

Ele caminhou em minha direção até que estávamos quase frente a frente.

— Sei o que você está fazendo. Pulando na cama. Nos enchendo de açúcar e bacon.

— Não faço ideia do que você está falando. — Minha voz estava tremendo. A mãe dele estava logo atrás de nós conversando com Andrew e ele estava tão perto de mim que eu poderia ter me inclinado apenas um pouquinho e provado seus lábios. Não que eu estivesse pensando nisso ou algo assim. Porque eu totalmente não estava. Ele era meu chefe, pelo amor de Deus.

BAD BOY BILIONÁRIO

— Hmm — ele rosnou, e senti isso em um lugar que não deveria sentir nada perto de Whit. — Você está tentando nos fazer gostar de você. — E me deu um sorriso torto. — Mas cuidado com o que deseja, Carolina. Podemos acabar gostando tanto de você que não a deixaremos ir embora nunca mais.

Eu estava com calor. Com tanto calor que poderia ter fritado outro pacote inteiro de bacon e nem mesmo ligado o fogão. Afastei-me, como se ele não tivesse acabado de dizer isso para mim.

Só que me virei para encontrar Helen nos observando como um falcão. Ela pareceu gostar do que viu, porque tinha uma expressão muito satisfeita no rosto que achei bastante preocupante.

Em vez de falar sobre isso, eu disse a Andrew:

— Ei, amigo, por que você não vem sentar na ilha ao lado da vovó e comer alguns rolinhos de canela com bacon.

— Rolinhos de canela e bacon? — indagou, com enormes olhos verdes, e subiu no banquinho. E, pela primeira vez, vi a pequena camisa de colarinho branco e o elegante colete escolar que ele usava. Ele estava uma preciosidade.

— Sim — respondi, colocando o prato na frente dele. — Quer um pouco de leite ou suco no café da manhã?

Não consegui resposta, porque ele já estava voltado para a avó.

— Viu, vovó? Ela me fez pãezinhos de canela e bacon. E ela pula na cama. É incrível!

Desta vez eu ri alto, feliz por ter conquistado Andrew tão cedo. Eu queria que ele gostasse de mim mais do que qualquer coisa. Realmente queria que tudo desse certo. Agora, só tinha que controlar meus hormônios quando se tratava de Whit.

O homem colocou um copo de leite na frente de Andrew.

— Depressa, amigo. Vou deixar você na escola antes de fazer algumas compras e ir a uma das lojas para fazer o check-in.

— Tudo bem, mas o que Grace vai fazer enquanto eu estiver na escola?

Eu sorri, surpresa por ele se importar com o que eu faria o dia todo.

— Vou terminar de arrumar um pouco do meu quarto e ir para o Central Park almoçar com um amigo — falei para Clive que ainda tentaria encontrá-lo para almoçar o máximo que pudesse. E se eu realmente fosse terminar um romance, ainda precisava assistir minhas pessoas apaixonadas.

— Ah, isso parece divertido — Andrew disse, com a boca cheia de bacon.

— Grace, em vez de dirigir ou pegar o trem, tenho um serviço de carro que ficaria feliz em levá-la ao Central Park.

— Ah, isso não é necessário. Estou bem…

— Eu insisto — interrompeu Whit. — Vai me fazer sentir melhor e assim não vou me preocupar com você chegar na hora para ajudar Andrew quando ele vier para casa.

Essa história de chegar em casa a tempo para Andrew era besteira. Mas eu não queria que ele se preocupasse, então cedi.

— Ok. Obrigada.

— Obrigado pelo maravilhoso café da manhã. Andrew, traga o resto dos rolinhos e vamos embora. Não quero que se atrase. — Ele se inclinou e beijou a mãe na bochecha. — Tchau, mamãe. Não incomode Grace esta manhã.

— Eu nunca a incomodaria, nem em um milhão de anos. — Inclinou-se e deu um beijo de despedida em Andrew. — Além disso, eu tenho que sair também. Tenho um brunch no centro.

Todos saíram da cozinha falando alto, mas Whit ficou para trás e me encarou, enquanto eu limpava a bancada, até que finalmente parei e olhei para ele.

— Sim?

Ele me deu um sorriso torto com uma covinha.

— Obrigado pelo café da manhã. Você não precisava fazer isso.

— Não me incomodou nem um pouco. Gosto de cozinhar.

Ele deu um daqueles acenos lentos.

— Ok. Bem, tenha um bom-dia e, se tiver alguma dúvida sobre qualquer coisa, basta enviar uma mensagem ou ligar.

— Obrigada, Whit.

Ele se foi em um piscar de olhos e eu fiquei sozinha na cozinha, a casa completamente silenciosa. Levei meu bacon, pão e café para a sala de estar e sentei no sofá marrom para saborear meu café da manhã, olhando em volta e me perguntando como diabos isso tinha acontecido.

Como deixei de morar em um casebre para morar neste lugar e usar um serviço de carro para ver Clive na hora do almoço?

A vida era louca, estranha e às vezes maravilhosa. Eu não sabia se algum dia me acostumaria com o rumo incomum que minha vida tinha tomado ultimamente. Mas eu tinha certeza de que tentaria.

BAD BOY BILIONÁRIO

CATORZE

WHIT

Eram seis da tarde e eu estava exausto. Eu poderia dormir por um milhão de anos e agradecia a Deus por Grace estar aqui. E não apenas porque eu amava a companhia dela ou porque Andrew estava delirante de tão feliz por tê-la aqui também. Não era nem o fato de achá-la tão inexplicavelmente atraente que queria beijá-la toda vez que estava em sua presença. Não, pela primeira vez em muito tempo, eu só queria ir para a cama.

Fazia uma semana desde que Grace veio ficar conosco. Estava funcionando muito bem. Ela passava os dias planejando seu romance de estreia e se encontrando com seu amigo Clive no parque algumas vezes por semana para almoçar. Quero dizer, sério. Quão fofo era isso? Eu não conhecia absolutamente nenhuma mulher que tirava um tempo do dia para fazer algo assim. Exceto Grace. Ela era sempre cheia de surpresas.

Como seu jeito com Andrew. Ela nunca disse não a ele. Apenas o redirecionava. E era sempre sorrateira, de alguma forma convencendo-o de que era tudo ideia dele. A mulher era uma Mary Poppins moderna e disse que quase não tinha experiência com crianças. Aquilo vinha de forma natural, uma verdadeira dádiva de Deus. Eu não tinha percebido o quão sobrecarregado estava até esta semana com ela aqui me ajudando. Parecia que um peso havia sido tirado, e bem na hora, já que eu estava mais ocupado do que nunca trabalhando com a abertura de cinco novas lojas no exterior.

Eu estava exausto e muito grato pelo que cheirava a um delicioso jantar na panela elétrica e uma casa silenciosa no momento. A comida. Meu Deus, a comida. A mulher era uma cozinheira incrível e, se eu não começasse a malhar à noite também, ficaria do tamanho da minha casa.

Deixei meu escritório no andar de baixo e andei procurando por Grace e Andrew, apenas para, estranhamente, não encontrá-los. Normalmente, eles ficavam na sala assistindo filmes ou construindo Legos, ou às vezes jogando Detetive, que nenhum dos dois realmente sabia como jogar, então eram apenas eles improvisando e acusando um ao outro de ser o assassino.

Eles eram adoráveis e insanos, e eu adorava.

Eu sabia que Andrew gostaria de Grace. Porém, não estava preparado para o quanto.

Pensei que talvez tivesse ouvido um barulho no andar de cima, então subi as escadas em silêncio e espiei o quarto de Grace, já que era o primeiro que eu passava.

A porta estava aberta e eu podia ouvir risadinhas. Não queria perturbá-los, então pressionei o olho na fresta da porta e escutei.

Eles estavam sentados na grande cama de Grace, um de frente para o outro, ela com as pernas cruzadas e Andrew de barriga para baixo.

Cada um estava segurando cartas de Uno e Grace parecia ter metade do baralho na mão.

— Se eu ganhar, você terá que comer uma de suas melecas — disse Andrew, com um sorriso malicioso.

— Beleza. Mas, se eu ganhar, você tem que comer uma das melecas do seu pai — devolveu.

— Eca, Grace, você sempre vai longe demais. — Andrew rolou de costas gargalhando, mostrando todas as suas cartas para Grace como um bobinho. Eu estava sorrindo tanto que minhas bochechas doíam. Os dois eram hilários juntos.

— Você começou — ela brincou, com um encolher de ombros, como se comer algumas melecas não fizesse diferença.

— Não vou comer meleca do papai. Isso é tão nojento. — Andrew rolou de barriga para baixo e tirou uma carta.

— Beleza. Então, se eu ganhar, você tem que comer uma tigela daquela sopa de brócolis na panela elétrica sem reclamar.

— Brócolis? Sério? — Andrew choramingou.

— Sim. Ou você pode comer a meleca do seu pai. O que vai ser, Andy? — indagou, como se nada disso importasse nem um pouco para ela. Minha meleca ou sopa de brócolis. Parecia uma troca justa para mim.

— Cara. Você age como se isso fosse realmente uma pergunta. Vou comer a sopa de brócolis sem reclamar. Você não vai me enganar para comer meleca do papai. Além disso, a sopa provavelmente tem um gosto bom de qualquer maneira. Tudo o que você cozinha é bom.

Ela sorriu para ele e colocou uma carta de +4.

BAD BOY BILIONÁRIO

— Obrigada.

E, mais uma vez, fiquei espantado com a forma como ela conseguiu enganar Andrew sem que ele sequer suspeitasse. Ele nunca comeu brócolis na vida e ela o fez praticamente ficar na mão dela. A mulher era mágica.

Eu estava prestes a me afastar da porta e deixá-los lá quando ouvi a vozinha de Andrew.

— Por que você me chama de Andy às vezes?

Grace colocou suas cartas na cama para dar a ele toda a atenção.

— Porque, às vezes, quando sou realmente amiga de alguém, gosto de dar a essa pessoa um apelido divertido. Você se incomoda quando o chamo de Andy? — perguntou, com uma sinceridade tão doce que senti como se meu coração estivesse disparando dentro do peito.

Andrew pareceu pensativo por um momento antes de responder:

— Acho que não. É bom ter um apelido. Ninguém nunca me deu um antes.

Foda-se. Eu estava na maldita porta espiando e ficando todo emocionado. Grace pegou as cartas de baralho novamente.

— Que bom. Porque acho que Andy combina muito com você.

— Acha? — indagou, seus olhos brilhando de adoração por ela. Ele jogou uma carta.

— Hmmm. E pode ser uma coisa nossa, já que ninguém te deu um apelido — afirmou, tirando uma carta.

— Eu gostaria disso — Andrew respondeu, sorrindo de orelha a orelha, como se tivesse ganhado na loteria quando tudo o que ganhou foi um apelido e sopa de brócolis para o jantar.

Seu sorriso fez algo em mim. E foi tudo obra de Grace. Meu Deus, Grace, tão linda, aqui na minha casa, sendo tão genuína com a pessoa mais importante da minha vida, era refrescante. Era quase demais.

Afastei-me deles, deixando-os sozinhos, sentindo uma sensação repentina de contentamento e descontentamento ao mesmo tempo.

Fui até o meu quarto e me deitei na cama, sentindo-me cansado até a alma. Olhei para a foto na cômoda de Andrew e sua mãe, sentindo uma tristeza avassaladora por ele.

O menino não sabia o que estava perdendo e agora que Grace estava aqui, com apelidos fofos e sendo uma mãe inteligente sem nunca ter sido mãe de verdade, ele experimentava isso pela primeira vez na vida.

E eu fiquei com medo. E se ela nos deixasse? Quero dizer, e se ela o deixasse? O que ele faria sem ela agora que a tinha? Talvez convidá-la para morar aqui não tenha sido uma jogada tão inteligente da minha parte. Talvez ela partisse nossos corações quando fosse embora. O coração dele, quero dizer. Eu sabia como a felicidade podia ser passageira. Mas meu filho? Ele não se lembrava de nada disso. Tudo o que ele conhecia era minha mãe e eu. Iria esmagá-lo quando Grace partisse. O que, muito provavelmente, ela faria um dia, era inevitável.

Quem eu estava enganando? Esmagaria a nós dois e fazia apenas uma semana.

QUINZE

GRACE

— Ele sempre me diz que pareço uma menina — reclamou Andrew, quando entramos em casa. Eu tinha acabado de buscá-lo na escola, porque Whit tinha reuniões a tarde toda em uma de suas lojas. Achei estranho pegar um garoto de escola particular usando o serviço de carro, mas estava me acostumando já que estava fazendo isso há um mês de forma intermitente. E Andrew nunca estranhou algum desconhecido nos levando para casa de vez em quando, então eu apenas segui o baile.

— Você não parece uma garota. — Eu bateria na bunda desse tal de Neil e nem acreditava em bater em crianças. Mas esse garoto? Ele era o pior de todos. Estava assediando meu menino na escola desde que fui morar com Whit e Andrew. Algumas semanas passavam bem e outras o moleque simplesmente não desistia. Não preciso nem dizer que esta semana foi uma droga.

— Neil diz que sim. Ele fica falando que eu tenho cabelo de menina, olhos de menina e até disse que minhas covinhas parecem de menina.

— Neil é um saco — eu disse, tão irritada com esse garoto que eu poderia ter gritado.

— Ele é um saco mesmo — Andy ecoou.

— Você não deveria dizer isso — corrigi. Levantei a mão, porque sabia o que estava por vir. Ele me imploraria para não contar a seu pai. Nós fizemos isso muitas vezes nas últimas semanas. — Eu não sou traíra, então não vou contar ao seu pai, mas você tem que me prometer que vai tentar não dizer mais palavras de adulto.

— Vou tentar — resmungou, colocando o casaco e o gorro no lavabo, andando até a mesa da cozinha para começar a fazer o dever de casa. Ele colocou a mochila na mesa com um suspiro e eu sabia que hoje não era o dia.

— Que tal fazermos o dever de casa depois do jantar?

Ele olhou para mim esperançoso.

— Sério?

— Sim, peguei algumas plantas hoje quando saí para almoçar com o senhor Clive e quero colocá-las num vaso e regá-las. Quer me ajudar? — Era um dia frio de 4°C, mas o sol estava alto. Whit tinha o menor quintal que eu já tinha visto na vida; sendo apenas um pátio com um pequeno pedaço de grama, mas aprendi que a maioria dos nova-iorquinos não tinha quintal nenhum, então fiquei grata pela pequena área externa para poder aproveitar o sol e trabalhar nas minhas plantas. Achava terapêutico e esperava que Andy também.

Peguei um pouco de terra e potes, que agora guardava na despensa gigante, e saímos para o quintal, onde eu já tinha algumas plantas e ferramentas sobre a mesa lá atrás. Tentei manter as coisas arrumadas, mas ocasionalmente deixava itens para minhas plantas. Whit mandava alguém limpar uma vez por semana, mas, na maior parte do tempo, ficávamos sozinhos para manter tudo organizado. Surpreendentemente, Whit não vivia como se tivesse bilhões. Sim, ele tinha coisas e casas lindas, mas não era um homem mimado com alguém lhe entregando tudo de bandeja.

— Quando você acha que vai me levar para conhecer o senhor Clive? — Andrew perguntou, me surpreendendo.

— Você quer conhecê-lo?

Ele deu de ombros.

— Você vai encontrá-lo o tempo todo. Deve gostar muito dele.

— Gosto — concordei.

— Se você gosta dele, provavelmente eu também gostaria. — Pegou uma das minhas pequenas pás da mesa.

— Acho que gostaria sim. Ele gostaria de você também. Os dois têm muito em comum. — Abri o saco de terra para vasos e coloquei-o na frente de Andrew.

— Como o quê? — perguntou, cheirando a terra. — Isso fede.

Eu ri.

— Bem. Vocês dois são inteligentes, engraçados e muito bonitos.

Andrew afastou a terra e sentou-se em uma das cadeiras.

— Não sou bonito. Eu te disse que Neil falou que pareço uma garota.

Apertei o vaso da planta que estava segurando até que se soltasse.

— Você sabe por que Neil diz que você parece uma garota, Andy?

— Não — ele bufou.

BAD BOY BILIONÁRIO

— Venha aqui e segure isso. — Dei a ele a planta sem vaso. — Agora esmague a terra com as mãos, mas tome cuidado com a raiz. Não queremos machucá-la. — Peguei outra planta e comecei a trabalhar para tirá-la do vaso, enquanto Andrew trabalhava para tirar toda a terra velha da outra. — Ele está com ciúmes de você, amigo.

Andy revirou os olhos.

— De jeito nenhum, Grace. Neil tem muitos amigos e é muito bom no futebol.

— E daí? Isso não significa que ele não está com ciúmes porque, estou te dizendo, ele definitivamente está.

— Eu não tenho nada para ter ciúmes — Andrew murmurou, finalmente tirando a maior parte da sujeira da raiz.

— Coloque um pouco de terra naquele grande vaso de terracota. — Apontei para um dos novos do outro lado da mesa. — Ele tem muito do que ter ciúmes. Porque você não se parece nada com uma garota. Sabe com quem você se parece?

Ele parou de cavar a terra e me olhou.

— Quem?

— Seu pai — afirmei, começando a cavar meu próprio vaso com terra. — Você se parece exatamente com ele, que é o homem mais bonito que já vi na vida.

— Sério? — Seus olhos verdes estavam cheios de esperança.

— Juro. Você tem seus belos olhos verdes e seus lindos cabelos cacheados, até mesmo suas doces covinhas. — Passei a mão suja ao longo de sua bochecha. — Você tem um pouco de sujeira aí. — Apontei para o rosto dele e sorri, tentando fazê-lo rir.

O que ele fez. Ele me deu um tapa no nariz com o dedo indicador sujo.

— Você tem um pouco de sujeira aí — resmungou. — Carolina?

Meu coração disparou com o uso do apelido que Whit me deu. Parecia ainda mais doce em seus lábios do que nos de Whit. Senti que esses dois estavam sempre abrindo caminho no meu coração. Eu não sabia quanto tempo mais poderia contê-los. Eu nem queria tentar mais. Queria ser a Carolina de Andy tanto quanto queria ser a de Whit. Mais um gesto doce desses caras e eu estava perdida. Estava a ponto de me submeter de forma voluntária. Eu estava pronta. Com ou sem greve de homem.

— Sim, amigo? — perguntei suavemente, empurrando minha planta para o solo, fazendo uma das minhas coisas favoritas com uma das minhas pessoas favoritas. Parecia uma bênção. Uma coisa tão maravilhosa e linda.

— Esse é o tipo de coisa que as crianças fazem com as mães?

Desta vez, meu coração parou completamente e minha respiração ficou presa. Pensei nas fotos aqui e ali espalhadas pela casa de Andy e de quem sempre presumi ser sua mãe. Ela nunca apareceu em nenhuma foto com Whit. Todas as fotos com Andrew pareciam muito antigas, quando ele era apenas um bebê, mas eu as via periodicamente pela casa. Ela era uma mulher bonita com uma pinta como a de Marilyn Monroe logo acima do lábio.

Não houve muitas vezes em que Andrew fez perguntas que eu não sabia a resposta ou que não conseguia inventar na hora, mas, naquele momento, me senti sem noção. E triste. Muito triste.

Olhei em volta para o que estávamos fazendo. Passar um tempo juntos fazendo algo que o faria se sentir melhor.

— Sim, minha mãe costumava passar tempo comigo fazendo coisas assim. — Optei pela honestidade, porque descobri que geralmente era melhor com Andrew. Ele era um garoto durão.

— Minha mãe se foi.

Essas três palavras me feriram e fechei os olhos, implorando para que as lágrimas ficassem neles. Porque não tínhamos tempo para essa merda hoje. Eu tinha que fazer meu menino se sentir melhor e ele com certeza não precisava me ver chorando. Achei que ela devia ter falecido e sempre ficava nervosa demais para falar sobre isso com Whit. Não consigo imaginar que tenha sido uma coisa fácil para ele ou para Andrew, então simplesmente evitei o assunto.

Eu não tinha ideia do que dizer, mas acabei não precisando falar nada. Andrew cuidou disso para mim.

— Mas eu tenho você agora, Grace. E é quase a mesma coisa.

Ah, e desta vez uma daquelas lágrimas estúpidas vazou do meu olho e desceu pela minha bochecha. Limpei aquela bobona tão rápido que ele nunca a veria. Este doce menino me destruiu completamente em questão de minutos.

Limpei a garganta e me recompus.

— Sim. Você tem a mim — afirmei, esperando e rezando para nunca decepcioná-lo.

— O que vocês estão fazendo aqui? — Ouvi Whit perguntar e minha alma quase saiu do corpo. Não o ouvi abrir a porta dos fundos. Nem tinha percebido que ele estava em casa ainda.

BAD BOY BILIONÁRIO

— Papaaai! — Andrew deu um pulo e correu na direção dele, envolvendo os joelhos de Whit com os braços. — Eu e Grace estamos plantando.

— Estou vendo — disse Whit, seu olhar pesado sobre o meu, e me perguntei o quanto da nossa conversa ele tinha ouvido antes de se fazer notar. — Por que você não entra e ajuda vovó a pôr a mesa? Trouxe pizza para casa esta noite.

— Sim! — Andrew gritou, correndo para dentro.

— Lave as mãos — gritei para ele, começando a guardar tudo e limpar nossa bagunça.

Whit me ajudou a arrumar, o silêncio entre nós incomum e pesado.

— Que tipo de perfume você está usando? — perguntou, me assustando.

Olhei em volta.

— Quem? Eu?

Ele deu aquele sorriso torto que fez meu estômago revirar.

— Com quem mais eu estaria falando?

Corei até a ponta dos pés.

— Não sei. — Olhei em volta, me sentindo idiota. Na verdade éramos só nós dois.

— É só que não estou usando perfume.

— Hm. — Ele parecia pensativo.

— Por quê? Estou fedendo?

Ele me olhou como se eu tivesse perdido a cabeça.

— Nunca. Você sempre tem um cheiro incrível.

Minha respiração ficou presa no peito e me apressei na limpeza, tentando ficar longe do silêncio pensativo e das doces observações de Whit. Senti como se meus meninos estivessem tentando me matar esta noite.

Meus meninos.

Quando comecei a pensar neles assim?

Corri para dentro da casa o mais rápido que pude, tentando não surtar. Meus meninos. Caramba, eu tinha perdido a cabeça.

Havia quatro pizzas grandes dispostas na mesa da sala de jantar com pratos, guardanapos e copos de suco. Quatro pizzas grandes teriam parecido um exagero para quatro pessoas na maioria dos casos, mas eu estava me acostumando com o normal por aqui. Cozinhar para os meninos Aldrich era como cozinhar para um exército.

Helen estava servindo uma pizza para Andrew.

— Ei, Helen — eu disse facilmente. Ela e eu nos tornamos amigas

112   Amie Knight

rapidamente e eu adorava como ela amava Whit de todo o coração, mas não tinha nenhum problema em arrebentar suas bolas. Proporcionou horas de entretenimento.

— Ei, doçura. Venha comer uma pizza e relaxar — convidou, apontando para a mesa.

Assim que me sentei, Whit se juntou a nós. Ele estava sentado à cabeceira da mesa de oito pessoas, comigo à sua esquerda, Helen e Andy à sua direita. Andy estava tão perto de Helen que parecia estar sentado no colo dela e isso me deu vontade de rir. Eu amava o relacionamento deles. Queria que meus próprios filhos tivessem o mesmo relacionamento com meus pais.

— Como foi a escola hoje? — Helen perguntou a Andrew.

— Neil voltou a ser um idiota — ele respondeu.

— Sério? — sua avó insistiu, parecendo tão indignada quanto me senti antes, e tive a sensação de que, se Neil não recuasse, ele teria tanto Helen quanto eu naquela escola.

— Sim, mas Grace disse que ele está com ciúmes.

— Bem, é claro que está — Helen concordou, bagunçando o topo dos cachos de Andrew, que continuou:

— Ela diz que é porque eu pareço com meu pai e sou muito bonito.

Senti o calor subindo pelo meu peito e por todo o meu rosto. Meu Deus todo-poderoso, ele estava abrindo o bico.

— Ela falou, foi? — Whit perguntou e olhei para ele, vendo que seu prato estava cheio com cerca de seis pedaços de pizza. Queria lhe dizer para continuar se empanturrando e ficar fora disso.

— Uhuuummm — Andy murmurou, com a boca cheia de pizza. Ele engoliu. — Ela disse que você era o homem mais bonito que ela já tinha visto. E que eu tinha seus lindos olhos, cabelos e covinhas, e que Neil estava com ciúmes de mim.

Helen parecia muito intrigada com o rumo dos acontecimentos esta noite e eu só queria rastejar para debaixo da mesa e morrer. Nunca esperei que Andrew contasse a ninguém sobre nossa conversa, mas às vezes esquecia que ele tinha apenas seis anos.

— Ela disse alguma coisa… — Whit começou a perguntar, mas usei meu pé para chutá-lo bem na canela debaixo da mesa. — Ai.

— Pare de pescar elogios, Whitaker Aldrich. Você sabe como é bonito — reclamei, frustrada, sem pensar no que estava realmente dizendo.

BAD BOY BILIONÁRIO

— Veja, papai! Ela acha você bonito, assim como eu! — Andy gritou e Helen caiu na gargalhada.

Demorei cerca de dois segundos antes de o meu constrangimento ficar em segundo plano com toda a conversa hilária e eu começar a rir também. Whit juntou-se a nós e Andy nos olhou como se tivéssemos enlouquecido, sem entender o que todos achavam tão engraçado.

Quando todas as risadas estridentes terminaram, soltei um longo suspiro e rezei a Deus para que Andy não tivesse mais sujeira minha para compartilhar.

Ele e Helen conversaram mais sobre seus dias e tentei ignorar o jeito que os olhos de Whit estavam em mim mais do que em outras coisas. Tentei não perceber que estavam cheios de algum tipo de emoção que eu não queria enfrentar ainda. Era luxúria? O que estava acontecendo? E quando Whit encostou o tornozelo no meu debaixo da mesa e o deixou lá, tentei não notar isso também.

— Lembra aquele dia no parque quando você disse que não deveria julgar um livro pela capa?

— Sim — respondeu Clive, comendo um pedaço de quiche de café da manhã que eu tinha feito hoje cedo para Whit. Consegui arrancar um pedaço dele para levar para o almoço de Clive hoje.

— Bem, eu julguei, estava errada e agora me meti em apuros.

Não estávamos observando as pessoas hoje. Eu tinha muito em mente. Ainda me recuperava de todos os olhares carregados de Whit e ele praticamente brincando comigo debaixo da mesa algumas noites atrás.

Passei os últimos dias fazendo o possível para manter distância, mas Whit era muito bom em ir além. A distância meio que não significava nada para ele.

— Estamos falando de Whit?

— Uhuummm — murmurei, tão preocupada com minha situação atual que nem me dei ao trabalho de comer. Perguntava-me se Whit já teve esse problema, mas duvido. Não parecia que ele deixava nada entre ele e sua comida.

Clive conhecia todos os meus problemas. Ele era meu melhor amigo aqui e eu confidenciei tudo a ele, até mesmo a extrema atração por meu chefe.

— Seu bad boy não é um bad boy, afinal?

Neguei com a cabeça, me sentindo confusa.

— Não, nem um pouco. Ele é gentil, doce, incrível e ama seu filho mais do que tudo no mundo. — E então eu disse algo que surpreendeu até a mim, já que mal havia admitido para mim mesma: — E estou me apaixonando por ele.

— Ah, garotinha. Isso não é tão ruim. Por que você parece tão deprimida com isso?

Era tão, tão ruim. Pior do que eu jamais imaginava. Porque eu tinha certeza de que Whit se sentia atraído por mim, mas também tinha certeza de que ele pensava que eu era uma menina ingênua. Inferno, eu pulava na cama com seu filho de vez em quando. Também não me levaria a sério.

Ele provavelmente estava procurando uma figura materna para Andy e eu estava muito longe disso. Andy, meu doce menino. Ele merecia uma mãe. E então, eventualmente, quando eles encontrassem alguém, eu ficaria de fora. Quero dizer, eu não poderia fazer isso para sempre, mesmo que quisesse. Um dia, eles não precisariam mais de mim.

— Acho que Whit não sente o mesmo, Clive. Eu me meti em uma confusão.

Ele terminou sua última mordida de quiche, se aproximou de mim no banco e colocou o braço em volta dos meus ombros. O cheiro familiar de sua colônia aliviou um pouco do meu pânico.

— Você nunca saberá, a menos que pergunte.

— Mas e se eu perguntar e ele não se sentir do mesmo jeito, aí não quiser mais que eu trabalhe lá e eu tiver que deixar a ele e Andy? — expressei meu maior medo.

O simples pensamento de ser rejeitada pelos dois me fez sentir como se não pudesse respirar.

— E se você perguntar a ele e ele *de fato* se sentir da mesma maneira? A vida é curta, menina. Não desperdice com "e se".

Ele estava certo, mas isso me deixou apavorada. A coisa toda. Eu poderia perder tudo.

— É assustador — sussurrei.

— As melhores coisas da vida geralmente são, Gracie.

Meu coração dizia que Clive estava certo. Mas minha mente sabia bem. Ela me dizia para nunca falar nada. Segurar Andrew e Whit o máximo que pudesse e apenas manter minha boca e meu coração fechados.

BAD BOY BILIONÁRIO

115

DEZESSEIS

WHIT

Fazia dois meses que Grace estava aqui, mas poderia muito bem ter passado dois anos. Ela entrou nesta pequena família e simplesmente se encaixou como um dos Legos de Andrew, de alguma forma nos tornando completos. E eu aqui pensando que nada estava faltando. Mas Grace me fez perceber o contrário.

— Como foi o seu dia? — perguntei, como fazia na maioria das noites depois do jantar. Quando mamãe vinha, ela geralmente brincava com Andrew e dava banho nele, deixando um tempo para Grace e para mim. Não que ela parecesse precisar de um. Ela estava louca pelo meu filho. Quase fazia meu coração explodir de pensar nisso. Ela nunca reclamou de cuidar dele quando eu tinha shows ou reuniões. Nunca se cansava das perguntas constantes do garoto.

Algumas semanas atrás, quando os ouvi falando sobre sua mãe na varanda, quase caí de joelhos ali mesmo. Eu queria dar o mundo a Andrew e, ao trazer Grace aqui, sem saber, fiz exatamente isso. Agora, ela estava presa conosco.

Eu precisava dizer a ela. Ela era nossa agora. Eu tinha que ter certeza de que ela sabia disso.

Tentei manter distância. Tentei ser seu amigo. E não estava funcionando. De forma alguma. Eu estava farto dessa merda.

— Foi bom. — Ela colocou as mãos em torno da xícara de café depois do jantar, aquecendo-as. Ela fazia isso quase todas as noites, e todas as noites eu achava que era a coisa mais doce de todas. — Ainda estou planejando, então tenho pequenas anotações em todos os lugares e é uma bagunça. E, quando Andy chegou da escola, jogamos Mario Kart. Ele é muito bom. Quase o deixei ganhar uma vez.

Eu ri e deslizei meu tornozelo em direção ao dela por baixo da mesa, querendo tocá-la, mas sem coragem o suficiente para estender a mão.

Deixei a responsabilidade com ela. E nunca tive resposta. Talvez ela quisesse manter nosso relacionamento platônico. Mas eu já tinha ido longe demais. Gostava muito de Grace antes de ela se mudar e agora, bem, as coisas tinham ido além e em um território que eu estava com muito medo de admitir para mim mesmo.

Ela me deixou colocar o tornozelo contra o seu. Ela fazia isso de vez em quando, mas às vezes pulava da mesa com um milhão de desculpas e corria para o quarto.

Esta noite foi uma das minhas noites de sorte, então me recostei na cadeira e suspirei.

— Como foi o seu dia? — indagou, sorrindo para mim como se eu estivesse segurando a lua. Eu amava aquele sorriso. Ele fazia algo em mim que não dava para explicar. Minha felicidade dependia daquele sorriso e eu nunca tinha deixado ninguém fazer isso comigo ou com Andrew.

— Longo. Abrir as novas lojas está me dando uma surra. Tenho me sentido bastante esgotado o dia todo. Mas estou muito bem agora — respondi, esfregando o pé contra o dela e rezando para que não se afastasse. O que eu realmente queria fazer era pegar sua mão e enfiar seus dedos nos meus. Pensei na noite que parecia anos atrás, quando ela me deixou segurar sua mão a noite toda. Eu sentia falta, seus dedos entrelaçados com os meus.

Ela se sentou na cadeira e colocou a mão na minha testa.

— Você não está ficando doente, né?

Inclinei-me para a mão dela.

— Não. Eu nunca fico doente. Estou apenas sobrecarregado. Agradeço muito por você estar aqui para ajudar com Andrew. Não sei o que faria sem você. — Meu Deus, não é que era verdade? Mas ela não sabia nem a metade.

— Eu adoro aquele garoto. Adoro passar tempo com ele. Não parece que você está com febre. — Ela puxou a mão para trás e colocou-a sobre a mesa, com o rosto preocupado.

Aquilo estava me chamando pelo nome mais do que a costela que ela fez para o jantar, então aproximei minha mão. Grace olhou para ela e depois de volta para mim, quase como se estivesse me desafiando a segurar.

— Papaaai!

Puxei a mão para trás, assustado com o grito de Andrew. Bem a tempo, já que minha mãe entrou na cozinha.

— Andrew quer que você dê banho nele esta noite.

— Sério? — perguntei, chocado. Ele nunca teve preferência antes. Minha mãe e eu damos banho nele desde que era um bebê.

BAD BOY BILIONÁRIO

117

— Sim. Ele disse algumas bobagens sobre ser bem grandinho. — Ela parecia completamente desconcertada e olhei para Grace, que apenas sorriu para mim e negou com a cabeça frente à loucura da minha mãe.

— Ok, parece que estou em uma missão paterna — eu disse, lamentando, e saí da cozinha, subindo as escadas para o meu filho empata-foda.

Bati na porta do banheiro e Andrew perguntou quem era.

— Sou eu — respondi, antes de abrir a porta e entrar. — Ei, cara.

— Ei, papai — saudou, docemente, como se não tivesse acabado de gritar escada abaixo.

— E aí? — perguntei, ajoelhado ao lado da banheira em que ele estava. Seu cabelo ainda estava seco.

— Acho que a vovó não deveria mais me ajudar no banho. — Suas bochechas estavam vermelhas.

— Por quê? — indaguei, derramando um pouco de água em sua cabeça com um copo.

— Porque — começou, tirando a água dos olhos — ela é uma menina e eu tenho um pênis e ela tem uma vagina e meu pênis está ficando maior.

— Ah, é? — insisti, tentando não morrer de rir. — O que provocou isso? — Coloquei um pouco de xampu em seu cabelo e comecei a esfregá-lo.

— Meu amigo Timmy me contou. Ele disse que não deixa mais sua mãe ou avó dar banho nele, porque seu pênis está crescendo.

Eu estava me segurando, por pouco.

— Ok, amigo. Que tal o papai te ensinar a lavar o próprio cabelo para não precisar de ajuda? — Achei que já era hora de fazer isso, de qualquer maneira.

— Boa ideia. Ah, e quer saber, papai?

— O quê? — Derramei o copo de água sobre sua cabeça, enxaguando o xampu. — Timmy disse que o irmão dele vai se casar.

— É mesmo? Fantástico. — Eu não conhecia Timmy e não tinha ideia de onde tudo isso daria.

— Sim, e decidi que vou me casar com Grace.

Respirei fundo com tanta força que quase engasguei com a saliva. Parei de dar banho por um momento e olhei para ele.

— Decidiu?

— Claro que sim, pai. Grace é muito bonita e joga videogame, pula na cama e cozinha a melhor comida do mundo. Eu seria burro se não me casasse com ela.

Foda-se. Meu filho de seis anos era mais esperto do que eu. Revirei os olhos para mim mesmo.

— Você tem razão. A Grace é a melhor de todas.

— Sim. — E ele disse como quem fala: "eu sei, pai, dã, sou um cara inteligente".

Neguei com a cabeça e ri.

— Ok, cara. Seu cabelo está todo limpo. Saia e se enxugue.

Saí do banheiro e fiquei cara a cara com minha mãe espiã e intrometida. Ela tinha sorte de eu amá-la, mesmo sendo uma intrometida. Eu sabia que ela tinha ouvido toda a conversa e não estava pronto para falar com ela sobre isso ainda. Inferno, eu não sabia se alguma vez estaria pronto.

— Ele está certo, sabe? — disse, me seguindo pelo quarto de Andrew, enquanto eu escolhia sua cueca e pijama e os colocava em sua cama. — E você teve que ouvir da boca de um bebê.

— Não sei do que está falando, mãe.

Ela colocou a mão no quadril.

— Sabe sim. Ele tem razão. Você não contrata a mulher que ama. Você se casa com ela. Seu velho tolo. Igualzinho ao teimoso do seu pai. — Ela saiu do quarto, provavelmente para conversar com Grace, já que ela não era tola.

Enquanto eu ajudava Andrew a escovar os dentes e o cabelo dele, e até mesmo ele lia para mim uma história para dormir, não pude deixar de pensar que talvez minha mãe estivesse certa. E se eu fosse um tolo por contratá-la em vez de apenas sair com ela? E se eu tivesse estragado minha chance ao me tornar seu chefe? Porra, eu realmente era um tolo teimoso.

BAD BOY BILIONÁRIO

DEZESSETE

GRACE

Pressionei a mão levemente em sua testa.

— Você não precisa ficar doente para chamar minha atenção, Whit.

Eu sabia que ele estava ficando doente desde anteontem à noite, quando tomamos café depois do jantar. Ele parecia tão exaurido.

Ele empurrou minha mão e tentou rolar para longe.

— Saia agora. Salve-se — gemeu.

Ele estava quente e eu estava com raiva de mim mesma por não ter vindo antes ver como ele estava. Nunca tinha cuidado de um homem adulto na minha vida. Mas também nunca tinha cuidado de uma criança e, até agora, tudo bem. Ele estava em seu quarto desde aquela noite. Me fez lidar com Andrew e sua agenda no dia anterior, e enfiei a cabeça para checá-lo sem invadir seu espaço, mas já deu. Hoje, invadi para ver como o homem estava e ele parecia mal.

— Vou voltar — sussurrei.

Encontrei meu caminho até a enorme despensa da cozinha e vasculhei o lugar até encontrar uma cesta em uma prateleira de trás com remédio para resfriado e um termômetro. Peguei isso, uma toalha da gaveta da cozinha e voltei para o quarto dele. Foi uma bela caminhada, deixe-me dizer. Eu estava sem fôlego quando voltei.

Pela primeira vez, percebi que o quarto inteiro estava sufocante, então abri duas janelas para tomar um pouco de ar fresco.

— Whit? — meio que sussurrei, não querendo acordá-lo de repente e assustá-lo, mas também sabendo que precisava medir sua temperatura imediatamente.

— Vá embora, Carolina. Não quero que me veja assim. — Suas palavras foram abafadas pelo travesseiro em que seu rosto estava pressionado.

Mordi o lábio para não sorrir, porque mesmo que ele estivesse obviamente doente pra caramba, ainda era o homem mais devastadoramente lindo que eu já tinha visto na vida.

Limpei a garganta um pouco e coloquei a mão em seu ombro quente com gentileza, hesitando, já que ele não estava vestindo uma camisa e meu corpo estava quente com a perspectiva de que ele poderia não estar usando nada na parte inferior também. Mas eu não podia pensar nisso agora. Tinha um paciente para cuidar.

— Vire-se para que eu possa medir sua temperatura — pedi, suavemente.

Sua mão se levantou e ele tentou me afastar fracamente, como se eu fosse uma mosca.

— Onde está Andrew?

— Já está na cama. É tarde. Eu li para ele sua história favorita e o coloquei para dormir. Agora role para que eu possa ver sua temperatura.

Ele estava deitado bem no meio da cama, então, com o termômetro na mão, subi na cama e me arrastei até o meio.

Whit finalmente rolou e me olhou com os olhos semicerrados.

— Não é como eu imaginei nossa primeira vez na minha cama.

Também não era assim que eu tinha imaginado. Pensei no que Clive havia dito na última vez que nos encontramos, mas agora não era a hora. Whit estava doente, mas isso não me impediu de ficar vermelha. Ai, pelo amor de Deus, ele nos imaginou naquela cama. Eu sabia que flertava de forma descarada, mas não esperava que isso fosse sair de sua boca. Talvez a febre o estivesse deixando delirante. Ele tem se comportado muito bem desde que me mudei alguns meses atrás, menos a parte de esfregar meu tornozelo com o seu.

Eu não pude resistir a brincar de volta com ele um pouco.

— Ah, sério? E como você imaginou isso? — perguntei, ajoelhada ao lado dele na massa de cobertores amarrotados e tentando o meu melhor para não deixar meus olhos vagarem para baixo. Um edredom branco cobria a maior parte dele, mas eu não tinha certeza se cobria o suficiente. Um movimento errado e eu saberia com certeza se ele estava usando cueca ou não.

— Bem, não tinha imaginado você de joelhos, mas não está parecendo muito ru…

— Ok, chega. — Enfiei o termômetro em sua boca, efetivamente calando-o. — Debaixo da língua.

Mesmo doente como estava, ele conseguiu levantar uma sobrancelha para mim. Apenas neguei com a cabeça e tentei não sorrir para alguém tão cativante. Ou por pensar em sua língua.

O termômetro apitou e puxei-o de sua boca, dando uma olhada.

BAD BOY BILIONÁRIO

— Jesus, 40ºC! — Pulei da cama, como se minha bunda estivesse pegando fogo, e levei a toalha para o banheiro. — Isso é muito alto, Whit. E muito ruim.

— Tudo bem. Eu estou bem — gemeu. — Vá relaxar e assistir um pouco de TV. Embora eu aprecie sua companhia em meu quarto, não é seu trabalho cuidar de mim. — Eu o ouvi dizer do banheiro.

Depois de molhar a toalha e pegar o remédio para resfriado, juntei-me a ele na cama novamente. Dobrei a toalha em três partes e a coloquei em sua testa quente.

Seus olhos se fecharam.

— Ai, Deus. Isso é tão bom.

— Ótimo. Agora sente-se para que eu possa lhe dar um remédio para abaixarmos essa febre. — Coloquei o remédio para resfriado no copinho que veio com ele.

Ele deu um gemido alto, se apoiando nos cotovelos.

— Tudo na porra do meu corpo dói.

— Parece uma gripe — comentei, e pressionei o copo em seus lábios, inclinando-o para trás.

— Obrigado. — Ele se deitou e suspirou.

Virei a toalha e pressionei o lado frio em sua cabeça.

— Por que você não me disse que estava tão doente? Achei que era só um resfriado leve, Whit.

Ele encolheu os ombros.

— Tudo bem. Estou acostumado a cuidar de mim. Não estou tão doente.

E isso só me deixou triste. Muito triste. Whit era incrível, eu estava aprendendo. Ele fez tudo. Era um ótimo pai. Trabalhava duro. E nunca reclamou nem um pouco. E fez tudo sozinho.

Descobri que a cada dia que me aproximava desse homem e de seu filho, mais minha percepção sobre ele mudava. Foi tão assustador para mim quanto emocionante. Eu não sabia se deveria correr para ele ou para longe dele. Meu coração estava em uma batalha eterna com minha mente quando se tratava do meu bad boy bilionário.

— Quer que eu faça algo para você comer? — questionei, testando-o.

Lentamente, ele balançou a cabeça.

— Não estou com fome.

— Ai, meu Deus. Você está morrendo!

Vi um sorriso torto e uma covinha.

— Sério, Carolina. Vá aproveitar seu tempo sozinha. Você merece. Eu estou bem.

— Está tudo bem, Whit. Não me importo. Apenas tente descansar um pouco e eu vou ficar aqui, de olho em você, tudo bem? — Ele não sabia, mas eu não iria embora, não importava o que ele dissesse. Ele estava preso comigo. Caso contrário, eu ficaria apavorada a noite toda com a possibilidade de sua morte no quarto ao lado do meu. Ele não estava com fome? Era como se eu nem o conhecesse.

Sua cabeça se inclinou na minha direção e suaves olhos verdes com os cílios mais grossos que já vi pousaram nos meus castanhos.

— Se você tem certeza.

Essas palavras foram ditas com tanta hesitação que doeu meu coração.

— Claro que tenho certeza. — Desci da cama e fiquei ao lado dela, tentando apenas olhar para o seu rosto, o que já era bastante doloroso. Mesmo doente, ele era lindo. — Vou verificar Andy e volto logo.

Corri para fora do quarto, pelo corredor, e espiei meu garotinho, que estava dormindo parecendo muito com seu pai. Ele seria um destruidor de corações com certeza. Um beijo na testa e desci correndo para pegar um par de garrafas d'água e Gatorades na geladeira. Eu precisava manter Whit hidratado ou estaríamos a caminho do pronto-socorro em breve.

Quando voltei para o seu quarto, ele estava apoiado em travesseiros e tinha a TV, montada sobre a lareira de seu quarto, ligada. O que me surpreendeu, já que seus olhos estavam fechados.

Mas ele deve ter me ouvido entrar, porque disse baixinho:

— Bem, não seja tímida, Carolina. Venha aqui e junte-se a mim. — Levantou um braço claramente fraco e deu um tapinha no local à sua direita.

Subi na cama, agradecida por ele ter arrumado um pouco as cobertas até os mamilos. O que eu não olhei nem um pouco. Não percebi como eram da cor perfeita e do tamanho certo. E não pensei em lambê-los, nem uma vez. Nem uma vez.

Ajeitando-me nos travesseiros ao lado dele, deixei escapar um longo suspiro. Porque isso seria uma tortura completa. Como se eu não estivesse fantasiando o suficiente sobre ele. Agora me deitaria na cama ao seu lado a noite toda enquanto ele estava claramente quase sem roupa. Talvez totalmente despido. Quem diabos sabia? E eu não queria saber. Isso foi o que continuei dizendo a mim mesmo de qualquer maneira.

BAD BOY BILIONÁRIO

— Não pareça tão emocionada por estar compartilhando minha cama. — Ele riu baixinho, enquanto eu me certificava de colocar um longo travesseiro entre nós. — Aqui está o controle remoto.

Ele colocou em cima da barreira do meu travesseiro e me inclinei e entreguei a ele a garrafa de água.

— Beba. Temos que baixar essa febre.

Sua cabeça se virou para mim e um de seus olhos se abriu.

— Eu não sou uma de suas plantas, Grace. Você não pode me dar água para eu melhorar.

Eu ri.

— Ah, mas acho que posso. Beba a água, Whit. Isso fará você se sentir melhor e ajudará o remédio para resfriado a funcionar.

— Tudo bem — gemeu. Enquanto ele abria a garrafa de água, silenciosamente testemunhei a protuberância de seu bíceps. Eu nunca tinha notado o quão grande eles eram, já que nunca o vi sem camisa, mas fazia sentido por saber que ele malhava todas as manhãs. Tive que desviar os olhos para não encarar e, em vez disso, assisti à TV, sem ver absolutamente nada.

— Pode mudar de canal — sugeriu Whit, antes de rolar para o lado.

Era uma boa ideia. Talvez se eu estivesse assistindo a algo de que gostasse, não estaria aqui pensando em coisas vãs e sujas sobre um dos meus únicos amigos na cidade. Meu chefe. Meu empregador sexy por quem pensei que talvez estivesse me apaixonando.

Liguei a Netflix e escolhi *Lúcifer*, um dos meus favoritos. E fiz o meu melhor para me concentrar, mas me vi inquieta e me mexendo na cama, tentando ficar confortável.

Senti a cama se mover ao meu lado e parei, olhando para Whit, quando se virou para mim e deitou de bruços. Percebi que a toalha havia caído de sua testa e então me inclinei e a peguei, minha mão roçando a pele macia de seu braço.

— Você não tem que ficar, Grace. Se estiver desconfortável. Tudo bem.

Os olhos de alguém adoecido me espiaram da cama e me senti mal. Não era culpa dele que eu estava em greve de homens e o achava insuportavelmente atraente. Não era culpa dele que eu era a babá de seu filho e não tinha nada que cobiçá-lo o tempo todo. E definitivamente não era culpa dele ser oito anos mais velho que eu e provavelmente só me ver como diversão, porque eu era muito jovem.

O fato de estar pensando nessas coisas me fez sentir culpada. Mesmo que Whit fosse um ridículo, sempre flertando, ele sempre foi o melhor amigo de todos para mim. Deu-me um lugar para morar. Um maldito trabalho, pelo amor de Deus. Abriu sua casa para mim e me confiou seu filho. Ele nunca pensaria isso de mim. Eu estava apenas analisando demais as coisas, como sempre. Só precisava sentar lá e ser compassiva, e cuidar dele por uma única noite. Eu estava me superando.

— Sinto muito — pedi, suavemente. — Claro que quero ficar. — Dobrei a toalha novamente, coloquei-a de volta na cabeça dele e pressionei minha mão por um minuto.

— Tem certeza? Você está terrivelmente torta aí.

— Sim. Só estou sendo estranha. Acho que nunca deitei na cama dos meus chefes com eles nela. — Soltei uma risadinha nervosa.

Sua risada profunda acompanhou a minha.

— Sim, também não tenho o hábito de dormir com meus funcionários.

De alguma forma, isso me surpreendeu. Whit sempre me pareceu um bad boy por excelência, mas cada vez mais ultimamente ele estava provando que eu estava errada. Clive estava certo. Eu não deveria tê-lo julgado pela capa. Quero dizer, era uma capa muito bonita, no entanto. Na verdade, ultimamente, quanto mais eu olhava para dentro de Whit, mais percebia como estava errada sobre a maioria das coisas. E não era como se ele fosse apenas meu chefe de qualquer maneira. Nós comemos juntos. Assistimos aos filmes juntos. Morávamos juntos. Ele pode me pagar um salário, mas era aí que acabava a relação patrão-empregado. Nós éramos amigos. Bons amigos, percebi, deitada ao seu lado naquele momento. Pensei em seu tornozelo contra o meu e como na outra noite eu poderia jurar que ele iria segurar minha mão. E não havia nada no mundo como um aperto de mão de Whit. O homem era um maldito profissional nisso. Ele o tornava gostoso, sexy e doce.

— Mas eu sou mais do que sua funcionária, certo? — perguntei, procurando por qualquer coisa. Clive tinha me dito que eu deveria ir em frente, mas ainda estava morrendo de medo. Então, passos de bebê.

Mesmo que ele estivesse de bruços e seus olhos estivessem fechados, não perdi o jeito que um lado de sua boca se ergueu.

— Sim, Carolina. Você é definitivamente mais do que isso — disse, suave e doce.

Dei a ele um sorrisinho, embora ele não pudesse me ver.

— Odeio admitir, Whit, mas estou muito feliz por você ter me perseguido por toda Nova Iorque. Não sei o que faria sem você.

BAD BOY BILIONÁRIO

Ele riu baixinho.

— Você que me perseguiu, Raleigh.

Dei de ombros.

— Acho que isso sempre será um ponto de discórdia em nossa amizade.

— Provavelmente. Ou pode ser apenas o destino.

Destino. Esse cara pensou que éramos culpa do destino. Mas como pode ser isso? Eu estava em greve de homens. Ele não era meu tipo, ou era? Era uma vez, eu amava bad boys. Mas agora eu não achava que Whit era tão ruim. Estava aprendendo isso mais e mais a cada dia. Mas não era isso que os verdadeiros bad boys faziam? Eles te faziam pensar que eram bons para você quando, na verdade, no final, não eram nada disso. Mas ninguém era tão bom ator. Whit era puramente genuíno e eu sabia disso.

Não pude resistir ao quão doce e infantil ele parecia deitado ao meu lado, seu rosto contra a barreira do meu travesseiro, então estendi a mão e corri os dedos por seu lindo cabelo escuro e grosso, que pensei em tocar mais vezes do que poderia contar.

Ele deu um gemido suave com meu gesto, então pensei que era seguro continuar. Assistindo a outro episódio de *Lúcifer*, acariciei sua cabeça até que sua respiração se normalizasse, seu corpo esfriasse e ele descansasse bem.

Foi só então que me deitei do meu lado da cama e fechei os olhos.

Eram três da manhã quando acordei para fazer xixi. Depois de usar o banheiro e lavar as mãos, voltei para um quarto escuro como breu e mal conseguia ver alguma coisa. Ainda assim, subi na cama e me inclinei sobre o travesseiro entre nós e tateei a testa de Whit, pousando no que só podia supor ser sua bochecha. Estava queimando, e pulei da cama, acendendo a luz do banheiro para que pudesse ver pelo menos um pouco o que estava fazendo.

— Whit, Whit — sussurrei, meio estridente, para dentro do quarto, mas não obtive uma resposta e corri de volta para a cama.

Quando parei sobre ele, tentei ignorar o fato de que agora eu sabia que meu amigo não estava usando cuecas, afinal. Isso ficou bem claro pelo fato de que ele estava deitado de costas, apenas o lençol de cor creme cobrindo uma de suas pernas e suas partes masculinas. O outro lado de sua perna estava completamente nu e eu podia ver tudo. Seu caminho da felicidade. Seu quadril esquerdo. O profundo V. Meu Deus, aquele V. E o grande músculo de sua coxa, o cabelo escuro espalhando-se por toda a extensão de sua perna. Era o quadril e a perna mais incríveis que eu já tinha visto.

Eu estava orgulhosa de mim mesma por apenas absorver toda aquela bondade por cerca de dois segundos antes de colocar as mãos em seus ombros e sacudi-lo.

— Whit, acorde. Você precisa tomar mais remédios e tomar um pouco de água.

Ele mal se sentou e não abriu os olhos ou falou comigo. Não precisei medir sua temperatura para saber que provavelmente estava alta de novo. Segurei um pouco mais de remédio em seus lábios e ele engoliu, mas tive a sensação de que não tinha a menor noção do que estava acontecendo.

Encontrei a toalha meio presa sob suas costas e corri para o banheiro para esfriá-la. Enquanto a água fria escorria sobre ela, corri de volta para a cama e abri uma garrafa de água. Empurrei meu braço sob seu pescoço e levantei sua cabeça.

— Você tem que beber alguma coisa, amigo. Isso está bem ruim. — Meio que debati sobre levá-lo para o maldito hospital naquele momento, mas disse a mim mesma que havia baixado sua febre mais cedo para que pudesse fazer isso de novo.

Depois de colocar a maior parte da garrafa de água em seu sistema, deitei-o de volta e retornei ao banheiro rezando para que a pia não tivesse transbordado e tive sorte, porque ainda estava escorrendo sobre o pano e a pia estava cheia apenas pela metade.

Fechei a torneira e não torci a toalha, esperando que a água o esfriasse. Pressionei-o em sua testa novamente, o tempo todo me preocupando com suas bochechas rosadas e lábios secos. Pobre rapaz. Ele estava tão doente. Movi a toalha em torno de seu rosto e me ajoelhei na cama ao lado dele até que estivesse quente novamente. Depois de voltar ao banheiro e molhá-lo novamente, tive uma ideia ainda melhor de correr e pegar um pouco de gelo. Enrolei o gelo dentro da toalha e acelerei escada acima, desta vez me arrastando até ele e sentando bem ao seu lado. Puxei o lençol para que cobrisse até sua coxa e V profundo, porque uma mulher deveria ter limites para suportar tamanha bondade. Ele estava doente, afinal. E eu gostava de acreditar que era uma boa pessoa, mas a nudez dele estava realmente me testando.

Mais uma vez, pressionei a toalha agora cheia de gelo em suas bochechas rosadas antes de pressioná-la nas laterais de seu pescoço e depois em seus ombros. Com a mão trêmula, esfreguei seus braços, tentando manter essa coisa toda menos de enfermeira travessa e mais apenas enfermeira. Só que minhas mãos trêmulas contavam uma história diferente. Não importava,

BAD BOY BILIONÁRIO

apertando as mãos ou não, eu ficava mais corajosa a cada passagem. Eu estava cuidando dele. Isso o estava acalmando. Teria feito o mesmo por Andy. É que Whit tinha grandes bíceps, mamilos duros e um gominho sobre o outro no abdômen. *Sim, eu poderia manter isso totalmente profissional*, menti para mim mesma, quando finalmente passei o pano sobre seu lindo peitoral.

Ele soltou um gemido que me disse que era bom e engoli em seco, movendo a mão para baixo nos limites de sua barriga e ao redor de seu umbigo.

Ignorei meus mamilos duros e a dor entre minhas pernas. Eu só tinha visto o que a maioria das mulheres adultas consideraria meninos nus. Eu era jovem e só tinha namorado caras da minha idade. Mas, Whitaker, Deus, ele era todo homem. Todo musculoso, a pele bronzeada com fios de cabelo escuro. Ele me dava água na boca.

Eu estava olhando para a extensão daquela linda pele quando sua mão me assustou ao cobrir a minha. Respirei fundo e meus olhos dispararam para seu rosto. Suas bochechas estavam menos rosadas e seus olhos ainda estavam fechados, graças a Deus.

Meu constrangimento imediato desapareceu e tentei tirar a mão da dele, decidindo que já era o suficiente. Ele parecia estar se sentindo melhor com as bochechas menos coradas. Mas fui frustrada, porque a mão sobre a minha segurou firme e rápido. E eu e a toalha fria fomos mantidas em cativeiro.

Dei outro puxão na mão e seu punho apertou ao redor do meu, desta vez até moveu o meu ainda mais para cima em seu peito para descansar bem sobre seu coração, onde ele deu um gemido. Isso me fez prender minha respiração e, de repente, senti como se estivesse tendo uma febre que não tinha nada a ver com a gripe ou qualquer outro vírus que Whit tivesse.

Com a respiração suspensa, esperei seu próximo movimento, confusa se ele estava delirando ou sonhando. Não tive que esperar muito, porque de repente sua mão se moveu sobre a minha lentamente, até seu centro e no meio de seu peito antes de viajar para cada um de seus mamilos e ao redor deles.

Engoli em seco, meus olhos disparando de seu rosto de volta para sua mão sobre a minha, me controlando mesmo em seu estado delirante.

Torci os lábios para conter o guincho que estava pronto para passar por eles. O homem era incrivelmente sexy, mesmo nesse estado. Com cada movimento de sua mão áspera empurrando a minha, me vi desejando que a toalha não estivesse lá e que estivéssemos pele a pele para que eu pudesse sentir cada músculo de seu corpo. Para que pudesse experimentar cada deslize de sua pele.

E quando ele moveu minha mão lentamente passando por seu abdômen, um suor brotou em minha testa e um calor subiu por todo o meu corpo que eu nunca tinha experimentado antes na vida. Precisei de todo o meu autocontrole para não tirar vantagem desse homem doente.

Ele estava quase sob o lençol que o cobria quando o vi. Grande, grosso, longo e duro sob o lençol. O contorno era tão perfeito que eu poderia ter chorado e chorei, mas não da maneira que eu queria.

Em vez disso, gritei "Whit" tão alto que ecoou no quarto e ele se ergueu na cama e bateu com a testa na minha. Foi o desastre do banheiro de novo.

— Foda-se — gemi, esfregando minha cabeça com a mão livre, porque a outra ainda estava sob a dele, muito perto de seu membro para o meu gosto e eu estava com medo de movê-la.

Ele olhou para mim com olhos arregalados e chocados, e o encarei de volta, sem saber o que dizer. Porque isso era estranho pra caramba. Na verdade, era mais que estranho e agora eu parecia uma idiota que tinha minhas mãos onde não deveriam estar quando realmente tentava não ser aquele tipo de mulher.

Corei sob seu olhar confuso e então seus olhos deixaram os meus e viajaram para baixo, até que pousaram em nossas mãos emaranhadas em torno do tecido perigosamente baixo em sua barriga.

— Hm — resmungou baixinho antes de soltar minha mão. Peguei-a de volta rapidamente e pulei da cama. — Deus, me desculpe, Grace.

Ai, caramba, as coisas estavam definitivamente estranhas. Ele me chamou de Grace. Nunca fazia isso, a menos que estivesse falando sério. Eu queria me esconder no banheiro, mas não iria. Eu não tinha feito nada de errado e ele precisava de mim agora. Eu apenas engoliria e agiria como se não estivesse tão perto de esfregar minha mão em seu pau duro.

Nada. Demais.

— Não é nada demais. Eu só estava tentando abaixar sua febre e te assustei. Desculpe.

Coloquei a toalha no banheiro, voltei para a cama e sentei ao seu lado, retornando com meu travesseiro de barreira. Era ainda mais importante agora.

Whit olhou para mim por um longo segundo antes de puxar o lençol ainda mais para cima, até ficar logo abaixo do peito. Ele se deitou no travesseiro e notei a protuberância vermelha se formando em sua testa, e esfreguei a minha também.

— Você está bem? — questionou.

— Sim. Estou bem. — Mexi no lençol e no cobertor do meu lado e me apoiei no travesseiro tentando ficar confortável de um milhão de maneiras diferentes. Eu estava bem. Estava tranquila. Tudo estava bem.

— Acho que minha febre baixou por enquanto. — Sua voz rouca me disse que ele ainda estava se sentindo uma merda.

— Que bom. Os remédios devem estar finalmente fazendo sua mágica. Por que você não bebe um Gatorade? Pode fazer com que se sinta um pouco mais humano.

Ele pegou a garrafa azul de sua mesa de cabeceira, bebeu tudo de uma vez, e me perguntei como diabos ficaria o resto da noite aqui me sentindo tão estranha e desajeitada que queria morrer.

Estava escuro no quarto, mas eu ainda podia vê-lo, porque mantive a luz do banheiro acesa e fechei a porta apenas o suficiente para que alguma claridade pudesse aparecer. Talvez fosse melhor se estivesse escuro como breu e eu não tivesse que olhar para ele. Mas então como eu poderia saber se ele precisava de ajuda? Senhor, misericórdia, mas aquele pano me deu o maior problemão.

— Grace?

O timbre profundo de sua voz fez coisas em mim. Estremeci. Ele estava fazendo aquela coisa de Grace de novo. Parecia ameaçador e sério. Não conseguia nem olhar para ele.

— Que foi? — Olhei para minhas unhas, embora mal pudesse vê-las no escuro. Eu estava tentando deixar as coisas leves, porque não tinha ideia do que estava prestes a sair daquela boca. Whit gostava de me surpreender a cada passo.

Depois de cinco segundos que pareceram cinco anos, finalmente percebi que ele não me responderia. Então o encarei. E seus olhos verdes imediatamente me sugaram. Um fiozinho de cabelo pairava sobre um deles e eu queria afastá-lo de seu rosto. Queria esfregar a palma ao longo de sua barba de dois dias. Queria correr o polegar sobre seu lábio inferior carnudo.

Ai, Deus. Eu estava fazendo aquilo. Exatamente o que disse que não faria. Não estava mais me apaixonando por ele. Já tinha me apaixonado com força. Esta era uma má notícia.

— Obrigado. — Sua mão veio sobre o travesseiro que nos separava como se ele não existisse e agarrou a minha. Ele enfiou os dedos grandes nos meus como tinha feito naquela noite, meses atrás. E foi tão bom. Ninguém no mundo dava as mãos como Whitaker Aldrich. Seu aperto de mão despertava todo o romance. E meu coração disparou no peito como se uma cavalaria estivesse pisando forte lá dentro.

— Grace.

Meu olhar deixou nossas mãos e voltou para seu rosto. Seu sorriso torto apareceu lá como minha música favorita. Familiar. Doce.

— É sério. Obrigado. Não sei o que faria sem você. Não sei o que Andy faria sem você. Não sei o que fizemos antes de você e com certeza não quero saber como faremos depois de você. Então, obrigado. — Ele apertou minha mão e usou o polegar para esfregar pequenos círculos ali.

Inclinei-me e, com a outra mão, afastei o cabelo de seu olho antes de correr minha palma pelo lado de seu rosto. Não consegui me conter. E não queria. Este doce homem estava virando meu coração do avesso todos os dias. E suas palavras, elas me levaram ao limite. Sua doçura. Sua realidade. Eles pareciam um raio de sol no meio de uma tempestade e eu queria absorver toda a sua luz.

— De nada, Whit. Também não sei o que teria feito sem você. Você é meu cavaleiro de armadura brilhante. — Era verdade. Ele estava lá para me salvar repetidamente na cidade e isso me fez pensar que talvez ele estivesse certo. Talvez fosse o destino. Como me disse semanas atrás. Talvez tudo isso fosse para acontecer. Até o quase toque no seu pênis que quase aconteceu cinco minutos atrás. Talvez fosse tudo destino, como ele falou.

Ele apertou minha mão novamente.

— Que bom que toda a sua perseguição está valendo a pena, Carolina.

Revirei os olhos quando ele puxou a mão e a empurrou sob a cabeça. Deitei na cama, completamente exausta, mas feliz. Parecia que ele deveria estar se sentindo um pouco melhor, se voltou a ser um espertinho. E eu tinha que admitir que gostava de seu lado espertinho mais do que deveria. Isso me fez sorrir.

Whit me fazia sorrir. Maldito seja.

BAD BOY BILIONÁRIO

DEZOITO

WHIT

Jesus, estava frio. Como se eu estivesse morrendo de frio. Mas senti calor. Ele veio de longe, então rolei em direção a ele, tentando o meu melhor para me aproximar, e finalmente o encontrei. E me envolvi nela, nessa nuvem quente e macia que cheirava a lençóis recém-lavados e ao ar livre em um dia ensolarado.

— Hmmmm — gemi, pressionando ainda mais antes de perceber que minha nuvem de repente ficou muito dura e nem um pouco macia e fofa como parecia momentos antes.

Passei a mão pelo calor e percebi que estava tocando a maciez de um quadril. Merda. Eu estava abusando de Grace, mais uma vez. Ela provavelmente pensava que eu era um animal. Quero dizer, estava claro que ela já pensava que eu era um perseguidor. E eu era. Mas também era amigo dela e nunca me aproveitaria. Embora, em meu estado delirante, quase o tenha feito. Duas vezes, agora.

— Merda — resmunguei, removendo a mão com os dentes batendo e já sentindo falta do calor dela na palma da minha mão.

Abrindo um olho, abaixei o rosto para me encontrar exatamente como eu esperava. Estava tão entrelaçado a ela que não sabia dizer onde ela começava e eu terminava. Seu travesseiro, que ela pensou que iria protegê-la do grande e malvado Whitaker, havia desaparecido há muito tempo, sem saber para onde foi. Suas costas estavam pressionadas contra o meu peito e sua bunda estava ali contra o meu pau duro, e me perguntei se ela podia sentir, porque eu definitivamente podia.

E parecia o céu. Não queria que isso terminasse nunca. Meu Deus, pensei e sonhei com este dia desde a primeira vez que a vi no parque meses atrás. Mas, em vez de me pressionar ainda mais nela, me afastei e tentei rolar de costas.

— Ei, Whit. Tudo bem. Está com frio? — Sua voz doce me parou no meio do caminho.

— Congelando — soltei.

E então ela me surpreendeu pra caralho, sentando na cama, puxando todos os cobertores até o queixo e se virando para mim.

— Tudo bem. Você pode me abraçar. Vá em frente, me segure.

Puta merda. Ela me deixaria passar os braços ao redor dela o quanto eu quisesse, e eu estava com tanto frio que a única coisa em que consegui pensar era em me aquecer, quando eu sabia que, em qualquer outro momento, havia um milhão de outras coisas que eu teria feito com ela.

— Jesus, Carolina. Você é um anjo enviado diretamente do céu. — Então comecei a puxá-la direto para mim. Seu corpo bem contra o meu. Cada curva suave moldada em todas as minhas linhas duras. Enfiei o rosto em seu pescoço quente, minha boca pressionada contra a pele lisa de seu peito, minha cabeça bem no ponto onde seu ombro encontrava seu pescoço. Respirei fundo e senti como se estivesse sob o sol forte em um dia quente e lindo.

Esquece, era melhor do que o céu. Não havia uma palavra para descrever o quanto estava melhor e dei um longo gemido quando seus braços vieram ao meu redor e a puxei para mais perto. Percebi neste momento que não estava de cueca e estava duro como uma rocha. Pensei em me afastar, mas aquilo não aconteceria de jeito nenhum. Eu precisava do calor dela e, além disso, a falta de roupa íntima era claramente uma coisa nossa.

— Talvez sua febre esteja baixando — sussurrou, me abraçando com um dos braços e usando a outra mão para esfregar longos movimentos em meu cabelo que quase me fez ronronar como um gato. — Senhor, você está congelando, Whit.

Seu sotaque sulista estava mais forte por algum motivo e isso me fez sorrir, apesar de quão mal me sentia e do frio que estava. Eu queria que ela me distraísse.

— Você gosta daqui, Grace?

— Uhuummm, adoro estar aqui com você e Andy. — Suas unhas arranharam meu couro cabeludo.

— Ele te adora. Ele me disse outro dia que vai se casar com você.

Senti sua risada silenciosa contra mim.

— Quando é o casamento? — indagou.

Não tão rápido quanto deveria, pensei comigo mesmo. Mas a única pessoa

BAD BOY BILIONÁRIO

que levaria essa maluca até o altar seria eu. Deixaria Andy se juntar a mim, é claro.

Ficamos ali abraçados e disse a mim mesmo que, quando me sentisse melhor, contaria tudo a ela. Eu não poderia passar outro dia sem que ela soubesse como me sentia. Cansei de ser teimoso. Não dava a mínima para a idade dela. Não poderia me importar menos há quanto tempo nos conhecíamos. Eu apenas sabia. Ela era tudo para mim. Eu queria isso todo maldito dia e noite, e lutaria com unhas e dentes para conseguir.

Cansei de sermos apenas amigos.

DEZENOVE

GRACE

Eu mantive Whit vivo. Foi um pouco difícil, mas ele conseguiu. Quero dizer, as coisas estavam bem estranhas agora. Para mim, pelo menos. Mas eu ainda consegui garantir que ele não estava morrendo naquele quarto sozinho. Vitória.

Ele não havia trabalhado ontem, mas o verifiquei periodicamente durante o dia e sua febre permaneceu baixa. Mas a minha estava alta. Muuuuito alta.

Eu tinha deixado aquele homem me abraçar. Eu tinha sido a conchinha de dentro. Convenci-me de que era tudo por ele, mas, na verdade, também tinha feito isso por mim. Senti-lo era incrível.

Agora eu estava escondida no meu quarto, procurando qualquer desculpa para evitá-lo até que Andy voltasse da escola. Porque eu não conseguia nem olhar para ele agora sem ficar com calor e pensar nele enrolado em mim. Também pensei muito sobre o desastre da toalha. Nunca me esqueceria dessa merda.

Então, depois de arrumar meu quarto não mais do que três vezes, sentei-me à escrivaninha e tentei escrever. As palavras não fluíam, porque tudo o que vi quando olhei para a tela do computador foram abdomens, bíceps grandes e lábios carnudos rosados. E que V. Senhor Jesus todo-poderoso, ajude-me.

Meu Deus, eu estava excitada. Eu o queria. Achei que talvez ele também me quisesse. Mas, se o tivesse, queria mais do que apenas algumas brincadeiras na cama. E sabia que, se isso fosse tudo o que ele queria de mim, partiria meu coração. E não estava com disposição para essa merda hoje.

Decidi organizar meu quadro de enredos e organizar minhas notas adesivas novamente antes de limpar meu computador.

Acomodei-me na cadeira da escrivaninha e limpei a área de trabalho, apagando arquivos e fotos antigos e organizando manuscritos abandonados, quando encontrei um arquivo rotulado como "Querida Carolina".

Meu cérebro não conseguia registrar por que eu teria um arquivo rotulado assim, já que nunca havia feito um. Abri o arquivo e era um documento do Word com apenas algumas palavras. Li o conteúdo cerca de três vezes, confusão, choque e descrença correndo por mim.

Foda-se a amizade. Estou disposto a arriscar se você estiver.
Whit

Bem no final, depois do nome dele, estava o número do telefone. Sentei-me lá, olhando para ele, enlouquecendo, meu coração batendo em meus ouvidos, cada pelo do meu braço em pé. O que isso significava? Quando ele o escreveu?

— Ok, ok — sussurrei, falando comigo mesma como uma louca. Porque era isso que acontecia quando você estava sedenta por sexo por um homem e ele deixou um bilhete para você. Era assustador pra caralho. — Ah, marcação de carimbos de data e hora. Talvez haja uma marcação de data e hora. — Computadores tinham isso?

Pesquisei as informações sobre quando o arquivo foi feito e, com certeza, estava lá. Mas era de um tempo atrás. Quanto mais eu fazia contas, mais percebia que nem estava morando aqui quando ele deixou aquele bilhete.

Deve ter sido algumas semanas antes. Congelei, a compreensão me atingindo como um raio. Santo Deus! Deve ter sido na noite em que saímos para dançar, comemos tacos, voltamos para minha casa e eu adormeci.

Suspirei, pensando naquela noite. Ele tirando meus sapatos, me cobrindo e me deixando aquele maldito bilhete, que eu nem tinha visto até agora.

Olhei para o computador um pouco mais e fiz as contas de novo, só para ter certeza de que estava certo e tinha que ser isso. E se ele me deixou aquele bilhete, então estava interessado em mim. Interessado em ser mais que meu amigo. Ele me deu seu número de telefone. Queria que algo acontecesse entre nós. Se eu desse sorte, algo mais do que sexo.

Pensei na minha conversa com Clive no parque e como ele me disse que a vida era muito curta para ficar no "e se". Eu estava com medo, como disse naquele dia, mas ele estava certo. As melhores coisas da vida eram assustadoras. Tipo, me mudar para Nova Iorque me aterrorizou, mesmo com todo o planejamento, mas aqui estava eu, muito feliz.

Tomei uma decisão precipitada antes que pudesse mudar de ideia e peguei meu computador, saí do meu quarto e desci as escadas até o escritório de Whit. Não bati na porta. Não parei por nada. Não vi nada no caminho. Eu não conseguia pensar porque, se pensasse, sabia que me acovardaria e estava cansado de ser uma maldita covarde.

Abri a porta e entrei. Ele estava sentado atrás de sua mesa em uma teleconferência em seu computador, mas olhou para cima e me deu um meio-sorriso.

— Ei, pessoal, vou ter que encerrar. Surgiram algumas coisas. — Todos se despediram e ele se levantou atrás de sua mesa, me estudando. — Eu pensei que você estava se escondendo de mim e aqui está você. — Ele me deu um sorriso e não perdi o calor em seus olhos. Ele estava certo. Eu estava me escondendo. As coisas estavam diferentes agora, depois dos últimos dias. Dois segundos ao redor dele e a eletricidade no ar me disseram isso. Pairava entre nós enquanto ele diminuía a distância, até ficar a apenas meio metro de distância.

Não reconheci o fato de que sim, eu o estava evitando, e fui direto ao motivo de ter vindo aqui quando nunca o perturbei no trabalho:

— Você deixou este bilhete no meu computador?

Virei-o para ele, que nem olhou. Em vez disso, manteve seu olhar intenso no meu.

— Finalmente — murmurou, seguido por um retumbante: — Sim.

Minha respiração acelerou e, de repente, senti como se tivesse subido dez lances de escada.

— Na noite em que nos encontramos no clube?

— Sim — repetiu, rapidamente, chegando ainda mais perto de mim, até que estivéssemos frente a frente.

Ele ainda estava me olhando como se fosse me devorar. Como se eu fosse oito de seus tacos favoritos. Isso me assustava muito. Deixava-me com tanto calor que eu poderia ter incendiado esta casa.

— Você falou sério sobre isso? Quero dizer, você ainda está falando sério? — gaguejei, meu núcleo latejando, meus mamilos doendo. Que diabos de mágica o homem colocou em mim?

— Sim — respondeu novamente, desta vez puxando o laptop da minha mão, colocando-o em uma das cadeiras na frente de sua mesa e puxando-me para ele tão rápido que parecia uma chicotada.

Ele se inclinou para perto, esfregou o lado de seu nariz no meu.

— Vou beijar você agora, Grace.

Ele não me deu chance de responder antes que sua boca estivesse na

BAD BOY BILIONÁRIO

137

minha. Aqueles lábios macios e rosados com os quais eu estava sonhando se esfregaram contra os meus, persuadindo minha boca a se abrir.

E, quando finalmente o fiz, parecia que o jogo estava começando. Pela janela, o doce Whit saiu devagar. E, de repente, suas mãos estavam apertadas no meu cabelo e sua boca comeu a minha como um homem faminto. O Whit doce, que segurava as mãos, agora as usava para controlar todos os meus movimentos.

Ele mordeu meu lábio inferior. Lambeu o topo. Provou cada canto da minha boca com sua língua. E me agarrei à minha querida vida porque, assim, eu estava me afogando nele.

Nunca tinha sido beijada desse jeito na vida. Ele me beijou como se fosse meu dono. Ele me beijou como se eu o possuísse.

Com fogo em meus ossos, eu retribuí, e ele me levou para trás até que minhas coxas estivessem pressionadas no final de sua mesa. Sem quebrar o nosso beijo, me levantou bem debaixo da minha bunda e me colocou em cima da mesa antes de pisar entre minhas coxas e me puxar de volta para ele, onde meu núcleo estava pressionado direto na dureza impressionante em seu jeans.

Sentindo-me corajosa, estendi a mão e agarrei sua bunda, o puxando o mais perto de mim que pude.

— Hmm — gemeu em minha boca, antes de beijar o canto de cada lado dos meus lábios e, em seguida, empurrar alguns papéis para fora do caminho. — Sinto muito, Grace — pediu, agarrando a barra do moletom que eu estava usando e puxando-o pela minha cabeça. — Não vai ser lento. Esperei muito tempo. — Ele desabotoou meu sutiã. Puxando uma respiração áspera ao me ver, colocou a palma da mão bem entre meus seios e me empurrou para trás até que deitei na mesa.

Estremeci com o frescor da madeira contra minhas costas quando ele deslizou as mãos em minhas leggings e calcinha e puxou-os para baixo em um movimento rápido, jogando-os sobre a cabeça em algum lugar no escritório atrás dele.

— Foda-se, linda. — Seus olhos percorreram cada pedacinho da minha pele nua, olhando seu conteúdo. Nunca na minha vida tinha sido deitada em algo, completamente nua, enquanto um homem totalmente vestido me examinava. Era tão emocionante quanto aterrorizante. Tremi em sua mesa, mas não de frio.

Ele agarrou minhas pernas e as dobrou até que eu estivesse totalmente aberta e meus pés estivessem sobre a mesa. Mas isso não parecia ser bom o suficiente para ele, porque ele se colocou entre eles e empurrou meus joelhos para fora até que senti o ar frio atingir meu centro.

— Meu Deus, você está tão molhada e pronta para mim. Você é perfeita — declarou, olhando bem ali. Bem no meu lugar mais privado. Isso me deixou louca. Meus mamilos queimavam por atenção e precisei de todo esforço para não tocá-los.

Ele passou um dedo na minha fenda e nas costas antes de esfregar círculos lentos ao redor do meu clitóris.

— Mal posso esperar, Grace. Estou tentando, mas você está dificultando muito. — Quando ele disse que eu estava dificultando, notei que moveu uma das mãos para baixo entre as próprias pernas e eu queria mais do que tudo sentar para poder vê-lo se tocar.

Ele viu onde meus olhos estavam paralisados e se afastou de mim, inclinei a cabeça para a esquerda para que eu pudesse ver enquanto ele desabotoava a calça.

— Quer me assistir? — perguntou, com um sorriso presunçoso.

— Sim — sussurrei, desesperada para que ele me tocasse, tocasse a si mesmo, ou realmente qualquer coisa. Eu só precisava de algo.

— Hmm — gemeu, estendendo a mão, e puxou-se para fora da calça, passando a mão ao longo de seu pau. Era mais do que gostoso. Nunca estive tão excitada, mas também nunca fiz nada assim. A coisa toda foi tão inesperada e, bem, excêntrica.

Era emocionante. Era novo. E Whit parecia um homem diferente. Mas de um jeito muito bom.

— Eu vou te dizer uma coisa, linda. Vou te deixar assistir por um minuto. — Aproximou-se da mesa, mas do lado de fora da minha perna direita, abrindo-a para poder olhar para mim. — Mas você tem que me deixar assistir também.

Puta merda. Ele queria que eu me tocasse e, meu Deus, eu queria. Estava tão pronta que latejava, mas também nunca havia me tocado com ninguém assistindo antes.

Whit viu a apreensão em meu rosto.

— Sou só eu, Carolina — sussurrou, bombeando seu pau novamente, e tão perto de mim que eu poderia ter estendido a mão e tocado. Em vez disso, lentamente desci uma das mãos pela barriga.

Mas Whit estava impaciente, e agarrou minha mão e a puxou para baixo, pressionando a umidade ali.

BAD BOY BILIONÁRIO

139

— Foda-se, eu posso sentir seu cheiro — afirmou, soltando minha mão, observando enquanto eu esfregava um círculo lento ali.

— É isso, querida. Sinta como está molhada para mim. Sinta o quanto me quer. — Ele se acariciou lentamente e depois mais rápido, como se não pudesse evitar, o tempo todo mantendo os olhos bem entre as minhas pernas. Sua outra mão segurou rapidamente o interior da minha coxa, apertando lá.

Era tudo tão atípico do Whit engraçado, que comia demais e era fácil de lidar. E, meu Deus, eu queria mais disso.

Deslizei a mão para baixo, tentando provocá-lo ao deslizar um dedo para dentro, mas ele deu um tapa na minha coxa de leve.

— Não, Grace. Isso é só meu — advertiu, movendo-se para ficar entre minhas coxas novamente.

Esfreguei meu clitóris com força, enquanto ele olhava entre nós e soltava um longo gemido. Foda-se, eu gozaria apenas com ele assistindo. Isso estava me deixando com tanto calor.

— Não, não, não. Não goze ainda. Vou estar dentro dessa boceta na primeira vez que você gozar comigo. Entendeu? — Ele usou seu pênis para traçar minha fenda molhada e esfregou a cabeça contra o meu clitóris.

Minhas costas arquearam da mesa.

— Por favor, Whit — gemi. Eu estava pronta. Precisava dele. — Você disse que não iria devagar — lamentei. Todos os meus pensamentos racionais tinham fugido. Eu precisava dele mais do que precisava de ar. — Por favor, me fode.

Ele enfiou a mão no bolso de trás e tirou a carteira, revelando uma embalagem que eu nem havia pensado.

— Eu gosto disso. Diga de novo — pediu, desenrolando em seu pênis perfeito. Fiquei com água na boca.

— Me fode — repeti, mais alto desta vez, e ele se alinhou na minha entrada.

— Prometo que vou fazer amor com você da próxima vez, mas agora eu preciso te foder. — Passou as mãos em volta das minhas coxas e empurrou para dentro de mim com força.

Gritei quando ele me penetrou uma e outra vez, mais e mais rápido. Eventualmente, soltou minhas pernas e se abaixou, acariciando meus mamilos antes de apertá-los.

Agarrando meus braços, ele me puxou até ficarmos cara a cara. Colocou a boca na minha e fodeu com ela e meu corpo antes de beijar seu caminho pelo meu pescoço, depois morder as pontas duras dos meus seios, e depois lambê-los com a língua, ainda empurrando para dentro de mim.

— Meu Deus, eu sabia que seria assim — murmurou, no ponto entre os meus seios.

— Assim como? — perguntei, ofegando e encarando o teto, meu corpo escorregadio de suor, meu orgasmo próximo.

Eu sabia exatamente o que ele queria dizer, mas queria ouvir as palavras.

Agarrando a parte de trás do meu cabelo, ele puxou minha cabeça para trás para encontrar seus olhos.

— Incrível — gemeu. — Agora, porra, goze para mim.

E assim, eu fiz. Meu corpo travou apertado e gritei em sua boca.

Eu pulsava em torno dele, que me fodia forte e devagar, até que finalmente ele gemeu em seu próprio orgasmo.

— Ai. Meu. Deus. — Respirei contra seu peito quando ele saiu da mesa e carregou meu corpo nu pela sala. Sentou-se em uma cadeira, colocou-me em seu colo e segurou-me ali, pressionando doces beijos ao longo da minha testa.

— Você está bem? — perguntou entre aqueles beijos.

— Uhuummm — respondi, mas realmente minha mente estava explodindo. Eu queria estar com Whit há muito tempo. Pensei sobre este momento por meses. E não foi absolutamente como nada que eu esperava. Foi diferente, cerca de um milhão de vezes melhor do que eu imaginava. E eu imaginei isso bastante.

Aprendi algo novo sobre Whit naquela tarde.

Meu bad boy não era nada malvado. Exceto na cama. Ele era tão malvadão lá, que era bom.

BAD BOY BILIONÁRIO

VINTE

WHIT

Hoje parecia o dia mais longo da minha vida. Tive duas reuniões e depois o ensaio da banda. E eu só queria fazer uma coisa: chegar em casa para Grace e Andrew. Meu Deus, Grace. Pensei nela o dia todo. Fazia muito tempo que não me sentia tão apaixonado por alguém. Era como se eu estivesse no ensino médio e tudo o que pudesse fazer fosse pensar nela a cada minuto de cada dia.

Exceto que eu não estava no ensino médio e sabia como era seu gosto, como era senti-la, o seu cheiro. Fiquei duro metade do dia pensando em todas as coisas que ainda tinha que fazer com o corpo dela. Sabia que ontem tinha sido um choque para ela, mas fiquei feliz por ela ter encontrado o bilhete no computador. Fiquei feliz por ela ter vindo até mim em vez de se esconder. Isso significava que ela me queria como eu a queria.

Andrew chegou em casa logo depois que transamos em minha mesa e tirei o resto do dia de folga; fizemos pipoca e assistimos a filmes a noite toda. Mas eu poderia dizer que Grace precisava de tempo para se acostumar com a mudança em nosso relacionamento.

Ela ficou nervosa depois do nosso encontro, então, quando chegou a hora de dormir, a deixei ir para seu próprio quarto para pensar, quando, na verdade, eu queria segui-la e enterrar meu rosto em sua boceta.

Mas hoje eu a deixaria saber onde minha mente estava. Precisava que ela tivesse chegado na mesma página que eu e pelo menos saber o que ela queria.

Estacionei minha moto na garagem ao lado do meu carro e abri a porta de casa, ansioso para ver meu povo e jantar.

O cheiro fresco de marinara e pão de alho estava no ar e fiquei com água na boca.

— Grace! Andrew! — chamei. Ninguém respondeu, então espiei a varanda dos fundos para encontrá-la completamente vazia. Verifiquei todo o andar de baixo, mas não havia ninguém por perto. Onde diabos eles estavam? Tentei lembrar se Grace havia me falado que eles tinham planos para esta noite. Às vezes, ela levava Andrew para ver Clive no parque, mas isso geralmente acontecia nos fins de semana, na hora do almoço. Mas não consegui pensar em nada, então continuei procurando por eles.

Estava andando pelo longo corredor do andar de cima quando aconteceu. Veio para mim como um míssil do nada e me atingiu bem entre os olhos. Uma porra de uma bala Nerf. Olhei ao redor do corredor e não vi ninguém.

— O que eu disse sobre atirar no rosto das pessoas? — reclamei, mas ninguém respondeu. E, francamente, eu estava com medo de ser atingido novamente.

Tive a sensação de que estava sendo levado para uma emboscada, então me enfiei em um dos armários do corredor e o abri, espiando. Eles não morderam a isca e ficaram muito quietos.

Andrew era um profissional nisso e, se tivesse Grace ao seu lado, eu estava ferrado. Eu nem tinha uma arma.

Não podia ficar no armário a noite toda, então dei um passo lento para fora, apenas para ser atingido novamente. Desta vez bem na minha garganta. Enfiei minha bunda de volta no armário.

— Isso não parece justo. Eu nem tenho uma arma — gritei, e ouvi uma risadinha feminina mais adiante no corredor.

Merda, eles me cercaram. Eu me esconderia neste armário a noite toda como um gato assustado ou sairia para aceitar minha derrota como um homem.

Abri a porta, saí, e lá estavam os dois, parados a cerca de um metro e meio à minha frente e atiraram em mim sem parar, apenas me atingindo. Corri em direção a eles como se fosse Mel Gibson em *Coração valente* e eles continuaram atirando. Peguei Andrew primeiro e o derrubei no chão, levantando sua arma e jogando-a mais adiante no corredor antes de agarrar o tornozelo de Grace e puxá-la para baixo conosco.

Andrew estava rindo histericamente, mas Grace parecia estar temendo por sua vida, o que só tornava tudo ainda mais divertido.

Eu a prendi no chão, colocando meu corpo em cima dela, e peguei sua arma também.

— Você é uma garota má, Grace Abernathy.

Ela olhou para mim com olhos arregalados como se eu fosse pegá-la, mas, em vez disso, apenas me inclinei e pressionei meus lábios nos dela. Seus olhos ficaram maiores antes de fecharem de novo e ela me beijou de volta.

BAD BOY BILIONÁRIO

— Eca — Andrew reclamou. — Isso é tão nojento.

Sorri contra os lábios de Grace antes de me afastar e ajudá-la a sair do chão.

— Eu pensei que você fosse se casar com Grace, amigo. Se vai se casar com ela, então terá que beijá-la.

Ele negou com a cabeça com um encolher de ombros.

— Então acho que não vou me casar com ela porque é nojento.

— Você me beijou — Grace disse ao meu lado, ofegante e chocada.

— Sim? — perguntei, confuso. Eu a beijei ontem. Bastante. E tinha planos de continuar a beijá-la para todo o sempre.

— Você me beijou — ela se aproximou de mim, sussurrando — na frente de Andy.

Fiquei confuso por um minuto. Até que percebi que ela estava pensando no que aconteceu. Ela deve ter imaginado que esconderíamos essa merda. Que talvez eu não estivesse falando sério sobre ela e estivesse tentando esconder nosso relacionamento de Andy. Mas isso absolutamente não aconteceria e eu precisava deixá-la saber naquele momento.

— Foi sim. Eu te beijei na frente do Andrew e vou te beijar na frente da minha mãe. Provavelmente vou te beijar na frente de Graham, Soraya, Tig e Delia. E, eventualmente, vou te beijar na frente da sua mãe. Porque isso — eu disse, acenando com a mão para frente e para trás entre nós — está acontecendo. Estamos acontecendo, Grace. E não vou esconder isso de ninguém. — Olhei para Andrew, avançando lentamente em direção à arma Nerf no corredor.

— Ah — suspirou, claramente pensando sobre isso. — Então, eu e você somos um nós? — ela perguntou, atônita.

Agora ela estava entendendo. Eu só esperava que estivéssemos na mesma página. Mas ainda assim, expus meu coração, rezando para que ela sentisse o mesmo.

— Absolutamente, se é isso que você quer. — Inclinei-me para mais perto dela e encostei a testa na sua. — Mas, só para você saber, eu quero isso. Mais do que qualquer coisa.

Um sorrisinho brincou em seus lábios.

— Ok — disse, suavemente.

— Sim? — insisti, apenas me certificando.

— Uhuumm. — Ela assentiu.

— Que bom. — Dei-lhe outro beijo suave e breve.

— Eca, sério! Vou ter que ver isso o tempo todo agora?

— Vai — respondi honestamente, bagunçando seu cabelo de brincadeira.

— Beleza. Mas, lembre-se, se você a beijar, terá que se casar com ela.

Eu tinha dito isso e não teria nenhum problema em cumprir essa parte do acordo, mas, em vez de assustar Grace e arruinar a noite, mudei de assunto.

— Vamos comer. Sinto cheiro de lasanha e estou morrendo de fome. E então você e eu podemos levar Grace para um encontro.

— Sério? — Andrew disse, exultante.

— Sim.

Levei todos para a cozinha, onde comemos uma refeição rápida que Grace deixou esperando no forno, meu tornozelo no de Grace, é claro.

Vestimos nossos casacos, gorros e luvas, nos amontoamos juntos no banco de trás de um carro e eu encaminhei o motorista para o Empire State Building.

Olhei para Grace.

— Já foi lá?

Ela balançou a cabeça de um lado para o outro.

— Nunca.

Eu agarrei sua mão, envolvendo meus dedos em torno dos dela antes de beijar a parte de trás de sua mão.

— Bem, não podemos deixar isso acontecer, podemos? Antes de se considerar um verdadeiro nova-iorquino, você precisa visitar o Empire State Building.

— E é tão legal, Grace. Apenas espere, você vai adorar! — Andrew prometeu, saltando para cima e para baixo entre nós, empurrando nossas mãos, mas Grace não parecia se importar.

Quando chegamos, nosso motorista nos deixou. Eram quase onze da noite, mas era fim de semana, então Andrew não tinha escola e poderíamos dormir até tarde amanhã.

Esperamos em uma fila curta na segurança, mas, assim que entramos, passamos direto pelo resto das filas, Andrew conversando com alguns dos funcionários.

— Acho que você já esteve aqui antes? — Grace perguntou sarcasticamente e eu ri.

— Eu trago Andrew de vez em quando à noite. Ele realmente gosta.

Pegamos o elevador até o octogésimo sexto andar e Andrew saiu correndo do elevador como um raio, arrastando Grace junto.

Foram direto para a amurada, ao ar livre.

— Olhe para todas as luzes, Grace. Não é incrível? — gritou.

BAD BOY BILIONÁRIO

145

Ela riu e o abraçou mais perto.

— É sim. É lindo. — Ela olhou para a cidade que eu esperava que fosse sua casa agora.

Enquanto isso, eu não conseguia tirar os olhos dela.

Finalmente, ela se virou na minha direção e sorriu.

— O que você está fazendo aí atrás?

— Ah, papai não vem tão longe. Ele não gosta de altura — Andrew informou.

Fiquei a cerca de um metro. Era o mais perto que chegava. Sinceramente, mesmo estar aqui em cima me assustava pra caramba. Mas era uma das atividades favoritas de Andrew, então me sacrifiquei pelo time.

— Você pode ir ainda mais alto, mas isso é o mais longe que o papai consegue chegar e ele nunca vem até aqui para olhar.

— Nunca? — Grace perguntou, estendendo a mão para mim.

Engoli o pouco de medo que tentou subir pela minha garganta.

— Tudo bem. Vocês olham e eu fico aqui atrás.

Ainda assim, Grace estendeu a mão no ar e ergueu as sobrancelhas para mim. Acho que ela sabia como eu adorava segurar sua mão. Quase tanto quanto amava beijar seus lábios ou estar dentro dela.

Era muito tentador deixar passar, então me inclinei para a frente e agarrei sua mão e ela puxou um pouco, avançando lentamente em direção a eles. Se ela poderia se arriscar por esse velhote, então eu poderia me arriscar por ela.

— Você conseguiu, pai! — Andrew encorajou e, finalmente, eu estava de pé ao lado de Grace, minha mão coberta pela luva envolvendo a dela. Só que não olhei para a massa de luzes à minha frente. Apenas fitei as bochechas rosadas e o nariz da minha garota, pensando que eu era o cara mais sortudo do mundo.

Andrew se amontoou na nossa frente e Grace passou o braço livre em volta dele.

— Meus meninos — disse suavemente.

Seus meninos. Meu estômago deu uma cambalhota que, até aquele momento, eu tinha certeza de que era reservada para adolescentes. Mas lá estava, no entanto.

Nós éramos os meninos dela. Dela. Meu Deus, eu ia me casar com essa mulher. E teríamos a melhor comida de todos os tempos em nosso casamento.

Não pude deixar de me inclinar e pressionar meus lábios em sua bochecha e, eventualmente, em sua boca, onde a beijei profunda, longa e docemente, tentando dizer-lhe tudo naquele único beijo que eu sabia que ela ainda não estava pronta para ouvir da minha boca.

— Eca! Vocês são nojentos — Andrew resmungou abaixo de nós.

Eu não me importava com o que ele dizia.

Nunca pararia de beijar Grace. Na verdade, ia beijá-la em cada esquina desta cidade. Em todos os becos, em todas as ruas, até que ela não pudesse ir a lugar nenhum sem me provar.

VINTE E UM

GRACE

Saímos do avião e entramos na pista. Não dava para acreditar que eu estava em casa. Parecia que tinha se passado uma eternidade. Não fazia mais de quatro meses, mas estar de volta à Carolina do Norte era bom e muito mais caloroso.

Expliquei a Whit que planejava ir para casa nas férias para ver meus pais algumas semanas atrás e ele ficou todo "quando vamos?". E fim de papo. E eu concordei prontamente. Estava morrendo de vontade de minha mãe e meu pai conhecerem meus meninos.

Tirei meu casaco grande e o pendurei no braço, enquanto as pessoas colocavam nossos pertences no carro que nos esperava no aeroporto de Raleigh.

Foi estranho andar em um avião particular e ainda mais ter alguém parando para nos tirar direto da pista. Juro, às vezes pensava que nunca me acostumaria com esse estilo de vida. Mas eu tentaria por Whit e Andy. Eles eram meu tudo agora.

No fim, ao seguir seus sonhos de se mudar para uma cidade grande, às vezes eles mudam, e os meus mudaram. Eu ainda queria ser uma grande escritora de romances, mas queria mais ter Andy e Whit. E, embora tenha ficado cética no início, Whit foi incrivelmente maravilhoso. Ele não era nada do que eu pensava que precisava, mas tudo o que eu queria.

Nós nos amontoamos na parte de trás do Lincoln Town Car, colocando Andrew entre nós em seu assento elevatório.

— É aqui que você mora? — perguntou, praticamente pulando para cima e para baixo.

— Não, bebê. Este é o aeroporto de Raleigh. Moro com você e seu pai em Nova Iorque. — Eu ri.

— Você sabe o que quero dizer — disse, revirando os olhos.

— Eu sei. Só estava pegando no seu pé. Minha família fica a cerca de trinta e cinco minutos daqui, em uma pequena cidade chamada Holly Springs.

— Ah, parece ser bonito.

Neguei com a cabeça.

— É sim.

Pegamos a interestadual para o sul e olhei em volta, admirando a beleza do estado em que nasci. Tantas árvores. Muito diferente do concreto e aço da cidade de Nova Iorque.

E, quando finalmente chegamos à cidadezinha em que cresci, apontei para a placa de boas-vindas adornada com folhas de azevinho e algumas bagas vermelhas que crescem no arbusto de azevinho. Passamos por duas fazendas de cavalos e Andy perdeu a cabeça quando os viu.

— Faltam apenas dois minutos agora — comentei, dando um aperto em Andy. Ele estava tão animado para conhecer meus pais e eu estava tão animada para que o conhecessem. A colisão de meus dois mundos parecia surreal, mas da melhor maneira possível.

— Vire aqui — avisei ao motorista, pois a entrada para a casa dos meus pais era fácil de perder. Era um caminho de cascalho de uma rua arborizada.

Ele entrou na garagem e a sensação e o som do cascalho levantando sob os pneus enviaram uma onda de nostalgia através de mim. Surpreendeu-me o quanto senti falta de casa, quando mal podia esperar para sair daqui apenas cinco meses atrás. Estava ansiosa para Andy ver a frente da casa dos meus pais. Eles sempre arrumavam para as festas de fim de ano e, quando descobriram que ele vinha me visitar, foi uma desculpa para levar a coisa da decoração exagerada ainda mais longe.

Contornamos a entrada circular de cascalho na frente da casa ao entardecer, bem a tempo de ver a loucura que eram as decorações de Natal dos meus pais.

As luzes cobriam toda a pequena casa de fazenda branca, que era cercada por bosques. No pátio, havia aproximadamente quinhentos Papais Noéis infláveis, pinguins com lenços, ursos polares e árvores de Natal. Era só escolher e estava lá.

Havia uma música de Natal tocando bem alto e as luzes da casa piscando no ritmo.

Andy saltou sobre mim para sair do carro e ficou parado na entrada da garagem, olhando, boquiaberto.

Saí atrás dele e coloquei as mãos em seus ombros, assistindo ao show maluco também.

BAD BOY BILIONÁRIO

— Uau — disse Whit ao meu lado, colocando a mão em volta da minha cintura. — Seus pais são loucos.

Ele não estava errado.

— Está vendo, papai? — Andy disse, olhando ao redor do quintal com admiração. — Eu sabia que os pais de Grace seriam legais.

Loucos. Ou legais. Havia realmente uma diferença?

— Estou vendo, cara. Não dá para não ver.

Eu ri.

— Eu sei. É por isso que é tão incrível — Andy respondeu, alheio a qualquer coisa, exceto as luzes e bonecos de Natal infláveis.

O motorista tirou nossas malas do carro com a ajuda de Whit e vi a porta da frente da casa se abrir, e minha mãe saiu voando como um morcego.

Ela correu em minha direção e fiquei atrás de Andy, com os braços estendidos, apenas para ficar completamente no vácuo quando ela se abaixou, pegou Andy e o girou em um círculo. Eu contei muito à minha mãe sobre meus meninos nos últimos meses. Principalmente, que me apaixonei por ambos.

— Andy, é um prazer conhecê-lo! — ela praticamente gritou. Todas as mulheres sulistas da minha família eram barulhentas e orgulhosas, e eu estava rezando para que ela não assustasse meus garotos. — Ouvimos falar tanto de você! — terminou, dando-lhe um grande aperto antes de colocá-lo de volta no chão.

— Amei seu quintal e sua casa! — Andy gritou de volta e eu ri, estendendo os braços para minha mãe, que finalmente veio até eles e me deu um grande abraço.

— Estou tão feliz que você está em casa, filha — sussurrou em meu cabelo.

— Eu também, mãe. — E era verdade. Eu realmente estava. Alegrava-me por estar entre os loucos.

Ela saiu do nosso abraço, agarrou-me pelas bochechas e, pela primeira vez, percebi que minha mãe era apenas uma versão mais baixa e um pouco mais redonda de mim.

— Você parece tão bem. Estou feliz que a cidade de Nova Iorque esteja te tratando bem, mesmo que eu sinta muito a sua falta.

Ela finalmente me soltou e deu um passo à minha direita.

— Você deve ser o Whit. — Ela teve que olhar para cima para falar com ele porque, embora eu fosse baixinha, minha mãe era muito pequena, com apenas um metro e meio. — Eu sou Maggie. — Apresentou-se e foi para um abraço, ficando na ponta dos pés. Ela o balançou de um lado para o outro e Whit devolveu o gesto.

Ele parecia um pouco chocado com sua demonstração imediata de afeto, mas eu não estava nem um pouco. Ninguém era estranho para a minha mãe.

Ela se afastou dele do jeito que fez comigo, só que segurou o topo de seus braços em vez de seu rosto.

— Bem, você parece um gole de chá gelado e doce. Não é de se admirar que minha garota esteja tão apaixonada por você. — Ela deu um tapinha em um de seus braços antes de soltá-lo. — Agora, vá e coloque essa carinha bonita em casa para que meu marido possa conhecê-lo. E não deixe que ele o intimide.

Fiz o possível para não rir das bochechas rosadas de Whit. O homem sabia que era bonito, mas eu não achava que estava muito acostumado com mulheres de meia-idade dizendo que ele era uma bebida de chá gelado e doce.

— Vamos, Andy. Deixe-me te mostrar este boneco de neve aqui que se move enquanto seu pai e Grace colocam tudo dentro de casa. — Ela fez uma pausa, estendendo a mão para ele. — Tudo bem se eu te chamar de Andy ou prefere Andrew?

Andy olhou para minha mãe pensativamente antes de dizer:

— Só Grace me chama de Andy. É meio especial. É uma coisa nossa. — Franziu os lábios, pensando novamente. — Mas, como você é a mãe dela, pode me chamar de Andy também. Pode ser uma coisa de nós três.

Minha mãe parecia muito satisfeita. E eu? Naquela fração de segundo, senti que meu coração estava tão grande que explodiria do peito. Senti a familiar queimação de lágrimas em meu nariz, então me virei e comecei a pegar nossas malas para não chorar como um bebê no jardim da frente da casa dos meus pais.

Deixei a Carolina do Norte e construí uma nova família. Virei a garota mais feliz do mundo por saber que minha nova família de Nova Iorque amava minha família da Carolina do Norte.

— Seu pai vai acabar comigo?

Joguei a mochila de Andy nas costas e dei de ombros.

— Provavelmente. Eu *sou* sua única filha.

— Não está ajudando — Whit afirmou, pegando nossas malas e me seguindo pela calçada, enquanto minha mãe e Andy olhavam para todas as luzes no quintal.

BAD BOY BILIONÁRIO

— Eu realmente gostaria de um lanche agora.

Lancei-lhe um olhar incrédulo por cima do ombro.

— O quê? Eu como de acordo com as minhas emoções.

— Você apenas come, Whit — resmunguei, abrindo a porta da frente. Ele se pressionou contra minhas costas e sussurrou em meu ouvido:

— Vou te mostrar esta noite como eu só como.

Meu corpo se iluminou como a árvore de Natal na sala de estar dos meus pais e eu me inclinei para ele por dois segundos antes de lembrar onde estávamos e que meu pai realmente o mataria.

— Se você for um homem consciente, vai se limitar a comer a ceia de Natal e pronto. Acho que nem vão nos deixar dormir no mesmo quarto aqui.

— Merda, isso é sério? — Whit perguntou, assim que meu pai entrou na sala.

— Ei, pai! — saudei, olhando para Whit como quem dizia para calar a boca.

Seus olhos cor de chocolate se iluminaram ao me ver.

— Feliz Natal, querida. — Ele me envolveu naquele tipo de abraço que só os pais davam. Eles eram longos, apertados e faziam você se sentir a pessoa mais segura do mundo. Embora os abraços de Whit fossem muito próximos.

Não pude deixar de notar que seu cabelo loiro parecia um pouco mais grisalho, mesmo nos cinco meses em que estive fora.

Nós saímos do nosso abraço e meu pai apenas encarou Whit, então falei rapidamente antes que as coisas ficassem ainda mais estranhas.

— Papai, este é o Whit. Meu namorado. — Puta merda, foi a primeira vez que eu disse aquelas palavras e olhei para Whit para ter certeza de que havia falado o certo. Nós nunca tínhamos nos rotulado antes e me assustou que talvez eu tivesse exagerado de alguma forma, mas ele não parecia nada perturbado. — Whit, este é meu pai, Jason Abernathy.

— Oi, senhor Abernathy. É um prazer te conhecer. — Whit estendeu a mão para um aperto e, graças a Deus, meu pai aceitou. Ou eu teria ficado envergonhada, mas também era algo que eu não deixaria passar por meu pai.

Ele tinha a reputação de pensar que ninguém era bom o suficiente para sua filhinha.

Meu pai apenas acenou com a cabeça para Whit, mas pegou nossa bagagem pesada dele.

— Vou mostrar onde vocês vão dormir.

O antigo rancho de nossa família realmente não exigia um passeio. Era uma casa pequena, apenas três quartos, mas foi em um monte de terra que cresci cultivando coisas. Meu amor pelas plantas não era algo novo. Foi algo que aprendi desde que comecei a andar.

Passamos pela pequena sala de jantar e cozinha para um pequeno corredor que tinha três quartos e um banheiro. A suíte tinha seu próprio banheiro, mas todos os outros usavam apenas o pequeno no corredor.

— Grace, você dorme no seu antigo quarto e vou colocar Whit e Andy no quarto de hóspedes — meu pai avisou, olhando para Whit quando proferiu as palavras. O homem não era de joguinhos. Tive que morder os lábios para evitar uma risadinha.

Papai colocou minha bolsa no meu quarto e todos fomos até o quarto de Whit para deixar os pertences dele e de Andy.

— Podem se acomodar. Sua mãe fez uma carne assada para o jantar e comeremos em cerca de vinte minutos. — Saiu do cômodo, surpreendendo-me profundamente. Eu esperava que ele fosse me acompanhar até que meus olhos estivessem fechados durante a noite.

— Bom, não foi tão ruim assim — disse Whit, puxando-me pela cintura até que estivéssemos colados um no outro. Ele se inclinou e beijou o lado do meu pescoço.

— Não muito — respondi, inclinando-me para ele e desejando que realmente pudesse me comer mais tarde.

— Eu ainda estou vivo.

Agarrei seu rosto e pressionei meus lábios nos dele, dando um pequeno beliscão em seu lábio inferior.

— Por agora. Ainda dá tempo — brinquei.

— Não é engraçado — murmurou Whit, franzindo a testa de preocupação. — Vamos. — Puxou-me em direção à porta. — Amo carne assada e estou morrendo de fome.

— Ah, mas que surpresa — cantarolei, animada com o que a noite poderia trazer.

BAD BOY BILIONÁRIO

VINTE E DOIS

WHIT

Era tarde e deveria ter ido dormir feliz, mas senti falta de Grace. Andy estava desmaiado ao meu lado. Fiquei surpreso por ele ter adormecido tão rápido, considerando todos os doces que a mãe de Grace lhe deu. A mulher era muito parecida com a filha e sabia exatamente como conquistá-lo. Mulheres sorrateiras do sul. Assim como minha mãe.

O jantar estava delicioso. Essa foi outra coisa que Grace herdou de sua mãe. Ambas eram cozinheiras de primeira linha. O pai dela ficou quieto durante o jantar e eu sabia que deveria estar fazendo tudo ao meu alcance para fazê-lo gostar de mim, mas, ainda assim, só queria dar um beijo de boa-noite nela. Que mal isso faria?

Beijei a cabeça de Andrew, certificando-me de que ele estava completamente apagado antes de abrir a porta do nosso quarto bem devagar para não fazer barulho. Enfiando a cabeça no corredor, verifiquei cada caminho antes de me esgueirar até o quarto de Grace e girar a maçaneta, rezando para que ela não a tivesse trancado.

Era minha noite de sorte, porque a porta se abriu. Rastejei até a cama onde ela estava muito quieta. Olhei ao redor do quarto todo pintado de rosa. Ela dormia em uma pequena cama de solteiro com cabeceira de metal que parecia mais velha do que eu. Cortinas transparentes cor-de-rosa penduradas na janela e um grande tapete felpudo rosa no chão ao lado da cama. Parecia o quarto de uma menina.

Silenciosamente, fui me aproximando para não perturbá-la. Ela estava desmaiada com uma regata preta.

Ela era linda, doce e, sim, jovem. Mas não me arrependia. Eu me casaria com essa mulher. Faria dela minha esposa e então teríamos filhos. Construiríamos uma família juntos. Havia coisas sobre as quais precisávamos conversar primeiro. Mas as coisas aconteceram rapidamente e os últimos meses com ela passaram voando, porque foram os mais felizes da minha vida.

Inclinei-me e dei um beijo em sua cabeça, assim como fiz com Andrew, só que ela se mexeu, olhou para mim e sorriu.

— Você é um homem corajoso, Whitaker Aldrich.

Sorri de volta para ela e dei um breve beijo em seus lábios. Eu ia dizer a ela que a amava em breve. Não conseguia mais segurar. Mas primeiro tínhamos que conversar sobre as coisas. Não agora, no entanto. Quando chegarmos em casa. Quando formos só nós dois.

— Só queria te dizer boa noite.

— Hmmmm. — Espreguiçou-se. — Pensei que tinha vindo me mostrar como você come — brincou, seus olhos rindo de mim.

Ela estava rindo, mas de alguma forma tudo parecia um desafio. Beijei o canto direito de sua boca e depois o esquerdo, suave e lentamente, antes de perguntar:

— É isso que você quer, querida? Minha boca em você?

Ela respirou fundo, o que me disse que era exatamente o que queria. E assim, eu estava duro como uma rocha. Esta cama era pequena, mas eu poderia fazê-la funcionar.

Rapidamente, me levantei e tirei a camiseta antes de puxar rapidamente as cobertas de seu corpo e jogá-las no chão ao lado da cama. Se eu comeria a boceta da minha garota no quarto da infância dela, o pervertido em mim queria ver cada pedacinho dela.

Fiquei ao pé da cama, olhando para o lindo corpo de Grace. A única coisa que ela usava além de sua regata preta era uma calcinha preta minúscula que eu mal podia esperar para tirar dela.

Agarrando-a pelos pés, puxei-a ao longo da cama. Um guincho curto escapou de sua boca.

— Melhor ficar quieta, Carolina. Não quero que seu pai entre.

— Eu só estava brincando, Whit. Não esperava que você...

— Shhh — interrompi, inclinando-me para frente e deslizando as mãos ao longo de suas coxas até alcançarem as laterais de sua calcinha. Passei os dedos por baixo delas e puxei aquela calcinha preta sexy por suas pernas e pelos joelhos antes de tirá-la. — Tudo bem. Só vou provar um pouco.

Quando sua calcinha finalmente estava ao lado da cama, eu a abri bem, minhas mãos em seus joelhos para que pudesse olhar o que segurava.

Ela era tão bonita e rosa, nua e pronta para mim, e eu queria mergulhar direto, mas, em vez disso, esfreguei as mãos para cima e para baixo em suas coxas suavemente, massageando lentamente os músculos. Por fim, desci por suas pernas, esfregando cada panturrilha e fazendo círculos ao redor de seus tornozelos.

Grace gemeu baixinho e balançou os quadris na cama.

— Por favor — implorou.

— Por favor, o quê? — perguntei baixinho, querendo que me dissesse o que queria. Eu adorava quando ela era má comigo. Nós dois estávamos ficando muito bons nisso.

Seu peito subia e descia rapidamente sob o meu olhar e eu desejava poder ver seus seios adoráveis, mas por esta noite isso serviria.

— Por favor, me lamba — suspirou.

— Hmmmmm — gemi, caindo de joelhos no final da cama e puxando suas pernas sobre meus ombros. Foda-se, mesmo no escuro, eu podia ver sua boceta brilhante, tão molhada e inchada para mim. Fiquei com água na boca.

— Onde você quer que eu te lamba, baby? Aqui? — Mesmo que eu estivesse ansioso para provar, em vez disso, lambi a parte de trás de seu joelho.

— Mais alto — sussurrou, suas mãos subindo e agarrando com força a cabeceira de metal.

— Aqui? — Lambi o comprimento do interno de sua coxa.

Ela balançou os quadris com força contra o ar e eu sorri presunçosamente. Foda-se, ela queria muito a minha boca.

— Por favor, Whit. Mais alto.

Corri a língua sobre a dobra quente onde sua perna encontrava sua boceta e dei uma forte chupada.

— Diga-me onde você quer minha boca e então vou te deixar gozar nela.

— Ai, meu Deus. Por favor, por favor, por favor — implorou.

Passei um dos dedos para baixo em sua fenda até seu buraco enrugado e de volta onde mal rocei seu clitóris. Ela tentou empurrar aquele dedo, mas o afastei.

— Aonde, meu bem? Diga! Para que eu possa te dar minha boca.

Ela jogou as costas no travesseiro.

— Minha boceta. Meu Deus, lamba minha boceta.

— Boa menina — eu disse, e dei um tapinha em seu clitóris com a ponta dos dedos que a fez grunhir.

Porra, adorei esse som. Estendi uma das mãos e esfreguei o comprimento do meu pau duro.

— Viu, linda? Tudo o que você precisa fazer é pedir.

Dei a conversa do século ao meu pau e disse a ele para se acalmar, porque esta noite era tudo por Grace, separei suas pernas com as duas mãos novamente e mergulhei como um homem faminto.

Lambi forte em sua protuberância antes de puxá-la em minha boca com uma longa sucção.

— Foda-se, você tem um gosto bom — rosnei, antes de me inclinar mais perto e respirar seu perfume que me deixou absolutamente louco.

— Ai, meu Deus, você é tão ruim — ela ofegou.

Ela adorava quando eu era mau, então usei meus polegares para abri-la e bati rapidamente em seu clitóris com a ponta da língua.

— Foda-se — disse muito alto, e dei um tapinha amoroso em sua coxa.

— Silêncio, linda. Você vai acordar seus pais. — Eu a lambi lenta e longamente desta vez e ela balançou contra o meu rosto, tentando se aproximar da minha boca; como eu conhecia o corpo da minha mulher melhor do que conhecia o baixo que toquei quase toda a minha vida, dei a ela o que ela precisava.

Usei meu dedo médio para traçar sua fenda, deixando-a bem molhada com seus líquidos antes de deslizar para dentro dela.

— Tá gostando, Grace? — perguntei, observando meu dedo deslizar para dentro e para fora dela. Estava tão apertada em torno dele, que fiquei tentado a puxar meu moletom para baixo e empurrar meu pau para dentro dela com força.

Mas isso era por Grace e sabia que não poderia ficar aqui a noite toda fazendo amor com ela como eu queria. Em vez disso, eu a faria gozar mais forte do que nunca.

— Perguntei se estava gostando, Grace — repeti e movi meu dedo do meio dentro dela em um movimento de venha aqui que a fez se levantar na cama e agarrar meu cabelo, puxando meu rosto contra sua boceta.

— Porra, me faça gozar, Whit. Agora — pediu, sua voz cheia de ar.

Compreendendo que ela estava gostando pra caralho, abri a boca e chupei seu clitóris com força e depois circulei com a língua, a fodia com meu dedo.

Ela segurou meu cabelo, puxando com força e o prazer/dor de tudo isso quase me fez gozar ali mesmo em meu moletom, mas me segurei, por pouco.

Chupei sua umidade e bebi como um copo do meu conhaque favorito enquanto ela cavalgava meu rosto.

BAD BOY BILIONÁRIO

— Ai, meu Deus. Ai, meu Deus — cantarolou, em um sussurro no ar ao nosso redor, e quando suas coxas tremeram em volta da minha cabeça e a sua voou para trás, fiz o mesmo movimento de com meu dedo e chupei forte, despertando-a como um foguete.

Suas coxas se fecharam com tanta força em volta da minha cabeça que eu mal conseguia respirar, mas ainda assim continuei chupando aquela protuberância dura, sua umidade revestindo minha mão e tremendo ao meu redor.

— Puta merda — suspirou, soltando minha cabeça para que eu pudesse respirar. —Querido Deus.

Eu ri baixinho, me erguendo.

— Você está escrevendo uma carta para dizer a Deus o quanto te fiz gozar?

Ela não riu como eu esperava. Então rastejei e puxei-a de volta para a minha frente na pequena cama, colocando-a no lado de dentro da conchinha.

— Você está bem, Carolina? — Levantei a cabeça para olhar para ela, mas seus olhos estavam fechados e ela ainda respirava com dificuldade.

— Estou mais do que bem — afirmou suavemente.

— Hmm, que bom — rosnei, abraçando-a contra mim e passando o nariz ao longo de sua orelha. — Porque quando chegarmos em casa vou me enterrar tão fundo nessa boceta que você não vai saber onde eu termino e você começa. — E quis dizer cada maldita palavra. Eu a queria tanto que estava doendo. Mas poderia esperar até chegarmos em casa, para que eu pudesse tê-la do meu jeito. Em todas as posições e em todo o meu quarto. Eu ia transar com ela até que não pudesse andar.

Ela se virou para mim na cama até ficarmos cara a cara.

— Você é muito sujo — acusou.

Suas palavras diziam que eu estava sujo e seus olhos diziam que mal podia esperar para que eu estivesse dentro dela.

— Você ama minha sujeira.

Suas bochechas ficaram com um lindo tom de rosa e beijei cada uma delas.

— É melhor eu ir antes que seu pai entre aqui com uma espingarda.

Ela parecia pensativa antes de dizer:

— É uma possibilidade real.

Beijei a ponta de seu nariz.

— Boa noite, Carolina.

Deslizei para fora da cama, peguei minha camisa no chão e caminhei em direção à porta.

— Whit — chamou.

Eu me virei, dando-lhe um sorriso torto.

— Sim?

Ela começou a dizer algo, mas parou antes de finalmente decidir:

— Obrigada.

Senti isso atingir os meus ossos. Ela ia me dizer que me amava. E, Deus sabe, eu queria dizer isso naquele momento também. Porque eu sabia, sem sombra de dúvida, que a amava. Ela era tudo para mim. E eu queria gritar do topo das montanhas. Mas, antes que eu fizesse isso, ela tinha que saber de tudo. Tinha que conhecer a minha história e a de Andrew.

Em vez de abrir meu coração para ela como eu queria tão desesperadamente, fiz o que fazia de melhor.

— Baby, você nunca tem que me agradecer por fazer isso. É sempre um prazer. — Fiz pouco caso dos sentimentos refletidos em seus olhos. Eu não queria, mas teria que ser assim por enquanto. — Boa noite, Carolina — sussurrei, abrindo a porta e voltando para o meu quarto e o de Andrew, uma sensação de desejo se instalando bem no centro do meu peito.

VINTE E TRÊS

WHIT

Droga, meu coração batia tão forte que parecia que ia ter um ataque cardíaco.

— Você já cortou madeira antes? — perguntou o pai de Grace.

Era manhã de Natal e estávamos atrás de sua casa sozinhos, ele cortando lenha e eu aqui parada como uma boba observando. Mas, quando ele disse que precisava sair e cortar lenha, achei que seria uma boa hora para falar com ele. Só que agora eu estava completamente covarde. Porque não, eu nunca cortei lenha um dia na vida. Sempre tive pessoas para fazer isso por mim, uma vez que tivemos dinheiro a vida inteira. Embora não me sentisse mal com isso, visto que esse mesmo dinheiro seria usado para ajudar a cuidar de Grace. E eu planejava cuidar muito bem dela.

Mas eu tinha a sensação de que o pai de Grace não dava a mínima para quanto dinheiro eu tinha. Não que eu o culpasse. Só sabia que essa conversa seria uma porcaria.

— Não, senhor. Nunca cortei madeira. — Mudei-me de um pé para o outro ao lado dele. O clima aqui estava razoavelmente mais quente do que em casa, mas não tanto quanto eu estava sentindo no momento. Estávamos embrulhados em suéteres e jeans e, no entanto, senti como se estivessem quarenta graus, quando na verdade eram cinquenta. Meus nervos estavam realmente me afetando.

— Hmph — foi tudo o que ele disse de volta. E, cara, isso me deixou ainda mais nervoso.

Mas não importava. Eu tinha esta oportunidade de fazer as coisas direito. E eu iria, mesmo que ele me matasse. O que ele poderia fazer.

— Eu queria falar com você sobre uma coisa, senhor Abernathy — engasguei ao lado dele, puxando a gola do meu suéter como se estivesse tentando me sufocar.

Ele parou de cortar lenha e se virou para mim, apoiando o cabo do grande machado no ombro.

Que bom então. Isso não foi nada intimidador.

— Estou esperando — foi tudo o que disse.

Porra, nos últimos dias em que estive aqui, percebi muito rapidamente que Jason Abernathy era um homem de poucas palavras, mas nessa ele se superou.

— Bem — comecei, mas engoli nervosamente e tive que começar de novo. — Eu amo Grace. Muito. E quero me casar com ela — expliquei, de forma rápida e concisa, para que não houvesse mal-entendidos.

Ele me encarou por cerca de cinco segundos, que mais pareceram cinco anos, antes de voltar para o toco onde estava cortando lenha, como se eu não tivesse dito nada.

Foda-se. Ele nem estava tentando ter essa conversa comigo. Ignoraria completamente.

— Estou lhe contando isso porque sei que Grace iria querer sua bênção. Ela é tradicional de várias maneiras. E quero que ela seja feliz.

Ele parou abruptamente e se virou para mim, preocupação em seu rosto.

— O que diabos te faz pensar que eu te daria minha bênção? Você é quase dez anos mais velho que ela e tem um filho. Eu sou o pai dela. Quero que ela seja feliz também. Porém, mais do que isso, quero o que é melhor para ela. E não estou convencido de que você é o melhor para ela. — Lentamente, ele me olhou de cima a baixo. — Dinheiro não pode comprar tudo.

Deus, ele poderia muito bem ter me esfaqueado no estômago. Sinto-me doente. Toda insegurança que eu já tive sobre Grace e eu, ele colocou bem ali na mesa e ouvi-lo dizer isso me cortou profundamente.

Mas eu queria que ele soubesse como me sentia. O quanto ela significava para mim.

— Eu disse isso a mim mesmo alguns meses atrás. Que eu não era bom o suficiente para ela. Que ela era muito jovem. Que não merecia ser sobrecarregada por um homem que já tinha um filho e um passado complicado. E, assim como me convenci, vou te convencer. Eu a amo e, embora ela queira sua bênção, não preciso disso. Vou me casar com ela de qualquer maneira e passar todos os dias pelo resto da vida fazendo dela a mulher mais feliz de todas.

Eu estava preparado para sair quando ouvi um veículo barulhento passando pelo caminho de cascalho da frente. Olhei para Jason para ver se ele esperava visita no dia de Natal, mas ele parecia tão confuso quanto eu quando andamos pela casa para ver quem tinha parado.

No momento em que contornamos a casa, havia um jovem alto batendo na porta da frente. Ele tinha cabelo loiro-escuro e vestia uma calça jeans e uma camiseta branca com uma flanela azul aberta por cima.

Assim que pusemos os olhos nele, Jason soltou uma longa série de xingamentos silenciosos antes de terminar com:

— Você só pode estar brincando. Este maldito dia simplesmente não acaba.

Ele se aproximou do garoto na varanda e o segui, caso precisasse de reforços, porque ele certamente não parecia feliz em vê-lo.

— Que diabos você está fazendo aqui, Chad? — perguntou atrás do garoto, assustando-o.

— Ei, Sr. Abernathy. Achei que Grace estaria na cidade no Natal e só queria falar com ela.

Jason negou com a cabeça.

— Acho que ela não tem nada a dizer a você. Pode simplesmente subir naquela caminhonete de merda e voltar para a casa da sua mãe.

Chad bateu na porta novamente.

— Grace! — gritou.

— Rapaz, você não vê esse machado na porra da minha mão? Grace não tem nada a te dizer. Você falou, foi tudo um monte de besteira e nada mudou nos últimos seis meses.

Chad parecia completamente imperturbável por Jason ameaçá-lo com um machado, o que me levou a acreditar que talvez não fosse a primeira vez que ele tentava afugentá-lo.

— Grace! — Chad tentou de novo. A porta da frente se abriu e lá estava Grace, parecendo bem irritada. Eu não a via assim desde aquela noite na casa de Tig e Delia, quando pensei que ela poderia virar a mesa.

Jason balançou a cabeça e murmurou:

— Cristo, todo-poderoso.

— O que você quer, Chad? — Grace indagou, a mão no quadril, seus olhos cuspindo fogo.

— Quero falar com você. Não te vejo há meses. Não sentiu minha falta?

— Não — rebateu. — Realmente não pensei em você. Ficou bem fácil quando engravidou minha melhor amiga. A propósito, quando o bebê vai nascer?

— Vamos, Grace. Não seja assim. Foi apenas uma vez. Foi um erro...

— Se você não der o fora da minha varanda, juro por Deus que vou chamar a polícia! — Grace gritou com Chad, interrompendo-o efetivamente.

Assisti a tudo, imaginando se todos os natais do sul do país eram assim. Nesse caso, isso explicaria completamente por que minha mãe era tão fodona.

Acontece que nem a polícia conseguiu dissuadir Chad.

— Vamos, Grace. Tudo o que peço é uma segunda chance. Ficamos juntos por muito tempo. Quero consertar isso. Por favor. Apenas me dê mais uma chance.

Esse cara estava falando sério e eu podia ver que Grace estava ficando menos zangada e parecendo mais chateada a cada minuto, e eu não podia aceitar isso. Nenhum homem perturbaria minha mulher, especialmente no Natal. Eu não aceitaria essa merda.

Subi na varanda, calmo e controlado como o homem que eu era. E lá estava esse cara, cerca de quinze centímetros mais baixo que eu. Eu tinha pelo menos cinquenta quilos a mais que ele e devia ser dez anos mais velho. Ele não iria estragar a porra do nosso Natal com essa merda.

— Com licença, cara. Eu sou o Whit. O namorado de Grace. — Estendi a mão e ele olhou para mim como se eu fosse maluco, em vez de a apertar. Então enterrei as duas mãos nos bolsos e me balancei nos calcanhares. — Ouça, Chad. Grace não te quer mais aqui e você a está perturbando. E não posso deixar essa porra acontecer.

"Todo mundo aqui te pediu para sair e, por algum motivo, você ainda está aqui. Então, vou ser claro. Grace terminou com você. Ela não vai te dar uma segunda chance, cara. Grace não é o tipo de mulher de quem você recebe uma segunda chance. Ela é o tipo de mulher que você agradece à estrela cadente por ter uma primeira chance, para começar. Com certeza não se desperdiça essa chance.

"Posso dizer que você está chateado. Deveria estar mesmo. Você fodeu tudo e agora Grace é minha. E, ao contrário de você, sei o que tenho de bom e nunca vou estragar isso. Então, acho que é uma boa ideia se você ouvir o senhor Abernathy e colocar sua bunda naquela velha caminhonete de merda e voltar para casa da sua mãe."

O homem parecia querer me matar na hora, mas eu sabia, sem dúvida, que poderia pegá-lo e tinha certeza de que ele sabia disso também, pois rapidamente se virou para Grace e perguntou:

— É isso que você quer, Grace?

Ela respondeu rapidamente:

BAD BOY BILIONÁRIO

— Sim, Chad. Vá para casa, por favor.

Ele ficou lá, olhando para ela como se não pudesse acreditar.

— Você a ouviu. Vá para casa — insisti, disse um pouco mais firme do que Grace.

— Você vai se arrepender disso, Grace! — Chad gritou, finalmente saindo da varanda da frente para sua caminhonete na garagem. — Você vai voltar para casa um dia e me querer de volta e não estarei mais aqui esperando por você.

Grace franziu o nariz.

— Não conte com isso — afirmou, baixinho, e abri um sorriso. Ela saiu para a varanda e passou o braço em volta da minha cintura, inclinando-se para mim enquanto observávamos Chad, o trapaceiro idiota, sair da garagem. — Obrigada, Whit.

— Você namorou aquele cara? — provoquei. — Está explicada a greve de homens.

Ela revirou os olhos e me deu um olhar de nojo.

— Não me lembre. Quer entrar para tomar um chocolate quente que a mamãe acabou de fazer?

— Claro, se seu pai não se importar. Eu estava fazendo companhia a ele.

Grace e eu olhamos para Jason com as sobrancelhas levantadas. Ele nos estudou por um minuto. Ela se inclinou para o meu lado, meu braço em volta de seu ombro. Os olhos dele iam de um para o outro.

Ele soltou um longo suspiro, resignação e compreensão preenchendo seus traços faciais.

— Eu me importo, na verdade. Whit e eu estávamos tendo uma conversa.

Grace olhou entre nós dois como se estivesse um pouco preocupada, mas eu a tranquilizei.

— Tudo bem. Entro depois que terminarmos de conversar.

— Ok. Não demore muito. Vai esfriar. — Ela fechou a porta da casa e Jason começou a marchar de volta pelo caminho que viemos quando ouvimos Chad parar.

Corri para alcançá-lo.

— Você queria terminar de conversar? — indaguei, não muito certo do que diabos estava acontecendo. Parecia que nossa conversa anterior havia acabado. Ele não tinha muito a dizer minutos atrás.

— Vou te ensinar a cortar lenha, Whit.

— Vai? — insisti, ainda mais confuso.

— Sim — afirmou, aproximando-se de uma grande pilha de toras, pegando uma e colocando-a no enorme toco no quintal. Ele me entregou o machado.

— Não posso deixar nenhum genro meu sem saber cortar lenha.

Olhei para ele, pensando que tinha ouvido errado. Ele estava me dando sua bênção? Parecia que sim. Mas eu não queria pular na frente da arma e ficar na mira do gatilho de um cara como Jason. Esse tiro de merda poderia sair pela culatra muito rápido.

— Bem, continue — disse, apontando para o toco.

Aproximei-me e ergui o machado sobre a cabeça.

— Estou lhe dando minha permissão, Whit.

Fiz uma pausa em estado de choque, o machado erguido.

— Sei que você não precisa disso. Mas vou dar mesmo assim. E isso não significa que não vou te vigiar como um falcão.

Sorri quando bati o machado com força, apenas acertando o lado da madeira que acabou virando e não abri nada.

— Tem que apontar para o meio. Tente de novo.

Passei a hora seguinte com meu futuro sogro aprendendo a cortar lenha. Eu provavelmente nunca faria isso de novo depois de hoje, mas não importava. Foi uma hora muito boa e não pude deixar de agradecer que o idiota do Chad apareceu hoje. Tinha sido uma bênção inesperada. Uma que eu realmente precisava no momento certo.

Destino.

BAD BOY BILIONÁRIO

VINTE E QUATRO

GRACE

— Jesus, foda-se. Eu quero morrer! — gritei a plenos pulmões, pulando em um pé. Estava mais do que grata por estar sozinha em casa, porque tinha acabado de pisar em um Lego e enlouqueci. Estava desfazendo as minhas malas e as de Andrew esta manhã e os meninos foram comprar rosquinhas e café. Como era 1º de janeiro, os meninos não queriam que eu tivesse que preparar o café da manhã. O que foi muito fofo. Mas teria sido mais fofo ainda se Andy tivesse pegado seus malditos Legos antes de partir.

Chegamos tarde ontem à noite e apenas deixamos nossa bagagem na porta e fomos para a cama. A visita aos meus pais tinha corrido surpreendentemente bem. Achei que Whit levaria muito mais tempo do que a semana em que estivemos lá para conquistar meu pai, mas de alguma forma ele conseguiu. Eu não deveria ter ficado chocada. Whit era encantador em todos os sentidos da palavra.

O Natal tinha sido incrível. Mesmo com Chad, o estúpido traidor, aparecendo do nada. Whit o tratou como um adulto durão e percebi que meu pai gostou disso. Esse foi o ponto de virada para eles. Fiquei feliz por isso. Queria que se dessem bem. Eles eram meus dois homens favoritos no mundo. Meu pai até deu a Whit um xilofone feito à mão no Natal e você pensaria que ele tinha comprado um violão de cem mil dólares pela forma como Whit se entusiasmou com isso. Eu não poderia culpá-lo. Foi bonito. Mencionei aos meus pais que Whit era músico e que amava todo tipo de instrumentos. Embora meu pai sempre tenha sido marceneiro, nunca esperei que ele construísse um presente tão atencioso para Whit. Eu poderia dizer que ele estava tão chocado quanto eu. Principalmente porque, mesmo no avião, ele ficou segurando no colo para ter certeza de que chegaria em casa com segurança.

A vida era boa. Não, a vida era incrível. Eu estava escrevendo e passando tempo com Andy e Whit. Estava realmente vivendo em um conto de fadas. E estava passando a virada do ano com meus meninos. A vida não poderia ficar muito melhor do que isso.

Na verdade, era tão bom que quase disse a Whit em mais de uma ocasião que o amava. Porque eu definitivamente amava. Mas eu me acovardava toda vez, com muito medo de estar apressando as coisas.

Peguei a caixa de Lego e comecei a jogar todas as peças soltas no chão, mas deixando os que Andy havia construído na mesa de centro, porque aprendi da maneira mais difícil que não se mexe com os Legos de uma criança sem permissão.

Eu estava quase terminando de pegá-los quando ouvi a campainha tocar. Pensando que talvez fossem Whit e Andy, fui até a porta e a abri sem sequer olhar pelo olho mágico. Esse foi meu primeiro erro. Meu segundo erro foi não dizer absolutamente nada quando a vi.

Eu fiquei lá, olhando, o choque me deixando sem palavras, até mesmo imóvel. Era a mulher das fotos. Mas não poderia ser. Ela estava morta. Não estava?

— Oi? — Achei que talvez ela tivesse dito, mas era como se não pudesse ouvi-la. Sua boca estava se movendo, mas eu estava presa demais em minha mente para compreender uma palavra que ela estava dizendo.

— Desculpe? — falei, soando como se estivesse debaixo d'água. Tentei pensar. Tentei lembrar. Andy não me disse que ela estava morta? Talvez ele não tivesse dito. Talvez tenha dito que ela se foi.

Tinha que ser isso. Porque lá estava ela, murmurando palavras para mim que eu ainda não conseguia ouvir. Estava mais velha do que nas fotos, mas definitivamente era ela. Cabelos castanhos compridos, sardas e tudo, a inconfundível sarda grande bem no lábio superior. *Como Marilyn Monroe*, lembrava-me de pensar.

— Whitaker está em casa? — Eu a ouvi dessa vez.

Balancei a cabeça negativamente, mas não consegui formar palavras. Meu peito estava apertado. Muito apertado. E senti que não conseguia respirar. Nunca tive um ataque de pânico, mas estava começando a me perguntar se era assim.

— Sabe quando ele vai estar em casa? — Notei que o cabelo dela parecia muito ruim. Não como nas fotos. Suas roupas também. Pareciam gastas, velhas e um pouco sujas.

— Ele estará de volta em apenas um minuto. — Fiz as palavras se formarem. Não sabia como, porque sentia como se estivesse em algum tipo de torpor.

BAD BOY BILIONÁRIO

Ela olhou ao meu redor, além de mim, como se eu estivesse tentando mantê-la longe dele, algo que eu nunca faria, embora só de olhar para ela sentisse que meu coração estava partido. Como pude entender tudo errado? Por que não fiz as perguntas certas? Por que eu tinha sido tão burra e ingênua para apenas supor qualquer coisa?

— Posso entrar e esperar? — Ela parecia mais velha que Whit, mais dura ainda. Ela envelheceu muito desde as fotos que vi por toda a casa.

— Sim, claro — murmurei, abrindo mais a porta para que ela pudesse entrar. Eu não sabia o que dizer. O que fazer. Não poderia imaginar não deixá-la entrar. Era a mãe de Andy.

A mãe de Andy.

Deus, era como enfiar uma adaga no meu coração. Eu tinha sido burra em assumir que seria a mãe de Andy. Ele já tinha uma e agora ela estava parada ali no saguão de uma casa que não era realmente minha. Por um tempo, pareceu uma, mas agora que ela estava ali, era um lembrete de que tudo isso poderia ser temporário.

Ela me seguiu até a sala e se sentou no sofá enquanto eu continuava limpando a bagunça de Andy.

— Você é a babá ou algo assim? — perguntou.

Assenti lentamente.

— Algo assim.

Ai, meu Deus. Eu era a babá. Queria correr para algum lugar e ficar sozinha. Precisava processar tudo isso, mas não podia simplesmente deixá-la sozinha até que Whit e Andy voltassem.

Ouvi a porta da garagem abrir e imediatamente me levantei, colocando a caixa com os Legos na mesa rapidamente.

Caminhei em direção à porta da garagem, me sentindo ainda mais em pânico. Eu não sabia como, mas, por algum motivo, tive a sensação de que Whit ficaria tão satisfeito quanto eu com a presença de sua esposa sentada na sala de estar. Sua esposa. Meu Deus, eu ia vomitar.

Andy entrou correndo na casa primeiro.

— Adivinha, Grace? Vovó está aqui. Ela veio comer rosquinhas conosco. — Parecia que ele já tinha comido um donut. Seu rosto estava coberto de chocolate e ele era a coisa mais preciosa que já vi na minha vida. Meu coração queimava no meu peito.

Helen e Whit entraram logo depois de Andy, com as mãos cheias de café e uma grande caixa de donuts.

— O que está errado, querida? — Helen perguntou, colocando o café no balcão e vindo direto para mim. Ela usou as costas da mão para sentir minha temperatura. — Você está bem? Está tão pálida.

— O que está acontecendo? — Whit interrompeu, dando um passo em minha direção também.

— Temos companhia — avisei, olhando para a sala onde a mãe de Andy ainda estava sentada, olhando para todos nós.

— Ah — Helen suspirou e imediatamente agarrou a mão de Andy. — Sabe de uma coisa, amigo? — ela disse a ele. — Vamos pegar um donut e dar uma volta. A vovó quer um chocolate quente em vez de um café.

— Ahh, isso parece bom! — Andy exclamou, nem mesmo percebendo a mulher no outro cômodo.

Fiquei feliz por Helen ter assumido o comando. Não tinha ideia do que deveria fazer porque Whit não tinha me preparado para nada disso. Eu podia sentir minha ansiedade e tristeza sobre esta situação começando a se transformar em raiva. Como ele pode?

Helen puxou Andy de volta pela porta da garagem por onde eles haviam entrado e me lançou um olhar preocupado por cima do ombro quando seu filho finalmente colocou os donuts no balcão da cozinha, aparentemente sem palavras.

— Carolina — ele disse suavemente. Era quase um sussurro, um apelo, uma prece. Seu rosto estava cheio de toda a culpa que ele sentia, mas eu não conseguia lidar com isso.

— Estou saindo. — Comecei a correr, pegando minha bolsa, calçando os sapatos e tentando achar minha carteira. Foi uma bagunça. Estávamos em casa há menos de doze horas e eu não tinha ideia de onde estava metade das minhas coisas.

— Não. Fique — implorou. — Vou falar com ela e depois conversamos.

Neguei com a cabeça.

— Tudo bem. Fale com ela. Preciso de um tempo.

Eu não sabia para onde estava indo ou o que faria, mas senti que morreria se não saísse dali. Eu não conseguia respirar. Não conseguia pensar.

De repente, um par de braços me envolveu por trás e pude sentir o cheiro picante do meu Whit, só que não sabia se ele era mais meu. E agora seus braços pareciam estar me sufocando.

— Grace. Quando você voltar, conversaremos. Ela vai embora e vamos conversar.

BAD BOY BILIONÁRIO

Dei um tapinha em sua mão com a minha, tentando oferecer a ele um mínimo de segurança que eu não tinha.

— Pegue o serviço de carro. Por favor. Tenho que saber que você está segura.

Assenti e praticamente corri para a porta da frente. Quando estava na rua, tomei um grande gole de ar frio, puxei o capuz da jaqueta sobre a cabeça e deixei as lágrimas caírem. Muitas lágrimas.

Usei meu celular para ligar para o serviço de carros e disse a mim mesma que, quando o carro viesse me buscar, eu teria parado de chorar.

Então, enquanto esperava, cedi ao meu desejo de deixar o pranto escorrer do meu rosto como dois rios dos meus olhos. Deixei-me lamentar o que poderia ser o fim de um dos melhores momentos da minha vida.

Onde essa mulher estava? Por que ela voltou agora? E se ela quisesse sua família de volta? Meu Andy não merecia isso? Meu coração disse que sim. Um sim enorme. Mas minha cabeça rejeitou. Ele era meu e eu era dele. Assim como Whit e eu.

Quando o carro parou, enxuguei minhas lágrimas e vesti a fachada de adulta. Eu era uma adulta, poderia lidar com isso. Enquanto o motorista se afastava, olhei para minha casa nos últimos meses, sentindo como se estivesse deixando as duas metades de todo o meu coração para trás.

VINTE E CINCO

GRACE

A esposa dele não estava morta. Fiquei parada na frente da Target, me sentindo um pouco mais do que embriagada. Talvez eu tenha subestimado a quantidade de álcool que meu corpo pode realmente ingerir sem ficar realmente bêbado. Ou talvez eu só tivesse perdido a conta de quantas margaritas eu tinha tomado. Tudo o que sabia era que estava agradecida pelas batatas fritas e salsa que comi com todas aquelas bebidas. Eu não estava muito bêbada para saber que elas estavam me salvando neste momento. Isso e o serviço de carro do Whit.

Passei pelas bolas vermelhas na frente, decidindo que provavelmente era uma má ideia tentar ficar em cima de uma, embora eu realmente quisesse. *Viu?* Eu não estava tão bêbada.

Entrei na loja e fui direto para a parte de um dólar, que agora era chamada de algo como o Bullseye Playground, que achei uma burrice enorme. O setor de um dólar era aquilo e pronto. Eu não me importava se eram três dólares ou um só, poderia ficar lá pelo menos uma hora comprando toda a merda que eu realmente não precisava. Examinei a seção, percebendo o quanto havia perdido na Target. Não tinha entrado lá desde que me mudei para cá meses atrás, e foi por isso que vim aqui. Queria me sentir um pouquinho em casa. Algo familiar. Senti uma lágrima queimar no canto do meu olho direito e rapidamente a enxuguei, tentando não parecer a louca chorando na Target hoje. Porém, quanto mais olhava, mais percebia que sentia falta de casa. Sentia falta da minha mãe, dos grãos e de bacon nas manhãs de sábado. Sentia falta do meu pai trabalhando no meu carro nos fins de semana, em coisas que realmente não precisam de conserto, mas o tirava de casa, então ele não se importava.

Sentia falta de saber das coisas e de estar confortável. Tudo sobre a cidade era tão estranho para mim e agora era como se eu nem conhecesse mais meu melhor amigo.

Whit.

Mas ele era mais do que isso agora. Não era?

E Andy. Meu menino. Meu bebê. Com que rapidez ele ganhou meu coração. O que eu faria se eles não me quisessem mais?

Peguei um gorro de malha da caixa de um dólar e o enfiei na cabeça, empurrando-o para baixo para cobrir meus olhos lacrimejantes.

Eu sabia o que fazer. Eu iria embora e os deixaria serem felizes para sempre. Meu Andy merecia e meu Whit também. Eles poderiam ser uma família. Era o certo. Eu era a intrusa aqui. A outra mulher.

Deus, eu queria chorar. Em vez disso, puxei o gorro um pouco para cima e percebi que estava com os pés trêmulos. Eu precisava de um carrinho. *Isso ajudaria*, meu cérebro confuso me disse.

Voltei para a frente da loja e examinei os carrinhos, meus olhos pousando nos grandes e compridos que tinham dois assentos grandes na frente para que as mães pudessem empurrar seus filhos pela loja sem que eles criassem confusão.

Olhei para eles, desejando que minha mãe estivesse aqui para me empurrar quando meus olhos se moveram para a direita e pousaram em uma daquelas scooters automáticas que obviamente eram para pessoas com deficiência se locomoverem pela loja. Caminhei até lá com os pés tropeçando, decidindo que realmente sentia que precisava de um.

Foda-se, pensei. Se esta era minha última noite em Nova Iorque, então eu estava afundando em uma explosão gloriosa. Mas primeiro certifiquei-me de que havia muitos carrinhos para clientes com deficiência. Eu não era um monstro, mesmo bêbada.

Sentei-me e coloquei os pés na máquina, girando a chavinha para ligá-la. Um suor nervoso brotou em minha testa e olhei em volta, certificando-me de que estava sozinho.

Quando vi que, de fato, estava, decolei. Bem, para o corredor principal da loja. Enfim, realmente, rolei muito devagar, porque as coisas estavam lentas pra caralho e tive a sensação de que estava no fim da minha bateria. Só teria que fazer valer enquanto eu pudesse.

Encontrei o corredor da cerveja e, vacilante, fiquei de pés para chegar bem alto na prateleira a um grande pacote de vinte e quatro. Como eu não sabia nada sobre cerveja, a embalagem era a única coisa pela qual eu poderia julgá-la.

Coloquei as garrafas no carrinho na frente da minha scooter e fiz meu caminho por outro corredor em busca de algo doce. Porque eu não poderia tomar cerveja sem um docinho.

Depois de pegar meu rocambole Little Debbie, fui para a seção de frios em busca de sorvete quando vi um garotinho da idade de Andy.

Ele tinha cabelos loiros e um sorriso doce e sua mãe e seu pai estavam por perto examinando as prateleiras de cereais.

O anjo loiro me deu um aceno que fez meu coração pular no peito. Eu já sentia falta de Andy e haviam se passado apenas algumas horas. Como seria em um mês? Em um ano?

Seus pais chamaram o menino para perto, provavelmente porque eu estava olhando para ele como se fosse agarrá-lo, colocá-lo no meu carrinho de scooter e fugir.

O pai o pegou, lançando-me um olhar perplexo, a mãe se aproximando deles.

Lá eles estavam unidos, fazendo algo tão simples quanto comprar cereal para a família, e fiquei com uma inveja ridícula.

Não podia acreditar que tinha feito isso. Eu me apaixonei por ele. Meu Deus, fui muito burra. Disse a mim mesma uma e outra vez que Whit não era a pessoa certa para mim e nos últimos meses eu tinha esquecido. Eu me deixei esquecer. Queria esquecer. Eu o queria. Queria Andy. Queria a família. Mas não qualquer família. Eles. Eu os queria.

Senti-me começar a chorar de novo, então peguei os rocamboles da cesta e rasguei a caixa com os dentes como uma selvagem.

Abri o pequeno embrulho de plástico e dei uma mordida, sentindo uma pena extra de mim mesma enquanto dirigia em busca de sorvete.

Na seção de sorvetes, decidi que estava morrendo de sede depois do meu segundo pacote de rocambole, então peguei o pacote de cerveja, feliz por não ser uma garota elegante e ter escolhido uma que precisava de abridor.

Abri e tomei um longo gole da minha cerveja, decidindo que era a melhor parte do meu dia. Não que meu dia tenha sido bom de qualquer maneira.

Eu estava no meu segundo gole quando pensei ter ouvido alguém chamar meu nome.

Olhando em volta, decidi que não poderia ter sido comigo. Eu não conhecia ninguém neste lugar e estava indo para casa amanhã, então não importava que alguns estranhos me vissem esta noite. Eu estava fora. Chega da cidade de Nova Iorque. Eu estava largando essa vaca. Ela me mastigou e me cuspiu fora.

BAD BOY BILIONÁRIO

— Grace, é você? — Ouvi atrás de mim e me virei no meu assento, admirando o quão legal era esse carrinho, já que o banco realmente virou. Eu precisava comprar um desses.

E então a vi. Claro. Soraya. Ela era a última pessoa que eu queria que me visse assim. Especialmente desde que ela sempre parecia tão resolvida. E aqui estava eu com meu macacão tie-dye, um par de chinelos e uma garrafa de cerveja na mão, andando em um maldito carrinho de deficientes ao redor da Target como uma idiota.

Ela estava caminhando rapidamente, o sorriso em seu rosto mudando para um olhar de preocupação. Admirei seu vestido preto curto e salto alto antes de fazer a única coisa que poderia pensar em fazer e puxei o gorro sobre o rosto, fingindo que, se eu não podia vê-la, então ela definitivamente não podia me ver.

— Oi, Grace. — Ouvi bem na minha frente, então levantei a aba do gorro apenas o suficiente para descobrir minha boca e tomei outro longo gole de cerveja. Meu Deus, era bom. Eu não sabia como, mas cada gole estava ficando cada vez melhor.

Senti o gorro sendo puxado do topo da minha cabeça até que finalmente meu rosto ficou completamente descoberto para revelar Soraya parada na minha frente com meu gorro na mão.

— Pensei que fosse você — disse ela, claramente me estudando e minha situação. E eu? Eu estava claramente bêbada. E a minha situação? Era muito claro que não era boa.

Soraya se agachou ao meu lado com olhos preocupados.

— Como vai, mocinha? — ela perguntou e as comportas se abriram.

E elas não abriram lentamente. Foram arremessadas pela torrente de lágrimas que escorriam dos meus olhos.

— Ai, querida — suspirou, inclinando-se para me abraçar ao mesmo tempo em que pegava a garrafa das minhas mãos. — Deixe-me levar isso para você.

Mas segurei firme. Whit e Andrew não eram mais meus. Tudo o que eu tinha agora era meu rocambole e minha cerveja. Eu nunca os soltaria.

Afastei-me e agarrei minha cerveja contra o peito no momento em que um homem com uma camisa preta que dizia "segurança" na frente se aproximou de nós.

— Com licença, senhora, mas vou precisar que me dê a cerveja e, por favor, venha comigo.

Eu deveria ter ficado alarmada, até mesmo escandalizada. Inferno, eu estava andando de scooter pela Target enquanto empurrava bolinhos com cerveja pela garganta. Cheguei muito no fundo do poço, mas felizmente para mim eu estava bêbada demais para me importar.

Soraya, porém, era outra história. Ela pulou e se aproximou do homem, sussurrando, enquanto eu saboreava a última metade da minha cerveja. Engoli, com medo de que alguém pegasse antes que eu pudesse terminar.

Não sei como Soraya conseguiu, mas, depois de falar com ela, o segurança me olhou demoradamente antes de nos deixar sozinhas no corredor do freezer.

Ela se abaixou diante de mim novamente.

— Posso pegar a cerveja agora, Grace?

Ela parecia patética e um pouco assustada, então entreguei a ela a garrafa. Estava vazia de qualquer maneira.

Um olhar de alívio cruzou seu rosto tão rapidamente que quase perdi.

— Acha que consegue dirigir esta coisa até a frente e estacioná-la para mim?

Imediatamente decidi que era uma péssima ideia. Eu nem tinha chegado aos livros de romance e a Target geralmente tinha uma boa seleção.

— Provavelmente não — respondi honestamente. Eu não estava com muita disposição para rodeios.

A expressão aliviada de Soraya havia desaparecido há muito tempo, enquanto ela se inclinava para mim e falava com uma voz que só poderia descrever como severa.

— Olha, mocinha. Você está assustando as crianças aqui. Leve seu traseiro bêbado para a frente da loja e estacione esta maldita coisa agora mesmo.

Senti meu lábio inferior começar a tremer.

— Estou assustando as crianças? — Não queria que as crianças tivessem medo de mim. Eu adorava crianças. Inferno, meu trabalho era cuidar de crianças. Bem, foi um dia. Acho que não tinha mais emprego. Meu Deus, eu era patética.

— Tudo bem — murmurei, uma lágrima escorrendo de um dos meus olhos, enquanto me virava no assento e me preparava para partir, bem devagar, para a frente da loja.

— Espere — chamou Soraya rapidamente, parando na minha frente e se inclinando. — O que está acontecendo, Grace? Por que você está aqui tão tarde? Onde está Whit? Por que você está tão triste? Devo ligar para ele?

Meus ombros caíram quando coloquei minhas mãos no guidão da scooter.

BAD BOY BILIONÁRIO

175

— Não! Absolutamente não. — Acho que a palavra absolutamente não saiu como eu queria, mas ela deve ter entendido a essência. — Vamos conversar enquanto eu dirijo. — Virei para o corredor principal, pronta para derramar minhas entranhas. Eu precisava de alguém para contar e não poderia ligar para minha mãe e dizer a ela. Porque vamos ser realistas. Ela pensou que toda essa coisa de Nova Iorque era estúpida de qualquer maneira. E agora eu teria que voltar para casa sem emprego. Sem nenhum livro pronto. E com o coração partido. Não estava pronta para receber um "eu te avisei" ainda. E esqueça meu pai. Ele realmente ia atirar em Whit.

— Ela está de volta — acho que saiu meio arrastado, mas ela entendeu a essência.

A testa de Soraya franziu.

— Quem é ela?

Uma lágrima escorreu pela minha bochecha.

— A mãe de Andy.

— Ah, merda. — Ela olhou ao redor da loja. — Vamos, vamos para o corredor da cerveja antes de sairmos. Tenho a sensação de que vamos precisar.

Ela não estava errada.

VINTE E SEIS

WHIT

Foda-se . Eu precisava de café e precisava de Grace. Passei o dia todo ontem tentando encontrá-la depois que Victoria foi embora. Percebi que tinha muito a explicar e não a culpei nem um pouco por estar com raiva de mim. Toda essa situação fodida caiu diretamente sobre meus ombros e eu queria consertar, mas ela estava tornando as coisas muito difíceis, já que eu nem conseguia encontrá-la.

Eram cinco da manhã quando finalmente desisti de dormir para descer para tomar um café e o fato de que Grace ainda não estava aqui cozinhando tempestuosamente e sendo adorável pra caralho me destruiu.

Onde diabos ela estava? Entrei em contato com o serviço de carros ontem e eles me disseram que a levaram para um restaurante mexicano e depois para a Target naquela noite. Eles não tiveram notícias dela desde então. Entrei em contato com Tig como último recurso. O cara ainda não confiava completamente em mim. E, depois da mensagem que enviei a ele ontem à noite, tive a sensação de que estava em uma merda ainda maior com ele. Simplesmente perguntei se ele teve notícias de Grace hoje e ele apenas respondeu com: "porra, você perdeu a minha priminha?". Depois disso, eu realmente perdi a cabeça. Esperava que ela estivesse com Tig e Delia. Estava com medo de que ela estivesse perdida ou, pior ainda, simplesmente sumida. E se alguém a tivesse levado? Ela ainda era tão ingênua sobre os perigos da cidade.

Isso foi tudo culpa minha e, quando Andrew viesse aqui para o café da manhã, eu teria que explicar a ele que Grace ainda não estava em casa. E se ela nunca quisesse voltar para casa? Nossos corações estariam partidos. O de Andrew e o meu. Mas ele não merecia isso. Foi tudo por causa da minha burrice.

Victoria não passou muito tempo aqui. Ela geralmente não ficava. Apenas tempo suficiente para pedir o que queria e para eu dizer não.

A cada um ano ou um ano e meio, ela aparecia, mas nunca pelos motivos certos. E eu precisava desesperadamente explicar tudo isso para Grace, mas ela estava longe de ser encontrada. Mesmo que a encontrasse, ela poderia decidir que não era isso que queria para sua vida. Seria difícil pra caralho de engolir, mas eu teria que respeitar isso.

Servi-me de uma xícara de café e andei pela cozinha, sentindo tanto a falta dela que pensei que fosse morrer.

Levei meu café para cima e abri a porta de seu antigo quarto, que ela ainda usava como escritório. Ela dividia um quarto comigo agora. Suas roupas estavam ao lado das minhas. Seu corpo junto ao meu à noite.

Ela ainda trabalhava neste quarto, no entanto. Eu também tinha uma leve suspeita de que ela e Andrew ainda pulavam na cama aqui e o pensamento me fez sorrir.

Andei em volta, verificando suas plantas que eu sabia que ela cuidava muito bem antes de caminhar até sua mesa que estava coberta de Post-its de todas as cores. Eles pareciam um pouco com um mapa e eu os li, percebendo que ela estava escrevendo uma história sobre uma garota que se mudou para a cidade grande de uma pequena cidade do sul e encontrou o amor. Meus olhos ardiam com lágrimas não derramadas. Eu não chorava há anos. Não desde que Victoria traiu Andrew e eu pela primeira vez. Meu Deus, eu amava Grace.

Amor. Eu sabia que ela me amava. Teria que contar com isso para trazê-la de volta para mim e para que pudesse explicar.

Estava fechando a porta do seu escritório e voltando para o meu quarto quando meu telefone apitou com uma mensagem no bolso da calça do meu pijama de flanela.

Tirei-o rapidamente, quase queimando a mão com o café. Estava rezando para que fosse Grace e fiquei desapontado ao ver que era de Graham. Abri e minha decepção desapareceu quando li seu texto.

> Graham: Grace está aqui. Ela passou
> a noite ontem.

Deixei escapar um longo suspiro, que senti como se estivesse segurando desde que ela saiu e não consegui encontrá-la. Porra, eu estava feliz por ela estar com Soraya e Graham. Ela estava segura. Isso era tudo o que importava. Mas eu tinha um monte de perguntas sobre como ela foi parar lá e se planejava voltar para casa.

> **Eu:** Como ela foi parar na sua casa?

Entrei no meu quarto e sentei na cama, esperando ansiosamente uma resposta que não vinha rápido o suficiente.

> **Graham:** Longa história. Mas parece que Soraya a encontrou na Target e a trouxe para cá. Beberam muita cerveja e vinho e houve choro, mas ela está dormindo agora. Ouvi algo sobre a mãe de Andrew. Victoria apareceu?

Foda-se. Ela estava chorando. Aquilo quase partiu meu coração. Eu precisava vê-la agora. Mas, caramba, eram cinco e meia da manhã e eu sabia que Graham me mataria se eu batesse em sua porta agora.

> **Eu:** Sim. Não contei a Grace sobre ela. Preciso vê-la.

Não demorou muito para Graham responder desta vez.

> **Graham:** Foda-se. Bem, ela sabe agora. Dê-lhe algum tempo.

> **Eu:** Exatamente. Vai me avisar quando ela estiver acordada? Preciso falar com ela.

Se eu fosse de roer unhas, estaria mordiscando, mas não estava, em vez disso, apenas deitei na minha cama, olhando para o teto e rezando para que o tempo passasse rapidamente para que eu pudesse ver minha Grace.

> **Graham:** Aviso. Mas você pode querer dar a ela algum tempo, cara. Ela parecia muito confusa ontem à noite. Soraya também não está muito impressionada com você agora.

Estou fodido. Fiquei feliz por Grace ter alguém em quem confiar, mas era uma droga ouvir que eu precisava esperar. Porque, quanto mais cedo eu contasse a ela a verdade sobre tudo, mais cedo ela poderia voltar para casa

BAD BOY BILIONÁRIO

e, com sorte, me perdoar. Mas e se ela não me perdoasse? E se decidisse que isso era demais? Graham estava certo. Eu tinha que lhe dar tempo e esperava que ela me contatasse quando estivesse pronta. Eu poderia esperar. Poderia ser paciente. Certo?

VINTE E SETE

GRACE

Ah, cara, eu senti como se o inferno tivesse esquentado. Rolei e tentei abrir uma pálpebra, mas a luz do sol quase me matou, então fechei e fiquei lá, metade do meu rosto enterrado nos lençóis e edredons. Senti algo duro contra minha bochecha, estendi a mão e puxei um maldito Lego do meu rosto, que estava preso lá. Era rosa em vez do habitual vermelho ou azul que eu normalmente pisava e senti as lágrimas correrem em meus olhos.

De repente, lembrei que não estava em casa. Não estava com meus meninos. Senti falta de Andy e seus Legos azuis. Em vez disso, eu estava dormindo na cama de Chloe, já que ela passou a noite com a mãe biológica.

Não me lembrava muito de ontem, mas meu estômago sim. Margaritas, batatas fritas e salsa, alguns Little Debbies e cerveja aparentemente não combinavam bem. Rolei e um pouco de ácido subiu pela minha garganta, e me lembrei de nunca mais fazer isso.

Olhei para o teto tentando descobrir o que faria. Passei boa parte da noite chorando no ouvido de Soraya sobre tudo isso. A pobre mulher ficou acordada a noite toda ouvindo minha loucura enquanto Graham lidava com Lorenzo. Eu teria que comprar um belo presente de agradecimento para os dois, fazer uma refeição incrível ou algo assim.

Ouvi uma batida suave na porta e então Soraya a abriu.

— Se importa se eu entrar? Eu tenho café.

Sentei-me e olhei ao meu redor. Estava de ressaca em uma cama de princesa rosa que parecia a carruagem de abóbora da Cinderela. Se eu não tivesse uma dor de cabeça tão forte, teria rido. Isso, e se eu não estivesse tão deprimida.

Aposto que Whit pensou que eu era louca fugindo de lá como fiz. Pelo menos ele não sabia sobre meu passeio pela Target. Meu Deus, eu me odiava hoje.

— Sim, por favor, entre — chamei, fazendo sinal para ela entrar e tentando ao máximo arrumar meu cabelo um pouco. Eu tinha certeza de que parecia ter sido atropelada neste momento.

— Como você está nesta manhã? — perguntou, entregando-me uma xícara gigante de café fumegante. Eu poderia tê-la beijado.

— Principalmente triste e envergonhada — admiti, tomando um gole do delicioso café.

Ela se sentou na outra ponta da cama com sua própria xícara.

— Por favor, garota, não fique envergonhada. Estou tão feliz por ter encontrado você. Foi como o destino.

Destino.

Ela soava como Whit.

— Bem, obrigada. Não sei o que teria feito ontem à noite sem você. Eu provavelmente estaria na cadeia.

Ela assentiu.

— Você provavelmente está certa. — Ela riu levemente. Depois que a risada morreu, perguntou: — Então, já decidiu o que vai fazer?

Neguei com a cabeça.

— Não. Me sinto perdida.

— Entendo. — Ela respirou fundo. — Posso te dar uma ideia? Agora que você está sóbria e tudo mais?

— Por favor. — Tomei um gole e esperei, precisando de conselhos. Nunca estive apaixonada como estava por Whit. E por Andy, aliás. Eu era jovem e sem noção de tantas coisas. E respeitava Soraya. Muito.

Ela se recostou no grande estribo da cama e cruzou os tornozelos, ficando confortável.

— Quando Graham e eu começamos a namorar, pensei que ele era um homem solteiro sem nenhum apego. Não estávamos juntos há muito tempo quando ele soube que tinha uma filha com outra mulher. Uma mulher que não havia contado a ele sobre Chloe. Uma mulher que o queria de volta. Ela queria que eles fossem uma família.

Eu conhecia esta história. Tig e Delia já tinham me contado, mas escutei o lado dela.

— Chloe não foi a parte difícil. Nunca. Ela era incrível e eu a adorava. A parte difícil era a outra mulher. Porque ela queria o meu homem. Queria uma família com ele, e pensei que Chloe merecia isso. Graham teve que me lembrar que ele me amava e não a mãe de Chloe. E que, no fundo, nem sempre uma família é tradicional. São apenas as pessoas que te amam e, quanto mais pessoas te amam quando você é criança, melhor. Mas também tive que aceitar o fato de que a mãe de Chloe sempre estaria em nossas vidas.

Concordei com a cabeça, incentivando-a para continuar.

— Grace, não acho que Whit queira uma família com a mãe de Andrew. Acho que ele quer uma com você. — Sorriu, doce. — Mas você terá que decidir se consegue lidar com o fato de a mãe de Andrew estar sempre por perto, se é isso que Whit quer.

Suspirei.

— Você tem razão. Isso é muito. — Meu cérebro e emoções estavam em todo lugar. Provavelmente porque eu não tinha informações suficientes. Eu não sabia por que ela apareceu. Onde esteve e isso me deixou com raiva de Whit. Por que ele não me contou tudo isso? Ele não confiava em mim? Ele me amava mesmo? Nem tinha me dito que me amava ainda. Talvez não. Talvez toda a sua conversa sobre nós sermos uma coisa fosse apenas um monte de besteira . Mas meu coração não acreditava nisso.

— É muito mesmo — concordou Soraya. — Acho que é por isso que você deveria conversar com Whit e depois tomar sua decisão.

Ela estava absolutamente certa. A ideia de ter uma conversa com Whit me deixou enjoada. E se ele acabasse com isso? Eu o amava tanto. Isso acabaria comigo.

Meu telefone tocou na minha bolsa no chão e me inclinei para pegá-lo. Puxei-a para a cama, procurando meu telefone, nem mesmo percebendo que o trouxe comigo.

Quando finalmente o encontrei, ele tinha dez por cento de bateria sobrando e cerca de cem mensagens de Whit. Eu me senti péssima. Precisava falar com ele e iria. Voltaria para casa em breve, mas só precisava de um pouco de tempo para me recompor. Verificaria as mensagens mais tarde, quando estivesse pronta.

— O quê? — Soraya perguntou.

— Hmmm. — Esfreguei os olhos, oprimida.

— Você vai falar com ele?

— Sim, só preciso de um pouco de tempo para pensar e clarear minha cabeça. Eu estava pensando em dar uma volta.

Ela me olhou de cima a baixo.

— Quer tomar um banho e pegar algumas roupas emprestadas?

— Meu Deus — gemi. — Isso seria incrível. Estou com cheiro de cerveja barata, molho e rocambole.

BAD BOY BILIONÁRIO

Ela riu.

— Garota, você com certeza sabe como sentir pena de si mesma.

Eu ri também. Ela não estava errada.

— Só para você saber — começou Soraya, levantando-se da cama. — Graham avisou a Whit sobre onde você estava. Ele estava te procurando por toda parte. Além disso, avisei Tig também que você estava aqui. Todos os caras estavam te procurando ontem à noite.

— Obrigada — pedi, muito envergonhada. — Sinto muito por ser um fardo.

— Você não é um fardo, Grace. De forma alguma. Só queria que soubesse que eles sabem que você está segura.

Agradeci novamente, saí da cama de Chloe e bebi o resto do meu café.

Tomei um banho rápido, lavei o cabelo e deixei secar ao ar livre, depois vesti uma roupa de Soraya e um par de tênis. Graças a Deus, éramos do mesmo tamanho.

Era um dia bonito, mesmo que estivesse muito frio, então decidi dar um passeio, clarear a cabeça e pensar.

Por horas, vaguei pela cidade com muitas saudades de Andy e Whit. Parecia que eu estava perdendo um membro do corpo sem eles. Pensei no que Soraya disse, e como Graham a escolheu e, finalmente, ela decidiu que ele valia a pena.

Acho que, se minhas circunstâncias fossem as mesmas, eu teria decidido que Whit também valia a pena. Mas elas não eram. E eu não sabia em que diabos estava me metendo quando falei com ele.

Mas decidi, enquanto vagava pelas ruas da cidade de Nova Iorque, que se Whit me quisesse, e contanto que me escolhesse nesta vida, então eu o escolheria. A menos que tivesse que escolher entre ele e Andy. Então seria um impasse.

Perambulei pela Times Square de novo e agora era como se eu quase não percebesse mais a agitação de tudo isso. Não me impressionava como meses atrás. Porque agora eu fazia tanto parte de Nova Iorque quanto ela. Balancei a cabeça com a loucura que era o anúncio de equipamento de futebol com o homem bonito e a cabra malhada com um sorriso.

Tanta coisa mudou desde então. Eu era uma pessoa diferente. Não estava apenas morando em Nova Iorque para perseguir meu sonho de me tornar uma grande escritora. Eu estava vivendo um tipo de sonho completamente diferente com Whit e Andy agora. O mero pensamento de que isso acabou era de partir a alma.

Eu estava muito cansada, meus pés estavam me matando, e era quase pôr do sol quando avistei a conhecida barraquinha de café a cerca de trinta metros de distância. Não poderia ser. Eu não fui ao Anil desde aquele dia em que estava procurando emprego e encontrei Whit.

Quanto mais perto eu chegava, mais percebia que era mesmo de Anil. Bem, você não imaginaria. Eu estava ainda mais cansada do que na primeira vez que encontrei o lugar. Entrei na fila, ansiosa pelo café mais gostoso da cidade.

Desta vez, soube pedir apenas um café preto com muito açúcar e creme, graças a Whit. Deus, eu sentia falta dele. Iria para casa falar com ele assim que tomasse este café. Eu estava pronta.

Virei-me, ansiosa para me sentar no banco onde tivemos nossa primeira conversa real, quando meu coração disparou no peito e congelei no lugar.

Porque lá estava ele, com seus mais de um metro e oitenta. Parecendo um maldito sonho. Tomando um café e sentado lá como se estivesse esperando por mim o dia todo. Mas não podia ser, porque nem eu sabia que viria para cá.

Ele parecia tão surpreso quanto eu e não pude deixar de dar uma pequena risada.

Destino.

Esse homem maluco tinha que estar certo. Porque o destino estava sempre nos unindo.

E ele não se importava com meus planos ou o que eu queria ou como achava que as coisas deveriam ser. Porque eventualmente o destino me colocaria exatamente onde eu deveria estar e com quem deveria estar, fazendo exatamente o que deveria estar fazendo.

— Sente-se — Whit me pediu, em uma voz que era definitivamente ilegal em 46 estados.

VINTE E OITO

WHIT

Eu não podia acreditar em meus olhos. A princípio, quando a vi em pé na barraquinha de café fazendo um pedido, tive certeza de que eles estavam me enganando. Mas então ela começou a caminhar em minha direção e meu estúpido coração apaixonado saltou em meu peito.

Ela fez uma pausa e olhou para mim como se eu fosse um fantasma. Nós dois, apenas nos encarando como se o outro não devesse estar ali.

Destino. De novo.

Foi cômico. E então eu disse a única coisa que consegui pensar em dizer, exatamente como naquele dia:

— Sente-se. — Fiz um gesto para o lugar no banco ao meu lado.

Ela sorriu.

— Mas você é um estranho.

— Meu nome é Whitaker Aldrich. E eu estou apaixonado por você.

O sorriso se desfez em seu rosto e seus olhos castanhos se encheram de lágrimas.

— Sou Grace Abernathy e estou apaixonada por você também. — Ela timidamente se sentou no banco ao meu lado, mas seu olhar líquido nunca vacilou do meu. — O que fazemos agora?

Virei-me para ela.

— Eu falo. Você escuta. E então, assim espero, vamos para casa. Juntos.

— Ok.

Respirei fundo, preparando-me para a dor em meu coração que sempre estava lá quando eu contava essa história. E foi por isso que quase não contei a ninguém. Foi por isso que eu não tinha contado a Grace ainda.

— Victoria e eu nos conhecemos há cerca de dez anos por meio de um amigo em comum que nos apresentou. Rapidamente nos tornamos inseparáveis. Mas ficou claro depois, de um ano de namoro, que ela tinha muitos problemas de saúde mental. Mas eu fiquei por aqui. Estava apaixonado por ela. Casei-me com ela. E tentei o meu melhor para ajudá-la. Tivemos nossos altos e baixos, com certeza. Às vezes eu achava que ela abusava dos remédios prescritos pelos médicos para depressão ou ansiedade e nós brigávamos, mas, quando descobrimos que ela estava grávida, eu sabia que isso iria ajudá-la e possivelmente nos salvar.

Senti aquela sensação familiar de pavor em meu estômago de sempre que contava a alguém e engoli a saliva que enchia minha boca.

A mão de Grace se arrastou pelo banco até segurar a minha e dei um suspiro de alívio, entrelaçando nossos dedos. Eu não sabia se ela me deixaria fazer isso de novo. A mão dela na minha me deu a coragem de que precisava para continuar.

— Mas Andrew não a salvou e com certeza não nos salvou. Depois que ele nasceu, sua depressão piorou. Sua ansiedade atingiu o ponto mais alto de todos os tempos. Foi ruim e imediatamente entrei no modo maníaco por controle, certificando-me de que ela tomasse os comprimidos, que ela fosse às consultas de terapia. Ela me acusou de a estar sufocando, a controlando. E eu provavelmente fiz isso mesmo. Mas tínhamos um bebê. Ela era minha esposa. Eu a queria saudável e feliz.

"Pensei que Andrew nos aproximaria, a faria querer ser melhor, mas o ano depois que ela o teve foi o pior de todos. Ela ficou fora de controle, chegando ao ponto de deixar Andrew com babás o dia todo enquanto ia para Deus sabe onde."

Porra, isso era difícil. O ano após o nascimento de Andrew deveria ter sido o melhor da minha vida e agora, olhando para trás, foi o ano em que tudo desmoronou.

Grace se aproximou de mim no banco, apertando minha mão.

— Está tudo bem, Whit. Você não tem que...

Coloquei meu café no braço do banco.

— Não, eu quero. Preciso que você saiba. Ela finalmente nos deixou, Grace. Voltou para a casa de seus pais ricos. Mas nem eles conseguiram salvá-la. Ela está nas ruas há anos. Drogas — apressei-me em dizer.

— Meu Deus, Whit. Sinto muito. — Sua mão deixou a minha, mas seus braços me envolveram como o cobertor mais quente do mundo.

Beijei o lado de seu rosto, a mancha sob o olho, a ponta do nariz.

— Meu Deus, senti sua falta.

— Eu também senti a sua — ela sussurrou em meu ouvido, me segurando forte.

BAD BOY BILIONÁRIO

187

Afastei-me para que eu pudesse olhar em seu rosto quando contasse a ela a próxima parte.

— Ela só vem me ver se quer dinheiro e eu nunca dou a ela. Ninguém mais lhe dá dinheiro. Ela só usa para comprar drogas. Andrew sabe que ela está doente. E sabe também que, se ela estiver melhor e quiser vê-lo, eu vou deixar. — Agarrei os lados de seu rosto, segurando-a. — Grace, estou te contando isso porque um dia, se Victoria estiver limpa e quiser fazer parte da vida de Andrew, ela fará parte das nossas também. E se você vai fazer parte da nossa família, preciso saber se concorda com isso. Mas eu não a amo há muito tempo. E nunca a amei como te amo.

Ela sorriu de volta para mim e colocou uma de suas mãos sobre as minhas que estavam ao redor de seu rosto.

— Claro que quero que Andy conheça sua mãe e que ela o conheça. Quero isso para ele mais do que qualquer coisa. E espero que ela encontre seu caminho para que ele consiga. Mas, se isso nunca acontecer, e mesmo que aconteça, sempre estarei lá por ele.

Foda-se. Meu nariz ardia e meus olhos também. Puxei o rosto dela para o meu e dei um beijo nela bem ali no meio da calçada e não dei a mínima para quem viu.

— Sinto muito por não ter contado antes. É tão difícil para mim falar sobre isso. Isso me faz sentir como se eu tivesse falhado com minha família.

— Não. Você tentou, mas não pode salvar alguém que não quer ser salvo, Whit. Ela passou a mão pelo meu cabelo e deu um beijo na minha testa.

— Leve-me para casa, Whit. Sinto falta do meu menino — sussurrou contra meus lábios e me levantei, puxando-a comigo.

Estávamos a apenas trinta metros do banco quando ela parou e olhou para mim.

— Há apenas mais uma coisa sobre a qual precisamos conversar.

— Sim? — perguntei, preocupado que tivesse perdido alguma coisa.

— Você tem que parar de me perseguir por toda a cidade — ela disse com um sorriso e começou a andar novamente.

Acompanhei o passo ao lado dela e passei o braço sobre seu ombro.

— Vamos, Carolina. Admita, você colocou algum tipo de aplicativo de rastreamento no meu telefone, não foi?

Ela tentou me afastar de brincadeira e eu me inclinei e beijei sua orelha antes de sussurrar nela:

— Admita, Grace. É o destino.

EPÍLOGO

GRACE

— Vamos, Carolina! — Andy gritou comigo do lado de fora da porta do banheiro. Eu estava terminando meu cabelo e maquiagem e meu garotinho tinha a paciência de um mosquito.

— Eu estou indo, amigo. Qual é a pressa?

Era o início da primavera e meus meninos queriam passear pela cidade e jantar fora esta noite. Eu estava dentro, já que a noite estava muito bonita, mas fiquei surpresa com a forma como Andy estava me apressando. Ele nunca tinha feito isso antes.

— Estou morrendo de fome e papai também! — Sua voz doce do outro lado da porta me fez sorrir.

— Está bem, está bem. Estou correndo. — Tal pai, tal filho. Era como se esses caras nunca estivessem sem fome. O que era bom. Eu adorava alimentá-los.

Olhei-me no espelho. Eu não parecia tão mal, mas definitivamente não estava bem-vestida. Se andaríamos muito, eu queria estar confortável. Estava em Nova Iorque há cerca de oito meses e não consegui me acostumar tanto assim a andar. Principalmente por causa do maldito serviço de carro de Whit. Isso estava me estragando.

Eu usava uma regata verde-esmeralda que lembrava os olhos de Whit e Andy, um jeans skinny e um Converse branco. Teria que servir para um encontro à tarde com meus meninos.

Abri a porta para encontrar Andy e Whit parados ali.

— Por que demorou tanto? — Andy choramingou.

— Eu estava ficando bonita para vocês — respondi, tentando acalmá-lo.

— Essa merda é besteira, Carolina. Você já é muito bonita — Andy disse, e tive que morder meus lábios para não sorrir.

— Andrew. O que eu disse a você sobre o uso de linguagem adulta? — Whit perguntou.

— Que eu não posso.

— Exatamente. Agora peça desculpas a Grace — exigiu Whit.

— Desculpe por dizer merda, Grace.

Desta vez, não consegui segurar a risada, mas Whit não aceitou.

— Andrew, juro... — Whit começou, mas o interrompi.

Erguendo a mão para Whit, inclinei-me e disse a Andy:

— Não use palavrões, amigo. Fico triste quando você faz isso. Ok?

— Tudo bem — respondeu, agarrando minha mão. — Podemos ir agora?

Eu apenas neguei com a cabeça e sorri, enquanto ele me puxava pela casa até a porta da frente, onde um carro estava esperando na rua. Um Whit resmungando nos seguia, nem um pouco satisfeito com as travessuras de Andrew.

— Nós não estamos dirigindo sozinhos hoje? — perguntei, avistando o carro.

— Hoje não — Whit respondeu, enquanto todos nos amontoávamos na parte de trás do carro, onde o assento de Andy já estava esperando.

— Para onde vamos? — perguntei, animado com o raro dia em que não estávamos todos ocupados e podíamos simplesmente passar a tarde fazendo o que quiséssemos. Era um lindo dia de primavera, a temperatura não estava muito quente, mas definitivamente também não estava fria.

Com a agenda de futebol e escola de Andy na primavera, os dias ocupados de Whit no trabalho e meu próprio calendário maluco, estávamos precisando de tempo juntos. Sim, eu também estava ocupada agora, já que estava no meio da publicação de meu primeiro romance intitulado *Um amor na cidade*.

Nós andamos no trânsito e peguei a cidade que poderia finalmente chamar oficialmente de minha casa. Quase nunca mais me perdia e adorava a agitação da Big Apple. Não poderia imaginar chamar qualquer outro lugar de lar.

Mas tive a sensação de que tinha muito a ver com Whit e Andy e menos a ver com a cidade que tanto amava. Porque casa não era realmente um lugar. Tinha que ser onde quer que suas pessoas estejam. Tive sorte de as minhas estarem aqui neste lugar incrível.

Desde que fui para casa com Whit e Andy, voltamos facilmente às nossas velhas rotinas, porque era assim que as coisas costumavam acontecer entre nós. Fáceis.

Não tínhamos mais notícias da mãe de Andy, Victoria, mas, se tivéssemos, eu ficaria bem com isso. E, caso contrário, aprenderia a ficar.

Por Andy. Porque eu esperava com todo o coração que ela eventualmente se recompusesse e quisesse fazer parte da vida dele. Eu queria isso para ele. Mais do que qualquer coisa.

Paramos em um *food truck* familiar e eu ri.

— Planejando comer oito tacos hoje, querido? — perguntei a Whit.

— Talvez — ele disse, inclinando-se sobre a cabeça de Andy para beijar minha bochecha. — Só se minha acompanhante não roubar meus tacos.

Todos nós descemos do carro e Whit pediu comida para nós, enquanto Andy e eu procuramos uma loja de doces próxima.

Depois que todos pegamos nossos tacos, andamos pela cidade comendo e conversando. Andrew deixou cair mais de dois mil quilos de carne moída em sua camisa enquanto caminhávamos, mas todos nós rimos disso.

Eu tinha acabado de terminar o taco número três e estava empanturrada quando, a cerca de um quarteirão de distância, vi muito verde ao chegarmos na 6ª Avenida. Aquilo era uma coisa rara, então apertei os olhos, pensando que devia estar vendo coisas, mas só percebi que não estava vendo nada.

Havia plantas e flores e elas se alinhavam nas ruas pelo que eu podia ver de onde estava.

Acelerei o passo.

— Depressa, pessoal — chamei os meninos, que estavam jogando nosso lixo fora.

Eles correram atrás de mim até que finalmente me alcançaram e Andy segurou na minha mão.

— Este lugar se chama The Flower District — contou, olhando para mim.

— Caramba — suspirei ao nos aproximarmos. — Não posso acreditar que vocês estavam escondendo isso de mim. — Era a coisa mais linda que eu já tinha visto na vida.

Assim que chegamos, eu fiquei lá em êxtase. Ao meu redor havia pelo menos um bloco inteiro de flores frescas e lindas plantas domésticas. Era um oásis verde no meio de uma selva de concreto e eu girava em círculos, respirando o doce perfume ao meu redor.

— Acho que ela gostou, pai. — Ouvi Andy dizer.

Quando finalmente parei, vi os meninos a alguns metros de distância, ambos sorrindo para mim. Só que Whit estava ajoelhado, parecendo um pouco nervoso. Andy estava ao lado dele, sorrindo tanto que suas covinhas apareciam.

Andei em direção a eles lentamente, sentindo que talvez eu não estivesse vendo isso direito. Não poderia ser o que pensei que era. Mas meu

BAD BOY BILIONÁRIO

coração batia tão alto em meu peito que eu podia ouvi-lo, o que me dizia outra coisa.

Quanto mais perto eu chegava deles, mais percebia que isso definitivamente estava acontecendo. A caixinha preta na mão de Whit era uma baita revelação e respirei fundo ao finalmente parar bem na frente dele e de Andy.

Meus olhos imediatamente se encheram de lágrimas quando olhei ao redor do lugar mais bonito de toda a cidade e depois me foquei nos meus meninos.

— Gostou, linda? — Whit perguntou, seus próprios olhos brilhando com lágrimas não derramadas. Assenti com a cabeça, incapaz de dizer qualquer coisa. — Que bom. Estou guardando para uma ocasião especial.

Olhei para a caixinha em sua mão.

— Entendo — quase solucei, tão dominada pela emoção.

Whit mordeu o lábio com força e começou um dos discursos mais românticos que já ouvi na minha vida e que nunca esquecerei enquanto viver:

— Grace, eu poderia me ajoelhar aqui a noite toda e dizer a você um milhão de coisas que eu amo em você. Mas você já sabe o quanto te amo. O que não sabe é como minha vida é diferente agora que você me ama. — Ele parou e respirou fundo, soltando o ar, uma lágrima se acumulando no canto de um dos olhos. Rapidamente enxugou, com o ombro coberto pela camisa. — Eu não sabia como ter você mudaria a minha vida. Mas mudou. Porque a verdade é que, antes de te conhecer, eu estava com tanto medo de expor meu coração e o de Andrew novamente. Mas você, Grace, com seu grande coração, doce honestidade e com seu amor eterno me fez corajoso. Isso me fez querer mais. Com você. Me fez mais forte. Você nos completou. Muito obrigado por isso.

Enormes lágrimas escorriam dos meus olhos e desciam pelo meu rosto. Baldes delas. Eu mal conseguia respirar de tanto chorar. E continuei tentando enxugar as lágrimas para poder ver a cara do meu Whit quando ele fez a pergunta mais importante da minha vida.

— Eu te amo, Grace Abernathy. Quer fazer de mim e de Andrew os homens mais felizes do mundo se casando comigo? — Esperança e amor pesavam em seus olhos verde-esmeralda.

Eu não podia acreditar no que estava acontecendo. Vim aqui para escrever uma incrível história de amor e encontrei a minha. E tinha certeza de que estava recebendo o melhor felizes para sempre.

Ai, meu Deus, eu estava uma bagunça desleixada, toda babada e chorosa. Mal conseguia responder. Estava neste belo lugar com minha linda família, era o momento mais surpreendente e incrível da minha vida e eu não conseguia pronunciar uma maldita palavra.

— Bom, vai casar com a gente ou não, Carolina? — Andy indagou e meu rosto manchado de lágrimas virou para o céu para soltar uma risada sufocada antes de acenar com a cabeça enfaticamente e dizer:

— Sim, com certeza vou me casar com vocês.

Andy se jogou para a frente, acertou minhas pernas e passou os braços em volta da minha cintura, enquanto Whit colocava um lindo diamante princesa em meu dedo.

Uma salva de palmas estourou ao nosso redor e, através de meus olhos marejados, percebi que Tig, Delia, Graham, Soraya, Clive e até mesmo meus pais e Helen estavam escondidos entre as fileiras e fileiras de flores e plantas; se pensei que estava chorando antes, estava completamente errada.

Whit se levantou, puxou Andy e eu para um abraço e inalei seu cheiro.

— Eu te amo — sussurrei em seu ouvido, mais corpos se amontoando em nosso abraço, nossa família e amigos nos cercando e nos parabenizando por um dia que ficaria marcado para sempre em meu coração.

Era um dia perfeito de primavera e Whit pensara em tudo.

Mas não fiquei nem um pouco surpresa. Ele era inteligente, meu bad boy bilionário.

BAD BOY BILIONÁRIO

SOBRE A AUTORA

Amie Knight é uma leitora desde que consegue lembrar e uma amante de romances desde que conseguiu colocar as mãos nos livros de sua mãe. Esposa e mãe dedicada, apaixonada por música e maquiagem, nunca será vista saindo de casa sem as sobrancelhas e os cílios bem-feitos. Quando não está lendo e escrevendo, é possível encontrá-la no carro com seus dois filhos, ao som de R&B dos anos 90, *country* e canções escritas para musicais. Amie se inspira em sua infância em Columbia, na Carolina do Sul, e não consegue se imaginar morando em outro lugar que não seja o sul do país.

CRETINO PRESUNÇOSO

Conheça outro e-book da série *Cocky Hero Club*, escrito por Stacey Marie Brown e publicado pela The Gift Box.

Sinopse: Era um tempo só meu, atravessar o país de carro para ir ao casamento do meu irmão e descobrir o que fazer da minha vida depois da faculdade. Eu, meu cachorro chamado Bode e a estrada. Tudo o que eu queria. Não era para ele fazer parte de nada disso. O garoto arrogante que o meu eu de onze anos odiava. O infame Smith Blackburn. Também conhecido como Cretino Presunçoso. No dia seguinte à formatura, ele foi embora da cidade e sumiu no mundo, perdendo o contato com a minha família. Nove anos mais tarde, ele ressurge e volta a se tornar uma pedra no meu sapato, quando meus irmãos me convencem a lhe dar uma carona. Kyle o quer em seu casamento, e Kasey, que ainda tem uma quedinha por ele, só quer voltar a vê-lo, convencida de que estão destinados a ficar juntos. É a última coisa que eu quero fazer, mas aprendi já faz tempo que é inútil ir contra os poderosos gêmeos. Nós crescemos, mas a antipatia mútua continua firme e forte. Embora eu não possa negar que ele seja o homem mais sexy que já vi na vida. Aqueles olhos azuis penetrantes, o rosto lindo e anguloso, e o corpo alto e musculoso dignos de capa de revista. Mas ele ainda é um cretino presunçoso, e eu ainda sou a irritante "Baby K.". Passar cada minuto juntos em um minúsculo *motor home* começa a bagunçar as linhas de ódio, acendendo sentimentos e paixões que eu nunca senti antes, me empurrando para fora da minha bolha de segurança. As noites são preenchidas por tensão e desejo proibido. Mas posso senti-lo se segurando. Reservado e misterioso, o passado sombrio de Smith se insinua na superfície. Quando o passado nos alcança, nada poderia ter me preparado para a verdade; para os segredos que viram tudo de cabeça para baixo. Eu não deveria ter me apaixonado por ele. Ele nunca esteve destinado a ser meu.

Compre o seu em:

A The Gift Box é uma editora brasileira, com publicações de autores nacionais e estrangeiros, que surgiu no mercado em janeiro de 2018. Nossos livros estão sempre entre os mais vendidos da Amazon e já receberam diversos destaques em blogs literários e na própria Amazon.

Somos uma empresa jovem, cheia de energia e paixão pela literatura de romance e queremos incentivar cada vez mais a leitura e o crescimento de nossos autores e parceiros.

Acompanhe a The Gift Box nas redes sociais para ficar por dentro de todas as novidades.

 www.thegiftboxbr.com

 /thegiftboxbr.com

 @thegiftboxbr

 @GiftBoxEditora